Leonhard Frank

Die Räuberbande

LEONHARD FRANK wurde am 4. September 1882 in Würzburg geboren. Sein Vater war Schreiner, er selbst ging zu einem Schlosser in die Lehre, arbeitete als Chauffeur, Anstreicher, Klinikdiener. Talentiert, aber mittellos, begann er 1904 ein Kunststudium in München. 1910 zog er nach Berlin, entdeckte seine erzählerische Begabung und schrieb seinen ersten Roman, »Die Räuberbande«, für den er 1914 den Fontane-Preis erhielt. Im Kriegsjahr 1915 mußte er in die Schweiz fliehen, weil er Zivilcourage gezeigt und seine pazifistische Gesinnung handgreiflich kundgetan hatte. Hier schrieb er Erzählungen gegen den Krieg, die 1918 unter dem berühmt gewordenen Titel »Der Mensch ist gut« erschienen. Von 1918 bis 1933 lebte er wieder in Berlin, nun schon als bekannter Autor. 1933 mußte er erneut emigrieren, diesmal für siebzehn Jahre. Die Schweiz, England, Frankreich, Portugal und zuletzt Hollywood und New York waren die Stationen seines Exils. 1952, zwei Jahre nach der Rückkehr aus den USA, veröffentlichte er den autobiographischen Roman »Links wo das Herz ist«. Zu seinen bekanntesten Werken gehören u.a. die Romane »Das Ochsenfurter Männerquartett« und »Die Jünger Jesu«, die Erzählung »Karl und Anna« sowie eine Reihe wirkungsvoller Kurzgeschichten. Leonhard Frank starb am 18. August 1961 in München.

Der Main fließt nicht bis Amerika. Um dorthin zu gelangen, brauchen die Würzburger Jungen ihre Phantasie und ihre Träume. Als Räuberbande fühlen sie sich stark, auch wenn es nur kleine Beutezüge sind, die sie durch die königlichen Weinberge unternehmen. Zumeist bleibt es beim drohenden Fäusteschwingen gegen die Despotie der Erwachsenen. Aber eines Tages ... Eines Tages sind sie selbst erwachsen, und Amerika ist vergessen wie so mancher andere Jugendtraum.

Leonhard Frank

Die Räuberbande

Roman

aufbau taschenbuch
AUFBAU VERLAGSGRUPPE

ISBN 978-3-7466-1436-6

Aufbau Taschenbuch ist eine Marke der Aufbau Verlagsgruppe GmbH

5. Auflage 2008

Umschlaggestaltung Torsten Lemme
unter Verwendung eines Fotos von getty images
Druck und Binden AALEXX Druck GmbH
Printed in Germany

www.aufbau-verlagsgruppe.de

Lisa Ertel gewidmet

Erstes Kapitel

Plötzlich rollten die Fuhrwerke unhörbar auf dem holprigen Pflaster, die Bürger gestikulierten, ihre Lippen bewegten sich – man hörte keinen Laut; Luft und Häuser zitterten, denn die dreißig Kirchturmglocken von Würzburg läuteten dröhnend zusammen zum Samstagabendgottesdienst. Und aus allen heraus tönte gewaltig und weittragend die große Glocke des Domes, behauptete sich bis zuletzt und verklang.

Die Unterhaltungen der Bürger und die Tritte einer Abteilung verstaubter Infanteristen, die über die alte Brücke marschierte, wurden wieder hörbar.

Über der Stadt lag Abendsonnenschein.

Ein roter Wolkenballen hing über der grauen Festung auf dem Gipfel, und im steil abfallenden königlichen Weinberg blitzten die Kopftücher der Winzerinnen – die Weinernte hatte begonnen.

Es roch nach Wasser, Teer und Weihrauch.

Ein paar Knaben, die lachend und schreiend »Nachlauferles« spielten, um die zwölf mächtigen Brückenheiligen aus Sandstein herum, vom heiligen Kilian zu Totnan und von da zu Pipinus, standen erschrocken still und versteckten sich hinter Sankt Colonatus, denn Herr Mager, der Volksschullehrer und Tyrann vieler Generationen Knaben, schritt über die Brücke.

Bei jedem Schritt schob er die rechte Schulter vor und stieß mit Vehemenz seinen Spazierstock aus Weichselholz, an dem ein Riemchen hing, aufs Pflaster. Erzürnt sah er sich um, seine kleinen Apfelbäckchen spannten sich. Er hatte einen der

Knaben erkannt. Die schlichen betreten davon. Ihr morgiger Sonntag war verhängt von der Schulstunde des Montags.

Der Lehrer war gefürchtet.

Seine Technik im Strafen war aufs feinste ausgebildet. Keiner wußte so sicher wie er mit dem Rohrstock die Fingerspitzen zu treffen, immer genau dieselbe Stelle, daß die Fingerspitzen schwollen und blau anliefen. Unverhofft mit dem Rohrstock auf den Handrücken zu schlagen, liebte er. Und zöbelte er einen Jungen, so faßte er die feinsten Härchen an der Schläfe. Benötigte er einen neuen Rohrstock, dann mußte der Junge, welcher Prügel zu bekommen hatte, selbst eine Anzahl Stöcke zur Auswahl beim Kaufmann holen. Herr Mager untersuchte lange und sorgfältig, beroch die Stöcke, hieb sie durch die Luft und horchte auf das Pfeifen, wählte den dünnsten und zähesten, präparierte ihn erst, indem er das Ende spaltete, und der gewollte Erfolg war, daß der Stock beim Schlagen Blutblasen in den Handballen zwickte.

Die Furcht der Knaben umgab Herrn Mager wie eine Wolke, sein Leben lang. Und es kam vor, daß vierzigjährige Männer, frühere Schüler von ihm, erschrocken zur Seite wichen, wenn sie ihn des Weges kommen sahen.

Am letzten Tage, wenn er seine Schüler aus der Volksschule entlassen mußte, gab er ihnen die Angst mit auf den Lebensweg: »Wir sind noch nicht fertig miteinander«, sprach er und lächelte. »In der Fortbildungsschule habe ich euch wieder, und wer von euch zu den ›Neunern‹ einrückt, den bekomme ich noch einmal als Rekrut. Denn auch da unterrichte ich.« Und dann erst war die Klasse entlassen.

Herr Mager blieb auf der Brücke stehen und sah auf die beleuchtete Uhr vom »Spitäle«, einer kleinen Kirche im Mainviertel, deren Vorderfront gegen den Brückenberg steht.

Nach sich zwei Jahre hinziehenden Verhandlungen und vielem Streit war von den Würzburger Stadtvätern der Jahresetat von zwanzig Mark für die Nachtbeleuchtung der Uhr bewilligt worden.

Heute zum ersten Male leuchtete das Zifferblatt. Sogar schon am Tage, denn die Sonne war noch nicht unter.

Herr Mager freute sich. Er hatte für Beleuchtung gestimmt. Er war für den Fortschritt.

Ein Fischer mit vom Weintrinken violett angelaufener Stülpnase und rotem Schnurrbart, der, erst bei den Mundwinkeln beginnend, zwei buschigen Eichhornschwänzchen glich, stand vor dem »Spitäle«, und ein alter Polizeiwachtmeister mit kurzen Säbelbeinen.

»A richtje Uhr muß beleucht sei! Das sag i!« rief der Fischer und schnitt mit einer Handbewegung jede Erwiderung ab. »Was nützt uns denn a ubeleuchte Uhr! ... Bei der Nacht sin alle Menscher schwarz ... Jau, so a Gaudi, zwä Jahr brauche sie dazu.« Er steckte die Hände in seine gestrickte blaue Wolljacke, wandte sich weg und sah, die Unterlippe grimmig vorgeschoben, den Brückenberg hinauf.

Auf die Kirche zu kam mühsam atmend ein großmächtiger Pfarrer, dessen ausgeprägte Rückenverlängerung sich stark hin und her bewegte, denn er hatte Plattfüße. Ein kleines Mädchen sprang zu ihm hin: »Gelobt sei Jesus Christus«, knickste und gab ihm die Hand.

»In Ewigkeit. Amen.« Der Pfarrer schlug das Kreuz und hielt Herrn Mager seine Horndose hin. Herr Mager nahm eine Prise, tat, wie wenn er schnupfe, und ließ den Tabak in seine Tasche fallen.

»Gestern nacht ham mir die Sakramentslumpe an dreipfündije Hecht aus mein neue Sandschiff gstohle, mitsamt'n Blechkaste«, rief der rote Fischer. »Wenn i so 'n Malefizhammel erwisch, dem dreh i ... rrracks, die Gurgl um.« Er hielt dem Wachtmeister die Faust unter die Nase. Die Adern an seinem Halse schwollen.

Das silberne Klingeln der Ministranten tönte aus der Kirche. Herr Mager beugte das Knie – und erbleichend hob er die Arme und taumelte gegen die Kirchenmauer, denn ein durchgegangenes Pferd war auf ihn zu galoppiert, stieg vor ihm in die Höhe und raste den Brückenberg hinauf.

Der Wachtmeister riß die Waffe heraus und rannte mit hoch erhobenem Säbel dem Pferde in großem Abstand über die Brücke nach.

Eine graue Dogge mit heraushängender Zunge überholte ihn und sprang freudig bellend am Pferd empor, das hinter einem hochbeladenen Heuwagen stehengeblieben war und Heu herauszupfte. Dogge und Pferd gehörten einem Besitzer.

Bürger umringten den erhitzten Polizeiwachtmeister. Der Heuwagenkutscher trat auch hinzu und tätschelte dem durchgegangenen Pferde den Hals. Es hob den Schwanz – die Bürger traten zurück und wieder zusammen.

Die Dogge umraste den Heuwagen und die Bürger, die das heufressende Pferd umstanden und ihre Pfeifen stopften. Man unterhielt sich weiter.

Drei Brückenheilige entfernt stand ein Knabe, das Gesicht zum Himmel gerichtet, ließ eine Leberwurst in den Mund gleiten und zog die leere Haut langsam wieder heraus in die Höhe.

Ein kleiner Student, die grüne Mütze im Nacken, schritt mit winzigen Schrittchen sehr schnell an ihm vorbei und blickte streng aufwärts zur Festung, deren viele Fenster glühten, vom letzten Sonnenschein getroffen, als müßten unvermittelt die Flammen heraus in den abendlichen Himmel schlagen.

Erschrocken, als habe er unverhofft Sägemehl anstatt Wurstfülle in den Mund bekommen, standen die Kinnbacken des Knaben still. Voller Grauen starrte er auf seine zweite Leberwurst, trat hinter den heiligen Kilian und steckte den Finger in den Mund. Befriedigt blickte er auf den Mageninhalt.

Die über seinem Zeigefinger hängende zweite Leberwurst wie eine gefährliche Giftschlange vor sich hertragend, ging er langsam weiter, den Knaben entgegen, die vor Herrn Mager geflüchtet waren.

»Winnetou, da kommt der Duckmäuser mit einer Leberwurst«, sagte einer der Knaben, und sein Mund blieb offen, rund und schwarz.

»Wo denn, Rote Wolke? Wo denn?«

»Dort, beim heiligen Kilian.«

»Laßt ihn, der bildet sich sonst noch ein, wir verkehrten mit ihm.«

»Wenn er doch aber eine Wurst hat!«

»Wer gibt mir was für die Wurst?« fragte der Duckmäuser zaghaft.

Nachdenklich blickten die Knaben auf die Leberwurst über dem Zeigefinger. Winnetou bot nach langem Besinnen einen Pfennig, zog aber die Hand, mißtrauisch geworden, sofort wieder zurück, als er die Wurst wirklich so billig bekommen sollte. »Gelt, es ist etwas nit richtig mit der Wurst?«

»Sie ist ganz frisch, vom Metzger Fritz. Die andere hab ich schon gegessen.«

»Sag erst: Auf Ehr und Seligkeit, sonst glaub ich's nit.«

»Auf Ehr und Seligkeit, die Wurst ist frisch.«

»Winnetou, jetzt kannst sie kaufen«, riet man ihm.

Winnetou kaufte die Leberwurst, richtete das Gesicht zum Himmel und wollte sie in den Mund gleiten lassen.

»Halt!« schrie der Duckmäuser und lachte. »Fasttag! Fasttag ist heute. Sonst hätt ich meine Wurst selber gegessen.«

Bestürzt streckte Winnetou die Wurst zurück.

Aber der Duckmäuser nahm sie nicht.

»Eine Wurst hast du doch schon gegessen? Dann hast du eine Todsünde begangen«, sagte Winnetou langsam, in tiefem Entsetzen.

Winnetous Familie war streng katholisch. In seinem uralten Vaterhause brannten die ewigen Lichtchen Tag und Nacht vor den Betpulten.

»Gegessen hab ich sie, aber wenn du willst, kann ich dir zeigen, wo sie jetzt ist. Beim heiligen Kilian liegt sie.«

Betroffen blickte Winnetou den Duckmäuser an, hing die Leberwurst resolut über die große Zehe des heiligen Kilian und stürzte sich auf seinen Gegner.

Der Bürgerkreis öffnete sich. Der Polizeiwachtmeister führte das Pferd heraus und sprang energisch von ihm weg zum Knabenknäuel.

Die Dogge holte die Wurst vom heiligen Kilian herunter. Das Pferd sah sich um, stieg mit dem Hinterteil in die Höhe und galoppierte, von der Dogge begleitet, in mutwilligen Sprüngen über die Brücke heim.

Die Knaben waren geflüchtet. Der Polizeiwachtmeister stand plötzlich in einer schwarzen Rauchwolke und schimpfte hustend zum Dampfschlepper hinunter, es sei verboten, bei der Brücke Rauch abzulassen.

Der Schlepper glitt mit gekapptem Schlot langsam durch den Brückenbogen. Der Wachtmeister stieß seinen Säbel in die Scheide und sah sich barsch um. Die Brücke war leer.

In der Werkstatt des Mechanikers Tritt drückten die Lehrjungen sich ängstlich herum und sahen auf die Uhr. Der Geselle war schon lange fortgegangen, die Werkstatt war peinlich sauber aufgeräumt, die drei kleinen Drehbänke blinkten, auf dem Fußboden hätte man essen können.

Aber der Meister war noch immer nicht gekommen, um die Erlaubnis zum Fortgehen zu geben.

»Oldshatterhand«, der jüngste der Lehrlinge, stand Wache, um die anderen benachrichtigen zu können, wenn der Meister ankam. Interessiert holte er aus der Tasche seines Mechanikerkittels eine kleine Feile und feilte eine Weile an seinen schwarzen Fingernägeln herum. Dann suchte er weiter in seiner Tasche, zog einen Klumpen öliger Putzwolle heraus, aus der sich eine Pflaume und ein rundes Handspiegelchen schälten. Die Pflaume steckte er in den Mund; das Spiegelchen rieb er heftig am Schenkel sauber und reflektierte damit die Sonne einer Köchin ins Gesicht, die im vierten Stock aus dem Fenster sah.

Erschrocken stürzte er von der Schmiede in die Werkstatt. Der Meister, ein Mann mit gepflegtem rotem Spitzbart und kalten, grünlichen Augen, schritt durch den Hof, mit seiner dreizehnjährigen Tochter am Arm.

Der älteste Lehrling rieb heftiger an einem Stück Werkzeug, das er schon seit einer Stunde rieb, immer wieder mit Öl einstrich und rieb, und sah manchmal von unten herauf nach dem Meister, der jetzt an einer der Drehbänke lehnte und in der Zeitung las. Es war sehr still, man hörte nur das Reiben.

Der Meister sah langsam auf und starr auf den Reibenden, der den Kopf senkte. Das Mädchen blickte lächelnd zwischen ihm und dem Vater hin und her. Die anderen Lehrbuben standen atemlos in den Ecken.

Oldshatterhand verrückte die funkelnden Zangen, Hämmer und Pinzetten auf der Werkbank um Millimeter.

Der Meister schritt auf ihn zu und sah, den Mund schiefgezogen, auf ihn hinunter.

Gebannt ließen Oldshatterhands Hände ab vom Werkzeug.

»Was soll denn das!«

»Ich le... leg das We... Werkzeug gr... gr... grad.«

»Ist das eine Arbeit? ... Stotterndes Kamel!« Der Meister hatte seinen Blick in Oldshatterhands vergrößerte Augen eingehackt. »Was bist du?«

Oldshatterhand wurde blutrot.

»Was bist du?«

»Ein st... st... stotterndes Ka... Ka... Kamel.«

»Was reibst du denn! Schafskopf!« schrie unvermittelt der Meister den ältesten Lehrjungen an und biß auf seine Unterlippe. »Geht doch zum Teufel! ... Eselsbande!«

Das Mädchen schmiegte sich an ihren Vater an und lächelte höhnisch. Die Jungen entfernten sich lautlos.

Oldshatterhand ging durch die Kaiserstraße. Vor einer Feinbäckerei blieb er stehen, sah die Kuchen an und schloß manchmal die Augen, um besser riechen zu können, denn von unten aus dem Keller, wo der Backofen war, stieg durch das eiserne Gitter der warme, süße Kuchenduft.

Oldshatterhand hatte es schlecht getroffen im Leben. Sein Vater war ein armer Mann. Und vom Schultyrannen Mager war Oldshatterhand zum Tyrannen Tritt geraten.

Nach einem letzten lüsternen Blick auf die Kuchen machte er sich auf den Heimweg.

Vor ihm ging langsam ein Fremder und betrachtete die alten Häuschen. Er hatte einen Gummimantel an; Oldshatterhand blickte auf ihn, ging unauffällig um ihn herum, und immer wenn der Fremde stehenblieb, blieb auch Oldshatterhand stehen, sah auf das Häuschen, auf den Fremden zurück; seine Wünsche glitten aus der verhaßten Gegenwart in die Zukunft. Seine Sehnsucht ließ ihn zum Fremden werden.

»Bitte schön, wo ist die Domstraße?« fragte der Fremde einen Bürger und ging in der angezeigten Richtung fort.

Auf den Zehenspitzen balancierend, bewegte Oldshatterhand den Oberkörper hin und her, um den Fremden so lange wie möglich sehen zu können.

Ein Mann mit einem Fensterflügel auf der Schulter kam auf ihn zu.

»Sie ... Sie!«

Der Mann blieb stehen.

»Kö... können Sie mir nicht sagen, wo die Domstraße ist? ... Ich bin fre... fremd in Würzburg.«

Verblüfft sah der Mann Oldshatterhand an. »Du bist doch der Sohn vom Schreiner Vierkant ... Du Lausbub. Dir geb ich.« Er hob die Hand. Oldshatterhand wich zurück und sah zwischen Lachen und Weinen dem Manne nach.

Beim Julius-Echter-Denkmal holte er seine Mutter ein, eine kleine, dicke Frau mit nachdenklichem Gesicht, worin die klugen, guten Augen über Last und Sorgen und Auswege nachsannen. Unvermittelt konnten die Furchen der Sorge in ihrem Gesicht sich in Linien der Güte verwandeln.

Sie schleppte einen großen Henkelkorb, dessen Deckel klaffte, so daß die Kleider, die der Korb barg, zu sehen waren. »Sechs Mark waren diesmal drauf. Und siebenundzwanzig Pfennig Zinsen hat er mir abgenommen ... Fünf Mark muß ich dem Vater geben, für Vesper- und Ausgehgeld, bleiben mir von seinem Lohn drei Mark für die ganze Woche. Und damit soll ich Essen für vier Kinder und einen Mann auf den Tisch stellen ... Die Hausmiete ist auch schon fällig. Wenn ich nur einmal nimmer leben tät.«

Oldshatterhand schwieg eine Weile und fragte dann, was es heute abend gäbe.

»Für'n Vater hab ich a Täuble«, sagte die Mutter und stellte ihren Korb ab. »Er ißt's doch so gern ... Ja no, er muß ja die ganze Woche hart arbeiten ... Und wir, wir trinken halt unsern Kaffee. Trägst mir e bißle helf? ... Siehst, das ist für dich.« Sie holte aus dem Korb ein Stückchen Kuchen und legte Oldshatterhand die Hand auf die Schulter. Ihr Gesicht wurde tiefrot, denn sie lachte, daß ihre Schultern schütterten, und konnte sich gar nicht beruhigen, weil sie ihren Sohn mit Kuchen überrascht hatte.

Mutter und Sohn faßten den Henkel, und der Korb schwebte zwischen den beiden nahe dem Boden die Domstraße hinunter und über die alte Brücke.

»Mutter, schau mal die Wolke an über der Festung. Sie sieht aus wie Rom.«

Die Mutter lachte in sich hinein. »Was bist du für einer … Wie Rooom.«

Es war elf Uhr nachts.

Der vierzehnjährige Buchbinderlehrling und Hauptmann der Räuberbande, Sohn der vermögenden Gastwirtswitwe Benommen, stand nackt in seiner Dachkammer am offenen Fenster und hielt in jeder Faust ein Bügeleisen. An einem Strick, der um seine Lenden gebunden war, hing vorne ein handgroßes, zinnoberrotes Tüchlein. Sein weißer Körper war vom Mondlicht getroffen. Hinten in der Kammer war tiefschwarze Nacht.

Von der Bierkneipe unten im Hause, die der ältere Bruder des Hauptmanns betrieb, klang der Gesang der Soldaten herauf:

»Ich wollte sie verführen,
Dazu hat sie kein Mut.«

Der Hauptmann, genannt der Bleiche Kapitän, fing an zu üben: Er reckte den Brustkasten heraus, sog ihn voll mit Luft und zog die ausgebreiteten Arme mit den Bügeleisen kraftvoll zum Körper, schnellte sie auseinander, zog sie an und so fort. Dabei blickte er, den Kopf zurückgezogen, daß sich ein spärliches Doppelkinn bildete, die Unterlippe vorgeschoben, hinunter auf das Spiel seiner Armmuskeln.

Unten wurde, von Mädchenlachen begleitet, die Wirtschaftstüre zugeknallt, und eine Wolke Bierdunst schlug in des Hauptmanns Kammer.

Ein Schakalruf ertönte in die Nachtstille. »U… u«, klang es düster, »U… u.«

Der Bleiche Kapitän horchte, fuhr in Hose und Rock und schlich, die Schnürstiefel in der Hand, strümpfig die Treppe hinunter.

Vor dem Hause, unter der Gaslaterne, stand ein Junge, elegant auf sein dünnes Spazierstöckchen gestützt, das sich fast zum Halbkreis bog. Der Schreiberlehrling des Rechtsanwalts Karfunkelstein.

Die zwei Knaben schlichen dicht an den altersschiefen Häuschen eine enge Gasse aufwärts, die bis an den Fuß des dunklen Schloßberges führte. Auf dem steilen Bergrasen standen mächtige, alte Linden, durch die sich ein Sandweg hinauf zur Festung zog. Achtzehnhundertsechsundsechzig war die Festung von den Preußen genommen und geschleift worden. Seitdem lag eine Kompanie Trainsoldaten im Schloß, und am äußersten Rand des Berges, bei einem Auslughäuschen, stand eine alte Kanone, die abgefeuert wurde, um Bürger und Feuerwehr zu alarmieren, wenn unten in der Stadt Würzburg ein Brand ausbrach.

Die Knaben standen im schwarzen Schatten, den die Linden warfen. Es war vollkommen still. Der Schreiber sah sich ängstlich um. »Horch ... hörst du nichts?«

»Da herauf kommt kein Mensch um diese Zeit«, sagte der Bleiche Kapitän, sah sich auch um und zog die Schuhe an.

»Es ist eigentlich gar nit unheimlich ... Wenn man nur keine Angst hat.«

»Das ist schon wahr ... Schau, in der Elefantengaß gibt's Gummiabsätz. Das Paar nur zehn Pfennig. Da hab ich mir fünfzehn Paar kauft.« Sitzlings streckte der Bleiche Kapitän das Bein zum Schreiber in die Höhe. »Die andern vierzehn Paar hat mei Mutter glei wieder zurückgetragen und hat gsagt, die brauchet ich nit ... Ich trau mich gar nimmer an dem Gschäft vorbei. Als ob man in seinem Leben nit fünfzehn Paar Gummiabsätzli aufbrauchen könnt. Es ist wirklich ganz unglaublich.«

»Das hätt ich mir nit gfall laß.«

»Gott, was willst denn mach.« Er stülpte die dicken Negerlippen mürrisch nach außen. »No, lang dauert's ja nimmer. Die wenn wüßt, was wir vorham ... Heiliger Gott.«

»Mei Vater hat heut zu mir gsagt, wenn ich noch einmal mit Oldshatterhand und mit dir und den andern verkehre, könnte ich was erleben ... Grün und blau wollt er mir ihn schlagen. Er weiß aber ganz genau, daß ich mir das nit gfall laß.«

»Ja no.«

»Das eine weiß ich«, sprach der Schreiber hochdeutsch, »so saudumm würde ich nicht sein, wenn ich Vater wäre.«

»Gott, die ham ja keine Ahnung. Aber Augen werden die noch machen.« Der Bleiche Kapitän erhob sich und trat prüfend von einem Fuße auf den andern. »Es ist wahrhaftig so, wie wenn man überhaupt keine Schuh anhätt. Ich versteh absolut nit, warum mei Mutter mir die andern vierzehn Paar wieder zurückgetragen hat.«

»So sind sie halt. Du kannst wirklich nix mach. Gehn wir jetzt.«

»Ja, aber leis.«

Sie stiegen den Schloßberg hinauf, bis vor das eisenbeschlagene, wuchtige Bohlentor, durch das man in die Festung gelangt. Um diese Zeit war das Tor geschlossen.

Gebückt schlichen sie auf dem Bergrücken nach links, bis an den Rand vor, von wo aus man tief unten die Stadt liegen sieht, hoben wie auf Kommando die Arme, schüttelten die Fäuste, riefen: »Weh dir!« zur Stadt hinunter und sprangen in den Festungsgraben.

Von allen Seiten kamen jetzt kleine, dunkle Gestalten den Schloßberg heraufgeschlichen, bis an den Rand vor, riefen: »Weh dir!« und sprangen, den bequemen Weg verachtend, die hohe Mauer hinunter in den Festungsgraben.

Die Räuberbande, eine Schar vierzehnjähriger Lehrjungen, war versammelt.

Es war eine wunderbar klare Mondnacht im Herbst.

Oben stand dunkel das Schloß. Tief unten lagen die alte Brücke, die Häuser und krummen Gassen von Würzburg, und die dreißig Kirchtürme bebten im Mondlicht. Der Main, der die Stadt in zwei Teile trennt, glänzte. Jeder Stern stand klar und scharf am grünlichen Himmel, und die ganze alte Stadt war aus schwerem, purem Silber.

Die Räuber saßen im Kreis im Festungsgraben und rauchten ernst die Friedenspfeife. Ein langes Stück Schilf, derart viel im Graben wuchs.

Knapp am Räuberkreis vorbei, der noch im Mondlicht saß, fiel der tiefschwarze Schlagschatten, den die Schloßmauer warf.

Ein Vogel erwachte und flatterte im Brombeerbusch. Die Räuber saßen reglos und starrten auf das Lagerfeuer, das in ihrer Mitte flackerte.

Oben auf dem Feuer brannte und rauchte ein gerahmter Straminhaussegen, auf dem »Bet und arbeit, so hilft Gott allzeit« gestickt war. Die Worte rollten sich zusammen, und Gott und Arbeit gingen in Flammen auf. Winnetou hatte den Haussegen daheim gestohlen.

Er verschluckte den Speichel, den auszuspucken als Schande galt, und sprach: »In Südamerika sind die Indianer klein, falsch und furchtsam.«

»Süüdamerika«, sagte verächtlich der Bleiche Kapitän.

»Und arbeiten sogar für die Weißen. Ich habe nachgesehen.«

»Das neue große Sandschiff vom roten Fischer ist nur mit einem Tau festgemacht, unterm Brückenbogen. Im Frühjahr, wenn das Hochwasser kommt, müßten wir halt mit seinem Schiff hier abfahren. Nur ein paar Tage den Main hinunter in den Rhein und dann den Rhein hinunter bis zum Meer – da liegt Hamburg. Da können wir ganz gut in vierzehn Tagen sein!« rief die Rote Wolke, ein Waisenjunge, der bei seiner alten Tante die Gärtnerei erlernte. Er vertrug sich schlecht mit ihr, denn er deklamierte, nachdem er einmal bei einer Vereinstheatervorstellung mitgewirkt hatte, den ganzen Tag, während er Kartoffeln hackte oder Leichenkränze band. »Am ewigen Meer … da können wir in vierzehn Tagen sein.« Sein Mund stand offen, rund und schwarz wie ein Mauseloch.

»Und dann?« fragte der Schreiber und zog lächelnd die Augenbrauen in die Höhe.

»Dann? Was heißt das – dann?« rief der Bleiche Kapitän. »Dann machen wir eben ein Segelschiff los und segeln ganz ruhig über den großen Teich.«

»Segelschiff los? Und die Matrosen, die darauf schlafen, und die Wachen? He? Vielleicht steht sogar der Kapitän selbst die ganze Nacht am Steuer und blickt hinaus aufs Meer, damit sein Schiff nicht gekapert wird. Diese Sachen hab ich schon oft genug gelesen.«

Winnetou hielt seine Hand in die Flammen und blickte, die Zähne zusammengebissen, über die Räuber weg. Langsam zog er die geschwärzte Hand zurück.

»Das werden wir schon sehen. Wir sind zwölf Männer«, rief verächtlich der Hauptmann. »Oder weißt du nicht, Schreiber, was ein Enterhaken ist? Das – mein Lieber, das geht im Handumdrehen.«

Winnetou hielt die schmerzende Hand senkrecht. »Ach, die Hauptsache ist ja nur, daß sich in einer einzigen Nacht in allen Urwäldern und Prärien des Wilden Westens, bei absolut allen Indianerstämmen die Schreckensbotschaft verbreitet, aber wie ein Lauffeuer, daß wir angekommen sind ... Auf unsere ersten Taten kommt's an. Die müssen gewaltig sein und furchtbar.«

»Die Weiber werden natürlich verschont«, schloß der Bleiche Kapitän und stülpte die Negerlippen nach außen.

»Immer werden die Weiber verschont. Unsere Kontoristin darf auch immer eine halbe Stunde früher fortgehn«, sagte der Schreiber. »Gestern hab ich zum erstenmal Diktat schreiben dürfen. Das macht gewöhnlich nur unser Bürovorsteher.«

»Gott, Diktaaat ... Beim Lumpenhändler Ei gibt's kolossale alte Revolver. Die können wir drüben gut brauchen.«

»Meinst, daß man davon ein paar aushängen kann?«

»Ich glaub, das wird schwer gehn. Aber wen man damit trifft, der is total tot.«

Winnetou nahm ein glühendes Holzstückchen in die Hand, preßte sie zur Faust – und zählte leise für sich bis neun, schleuderte das schwarz gewordene Holz ins Feuer zurück und erzählte gequält: »Ins Zuchthaus käme ich noch, hat der Kaplan vorige Woche zu meiner Mutter gesagt ... Weil ich in der Religionsstund ein bißchen von der Schultinte für mein Füllfederhalter mitgenommen hab. Jetzt sperren sie mich daheim jeden Tag drei Stunden in die Holzlage ... Ich! ... Ich!« Er sprang auf, drückte die Fäuste an die Wangen, Zorn und Scham wechselten auf seinem Gesicht. »Ich halt's nimmer aus!«

»Ins Zuchthaus? ... Das wär doch ganz fein, wenn wir ins Zuchthaus kämen«, sagte der Schreiber erstaunt.

Verwirrt sah Winnetou den Schreiber an, ließ sich langsam nieder und blieb reglos hocken.

»Nun ja ... warum denn nicht.« Der Schreiber sah fragend im Kreise herum.

Niemand antwortete. Die Räuber sahen ins flackernde Feuer. Oldshatterhand sah auf die fernen Berge, die im Mondlicht schwammen. Eine Sternschnuppe fiel in den Weltenraum. Oldshatterhand wanderte einem Gedanken nach, über alle Länder, drückte den Oberkörper einige Male angestrengt vor und zurück und begann stark stotternd: »Die Erde ka... ka... kann ja gar keine Ku... Kugel sein, denn wenn man immer weiter geht, müßte man herunterfallen oder mit dem Ko... Kopf nach unten stehen und in die Lu... Luft hinunterstürzen ... Da habt ihr's ... unten ist doch keine Lu... Luft. Nur oben.« Und er deutete hinauf, wo Stern an Stern am tiefblauen Himmel stand. »Der Lehrer Ma... Mager versteht nichts. Oder wenigstens nicht viel. Die Erde ist keine Ku... Kugel. Sie ist flach. Nur viele Bu... Buckel hat sie.«

»Natürlich, und wenn man noch so weit geht, nach Rußland,

nach China, immer ist der Himmel oben«, sagte der Schreiber und zuckte mit den Schultern.

»Da!« rief Oldshatterhand und stand schnell auf. Die Räuber blickten empor zu ihm. »Denkt euch halt eine Ke... eine Ke... eine Ke... Kegelkugel – wenn darauf ein ga... ganz kleiner Mensch, nuuur so groß wie der Däumling, nach einer Richtung immer, immer weiterläuft, muß er doch zu... muß er doch zu... zuletzt herunterfallen. Aaalso kann die Erde auch keine Ku... Kugel sein. Das ist doch ganz klar. Ma... ma... meint ihr nit?«

»Das weiß man halt nit recht.«

Wieder lösten sich Sternschnuppen an mehreren Himmelsstellen und schwebten langsam und lautlos zu den im Mondlicht bebenden Bergen nieder. Vom funkelnden Nachthimmel gehalten, hing der Erdball, und als einzige Bewohner schien der Räuberkreis auf seiner stillsten und letzten Höhe zu sitzen.

Ungeduldig hob Winnetou den feinen Knabenkopf, in dem die großen Augen schwarz wie heißer Asphalt glänzten. »Ach, Unsinn ist alles, was der Mager da von einer Kugel faselt ... Wenn wir aber Würzburg einäschern«, fuhr er heftig fort, »ehe wir von hier abfahren, und du meinst, dann müßten wir das Herz der Stadt anzünden, so wäre das der Vierröhrenbrunnen, denn der ist in der Mitte. Aber der brennt doch nit.«

»Und das Petroooleum? Ha! Wenn nur drüben auch alles so glatt ginge. Da werden einfach hundert Fässer Petroleum ins Brunnenbassin gefüllt – ich sitze nebenan im Hirschen, tue, wie wenn ich Kaffee tränke, und brenne die Zündschnur an. Es ist eine dunkle Nacht, und ehe du dich versiehst, schlägt eine kirchturmhohe Flamme in den Himmel hinauf ... Die erfaßt gleich das Rathaus und den Platz, und, o Gott, bis die da droben ihre Kanönle abfeuern, brennt die ganze Stadt ... derweil wir schon längst in unserm Schiff den Main hinunterfahren. Ha!« schloß der Bleiche Kapitän und spreizte die knochigen Finger, seine hellen Perlmutteraugen glänzten, »da müßte halt mein Bruder in Amerika dabeisein. Dann ginge sicher alles glatt.«

»Das erste, was wir drüben tun, ist, daß wir deinen Bruder aufsuchen.«

»No, allemal.«

Der Bleiche Kapitän hatte einen Bruder, der vor ein paar Jahren als Ingenieur nach Amerika gegangen war. Der einzige Mensch, dem sich der Bleiche Kapitän nicht ganz ebenbürtig fühlte und auf den er bei jeder Gelegenheit hinwies als auf ein nicht erreichbares Ziel.

Ehe der Amerikaner abgereist war, hatte er am Bahnhof zum Bleichen Kapitän gesagt: »Ich komme wieder, dann reiße ich die alte Brücke ab und baue dafür eine hundert Meter hohe Hängebrücke hin, aus Eisenkonstruktion. Da werden die Würzburgerli Maul und Augen aufreißen.«

Alle Räuber hatten die gleiche Vorstellung von dem Amerikaner – sie sahen ihn, weit, weit von hier, kühn und wortkarg gewaltige Taten vollbringen; sie sahen ihn am reißenden Mississippi stehen, nur mit einer Zeichenrolle in der Hand: Er blickt auf die Zeichnung und streckt den Finger aus – da stürzen seine siebentausend Leute sich auf Eisenschienen und Träger, und alsbald steht ein gigantischer Brückenbogen im Mississippi.

Wortkarg besteigt der Amerikaner den Mustang und reitet durch die Wildnis zurück zu seinem Blockhaus.

»Die Schule geht in Flammen auf«, sagte der Schreiber und hob die Arme. »Und Lehrer Mager verbrennt zu nichts. Hi!«

»Nein, Schreiber, über den wird endlich einmal Gericht gehalten. Der wird ganz einfach gefesselt und in den Festungsgraben geschleppt. Da wird er ausgezogen und an einen Baumstamm gebunden ... An den wilden Birnbaum dort. Dann wird er gemartert, sieben Stunden lang. Überhaupt die ganze Brandnacht durch. Aber ... wir lassen ihn am Leben. Wir hetzen ihn lieber nackt durch die brennende Stadt.«

»Letzthin bin ich mit Sa... Seidel zum Lehrer gegangen, um die korri... um die korri... korrigierten Schulhefte abzuholen. Seidel hat einen A... A... Apfel kriegt, ich eine Ohrfeige, waaa... weil so viel Fehler in mein Aufsatz waren. Und die Hefte hab ich auch nit helf tr... tr... trag dürf.«

»Warum gehst du auch mit dem Seidel zum Mager. Der ist doch sein Liebling. Gschieht dir ganz recht.«

»Ich wollt halt auch einmal die He... die He... Hefte trag ... Dann weiß ich aber noch einen, de... de... der gemartert werden muß. Meee... Meee... Mechaniker Tr... Tr... Tr... Tritt!« schrie Oldshatterhand wütend.

»Und die anständigen Leute, es gibt ja sowieso nur ein paar in Würzburg«, sagte sinnend der Bleiche Kapitän, »die werden vorher durch Briefe aufgefordert, ihre Kostbarkeiten zusammenzuraffen und mit Weib und Kind aus der Stadt zu fliehen ... Alles was recht ist.«

»Zum Beispiel dem Rat Häberlein schreiben wir vorher einen Brief. Der hat mich gestern abend sein Garten gießen lassen.«

»Am Silbersee müssen wir unser Blockhaus bauen. Der liegt inmitten von Prärien und Urwäldern«, sagte die Rote Wolke und deutete weit hinaus.

»Einmal kann ich ja meiner Schwester z... zwei Pa... Pa... Papageienflügel schicken. Für ihren Hu... Hut«, fragte Oldshatterhand. »Grü... grüne vielleicht.«

»Wenn sie nicht umgekommen ist in der Brandnacht.«

»Die, die ... muß einen Brief bekommen!« rief Oldshatterhand erschrocken und gab die Friedenspfeife weiter.

»Wer von uns seine Familie schonen will, kann ja einen Brief schreiben, ich tu's nit«, sagte der Bleiche Kapitän, tat die drei vorgeschriebenen Züge aus der Friedenspfeife und sagte monoton in tiefem Baß: »Falkenauge«, reichte das qualmende Schilfrohr seinem Nachbarn, stand auf und übte mit einem Sandowmuskelspanner.

Falkenauge blickte mit dem einen Auge aufs glimmende Schilfrohr, während das andere gespenstisch und interesselos nach rechts blickte. Es war ein Glasauge.

Eine Kirchturmuhr begann zu schlagen, eine entfernte geiferte dünn und schnell dazwischen, andere mit tiefen Tönen setzten ein; der Zusammenklang währte eine Weile. Da hub die Domuhr voll und dunkel an zu schlagen: töm ... töm ... töm ... zwölf Schläge in die tiefe Nachtstille.

»Nach den Sta... tatata... tuten mü... ssen wir jetzt den heutigen Ra... Raubzug beginnen. Oldshatterhand haaa... t ge... sp... sprochen.«

Der Schreiber unterdrückte das Lachen. Winnetou gab ihm einen Rippenstoß. Oldshatterhand errötete und heftete seine wutfunkelnden Augen auf den Schreiber.

Da erschien plötzlich eine große, dunkle Gestalt auf dem Bergrücken, die sich lautlos reckte und wieder zusammenduckte, um von den Räubern nicht bemerkt zu werden.

»Mit Gott denn!« rief der Bleiche Kapitän.

Die Räuber sprangen auf und tanzten, schwerfällig von einem Fuße auf den anderen hüpfend, im Kreis um das Lagerfeuer herum und sangen gedämpft und monoton dazu:

»Tsching tschang, tsching tschang, bumbetewitschki,
Nang kang killewi, nang kang killewi,
Tsching tschang, tsching tschang, bumbetewitschki,
Nang kang killewi wau.«

Der Bleiche Kapitän reckte die Hand in den Nachthimmel – die Räuber standen in ihrer momentanen Stellung still. Die Hand des Bleichen Kapitäns sank, und die Räuber stürzten, den bequemen Weg, der aus dem Graben führte, verachtend, zur Mauer, krabbelten hinauf, schlichen vor bis zum Bergrand und riefen: »Weh dir!« zur Stadt hinunter.

Die Gestalt war hinter einem Baumstamm verschwunden.

Die Knaben standen jetzt auf einem Felsenvorsprung, der gebüschbewachsen und zerklüftet dreißig Meter senkrecht in die Tiefe fiel, bis in den Hof einer Malzfabrik, in deren haushohen Schlot die Räuber oben hineinsehen konnten.

Ein Diebabhalter, fächerartig auseinanderstehende, altersmorsche Latten, die aus dem Felsenabhang hinaus in die Luft ragten, versperrte den Weg in die Königlichen Weinberge.

Der Bleiche Kapitän rutschte auf dem Bauche ein Stück den Felsenabhang hinunter, erfaßte die Latten, schwang ein paarmal wie ein Kirchenglockenschwengel über der Tiefe hin und her – und stand in den Königlichen Weinbergen.

Die anderen folgten und waren nach einer Weile alle glücklich drüben, außer Oldshatterhand, der zitternd am Felsenabhang klebte, denn seine freie Hand reichte nicht bis zum Diebabhalter. Er wagte nicht, sich zu rühren.

Der Bleiche Kapitän beugte sich, auf dem Bauche liegend und von den anderen gehalten, über den Felsenabhang hinaus, streckte Oldshatterhand die Hand hinüber und riß ihn frei durch die Luft zu sich.

Der Diebabhalter brach und stürzte in die Tiefe.

Der Schreiber grinste: »Hohaho! Oldshatterhand.«

»Still!« rief der Bleiche Kapitän und sah zürnend im Kreise herum.

Falkenauges gläserner Ersatz funkelte im Mondlicht.

Oben lag die mondbeschienene Festung. Vom Fuße der Festung weg, bis zu den ersten Häuschen der Stadt, fiel der Königliche Weinberg steil ab, aus dessen Trauben der berühmte Steinwein gekeltert und in Bocksbeutel abgezogen wird.

»Jeder hat sich unter seinen Weinstock zu setzen und so viel zu fressen, wie er kann«, befahl der Bleiche Kapitän. »Und dann erst steckt jeder soviel Trauben ein wie möglich, für unsere Vorratskammer.«

Die Räuber schwärmten aus und wählten jeder seinen Weinstock.

Der Mond stand jetzt voll am Himmel über der schlafenden Stadt. Die Domuhr schlug eins.

Es raschelte im Weinberg. Kleine, dunkle Gestalten krochen herum. Oldshatterhand hockte in Kniebeuge und horchte, atemlos vor Angst. Ohne hinzusehen, griff er seitwärts in den Weinstock und steckte eine Beere in den Mund. Da glaubte er, die anderen wären schon fort, rutschte erschrocken den steilen Weinberg hinab und prallte gegen Winnetou. »Wenn jetzt jemand kommt.«

Winnetou richtete sich hoch auf und sah zur alten Brücke hinunter, auf der einzelne verkürzte, zusammengedrückte Menschen traumhaft taumelten, und sagte laut: »Wenn jetzt einer kommt, dann bleibe ich so stehen, daß er mich sieht.«

»Duck dich doch«, flüsterte Oldshatterhand entsetzt.

»Daß ihr mir fei tüchtig Trauben einsteckt«, erklang die Stimme des Bleichen Kapitäns laut von seitwärts.

Oldshatterhand war zusammengefahren und riß empfindungslos, ohne noch an etwas zu denken, schnell und hastig Trauben vom Stock und stopfte sie in die Taschen.

Winnetou stieg den Weinberg hinauf und verschwand im Schatten der Festungsmauer.

»Mit dem Messer mußt du abschneiden«, schimpfte der Bleiche Kapitän Oldshatterhand, »sonst werden sie ja ganz verdrückt.«

Mit zitternden Händen suchte Oldshatterhand nach seinem Messer.

Plötzlich stieß er einen gellenden Schrei aus – über ihm stieg eine klare hohe Stichflamme aus dem Weinberg in den Nachthimmel. Entsetzt blickten die Räuber zur Flamme hin. Der Bleiche Kapitän kroch darauf zu, und sie hörten ihn sagen: »Herrgott, was ist denn das für eine Dummheit. Sollen wir vielleicht alle miteinander erwischt werden. Das sieht man doch von der Stadt drunten.«

Die Räuber waren hinzugelaufen. Die Flamme beleuchtete Winnetous Gesicht. »Und wenn sie's sehen! Sie sollen's ja sehen!« schrie er und trat in Raserei den brennenden Weinstock nieder.

Die Wildheit Winnetous hatte die Räuber stumm gemacht. Seine Lippen zuckten. Die Tränen schaukelten an seinen Wimpern.

»Also, machen wir lieber, daß wir fortkommen ... Wenn ihr alle genug habt«, sagte der Bleiche Kapitän. Die Domuhr schlug dunkel zwei. »Wie ein Mensch so was tun kann, nur damit er erwischt wird, das versteh ich wahrhaftig nit.«

Vollbepackt schlichen die Räuber aus dem Weinberg und gelangten, jetzt auf einem ganz ungefährlichen Weg, den sie hinwärts verachtet hatten, zurück in den Festungsgraben. Voran der Bleiche Kapitän mit einem Waschkorb voll Trauben, den er schon am Tage vorher leer in den Weinberg geschmuggelt hatte.

»Pst! Da war grad jemand gestanden«, flüsterte Falkenauge.

»Wo? ... Wo denn!«

»Jetzt is er weg.«

»Ach, der sieht die ganze Zeit mit sein eine Aug Sachen, die gar nit da sind«, sagte der Schreiber.

Da drückte Falkenauge sein Glasauge heraus, hielt es dem Schreiber hin und rief frohlockend: »Mach das einmal nach!«

Ärgerlich sah der Schreiber zur Seite.

Falkenauge setzte seinen Ersatz wieder ein und blickte im Kreise herum.

Die Räuber hoben einen Steinquader aus der Mauer des Festungsgrabens – ein großes, schwarzes Loch wurde sichtbar. Der Anfang eines unterirdischen Ganges.

Der Bleiche Kapitän zündete eine Pechfackel an, die im

Gange lag, und ging voran. Fledermäuse klebten an der Decke, flatterten auf, prallten gegen die Räuber und huschten ins Freie.

Viele Seitengänge führten vom Hauptgang weg. Über jeden Seitengang hatte der Bleiche Kapitän ein Täfelchen unter Glas angebracht und mit Druckschrift darauf geschrieben, wohin der Gang führte. Auf einem Täfelchen war zu lesen:

»Mördergang! Führt unter die ganze Stadt durch, in den Hinrichtungshof des Justizgebäudes. Vorsicht!«

Auf einem anderen Täfelchen stand:

»Gang der lebendig eingemauerten Nonnen. Führt eine Stunde weit ins Nonnenkloster Himmelspforten.«

Auf dem dritten Täfelchen:

»Gang des Mittelalters. Führt hinunter bis in die Mitte des Flusses, zur Wasserfalle, die von Ratten wimmelt. In diesen Gang hat im vierzehnten Jahrhundert der Bischof von Würzburg falsche Priester gestoßen, die in die Wasserfalle gerieten, bis zum Nabel im Wasser standen und lebendigen Leibes von den Ratten aufgefressen wurden. Es wird gebeten, diesen Gang nur bei Lebensgefahr zu betreten.

Der Hauptmann.«

Die Räuber tasteten sich den Hauptgang vor, bis zu einem weißen Mullvorhang, den Oldshatterhand seiner Mutter vom Waschseil gestohlen hatte. Das einzige, was er hatte beisteuern können. Der Bleiche Kapitän zog den Vorhang zur Seite und ließ seine Leute eintreten, in einen quadratischen Raum, in dem, von den Räubern aus den Felsen herausgehauen, Steinbänke waren.

Das war »das Zimmer«.

Die Rote Wolke zündete die Petroleumlampe an, welche von der niederen Decke herunterhing, und schimpfte: »Die ist wieder nicht geputzt worden.«

Die großen und reifgelben Trauben wurden sorgsam auf die Holzregale gelegt, die an den Mauern angebracht waren und auf denen schon vielerlei Vorrat aufgestapelt lag: Zigarren in jeder Form und Qualität, von den Räubern den verschiedenen Vätern gestohlen, lagen mit Zigaretten untermischt in einer Handschuhschachtel beisammen. Daneben lagen ein großer, geräucherter Schwartenmagen, Äpfel, Birnen und Eier, in Reihen geordnet, ein Stoß Stearinkerzen, zwölf Paar von den Räubern eigenhändig genähte Sandalen aus dickem Rindleder, welches Falkenauge in dem Ledergeschäft, wo er zum Kaufmann ausgebildet werden sollte, mitgenommen hatte. Er trug sich mit dem Gedanken, von den ersten zwölf Büffeln, die er im Wilden Westen erlegen würde, die Häute an seinen Chef zu senden, zum Ersatz.

Die Sandalen waren neu und wurden niemals getragen, aber täglich mit Schweinefett eingerieben, auf daß sie nicht knarrten, wenn man in der Prärie die Rothaut beschleiche.

Ein leeres Bierfaß stand in der Ecke und ein volles darauf, vom Bleichen Kapitän aus dem Keller seines Bruders mitgenommen. Die Biergläser, sorgfältig gespült, mit blitzenden Zinndeckeln, hingen darüber auf einem Zapfenbrett. Der schwarze Erdboden war festgestampft und mit zertrennten Kartoffelsäcken belegt. Besen und Schaufel und zwölf Vogelstutzen hingen an der Mauer.

Es herrschte musterhafte Ordnung im »Zimmer«.

Auf einem großen Büchergestell standen, Rücken an Rücken, alle Räuber-, Indianer- und Seegeschichten, die es überhaupt gibt: »Der Bayrische Hiesl oder Der Herr der böhmischen Wälder«, Gesamtausgabe in zweihundertunddreizehn gelben Heftchen à zehn Pfennige, mit einem Pechdraht verschnürt. »Räuberhauptmann Rinaldini«, in ebenfalls zweihundertunddreizehn Heftchen à zehn Pfennige. »Um sieben Millionen oder Der Schurke von Zanzibar.« Das »Gespensterschiff« von Hauff.

Und alle Indianergeschichten, die der Herr Buchbinder Männlein, der Meister des Bleichen Kapitäns, in seinem Laden führte, standen wohlgeordnet im gepreßt vollen Bücherregal.

Auf einem kleinen Eckbrett lag für sich allein ein dünnes Reclambändchen: »Die Räuber. Drama in fünf Aufzügen von Friedrich von Schiller.« Das Hausbuch der Bande.

Ein alter, großer Revolver lag unter einer Glasvitrine, die früher das Kruzifix im Schlafzimmer der Witwe Benommen vor Staub geschützt hatte.

Ein mit Totenköpfen verziertes Plakat hing an der Wand. »Heimlicher Versammlungsort der Räuberbande von Würzburg« stand darauf.

Die Räuber saßen und lagen auf den Bänken.

»Rechnungsführer, bitte die neuen Einkünfte zu registrieren«, sagte der Bleiche Kapitän und stülpte die Lippen nach außen.

Der Schreiber schloß ein Schränkchen auf und nahm Tinte und Feder und ein Büchlein heraus.

Oldshatterhand kicherte. Er freute sich immer, wenn der Rechnungsführer an seine Schande erinnert wurde, ein Schreiber zu sein. Was dieser jedoch mit grimmigem, etwas leidvollem Humor ertrug. »Was bin ich? Ein Schreiber bin ich, ein Schrieb«, sagte er, »ein Federfuchser, hohaho!« Und dabei errötete er stets tief.

»Wieviel soll ich registrieren, Hauptmann?« fragte er und sah auf die Trauben.

»Nun … sagen wir viereinhalb Zentner.«

»Viereinhalb Zentner Weintrauben aus den Königlichen Weinbergen, Jahrgang achtzehnhundertdreiundneunzig«, notierte der Schreiber und deutete auf eine farbige Eidechse aus der Nymphenburger Porzellanmanufaktur. »Und diese Eidechse? … Gekauft?«

»Mitgenommen«, gab der Bleiche Kapitän an. »Schreib auf: ein Kunstwerk, in Form einer Eidechse.«

»Und das da, Hauptmann?«

»... Wer hat da gelacht!« brüllte erzürnt der Bleiche Kapitän. »Wenn noch einmal einer lacht, so wird er ausgeschlossen ... Da wird ganz einfach ballotiert, mit schwarzen und weißen Kugeln. Und dann ist er draußen. Dann kann er sehen, wo er hinkommt. Glaubt ihr vielleicht, wir sind zum Spaß da! ... Schreib auf: Ein weißer Stallhase, lebend, gekauft beim Jud Meyerheim, um fünfunddreißig Pfennige.«

Der Stallhase saß auf dem Bücherregal und schnupperte mit der Oberlippe.

Gelacht hatte die Kriechende Schlange. »Der macht uns ja alles voll«, sagte er, fuhr aber schnell fort: »Morgen ist ein Schnelläufer auf dem Sanderrasen. Er läuft im Trikot.«

»Da wird hingegangen«, erwiderte der Hauptmann, »wenn ihr wollt«, setzte er, noch erbost, hinzu. »Morgen mache ich einen Käfig für ›Das heilige Tier‹. So heißt von heute an der Stallhase.«

Oldshatterhand schritt zum Tisch, der in der Mitte stand, stellte eine Rattenfalle darauf und ging, ohne gesprochen zu haben, zurück an seinen Platz.

Der Bleiche Kapitän wandte den Kopf nach ihm hin: »... Gekauft?«

»... Eigentlich geschenkt bekommen, vom Schmied Gottlieb.«

Der Schreiber notierte die Rattenfalle und den dreipfündigen Hecht, den die Rote Wolke mit dem Blechkasten aus dem neuen Sandschiff des roten Fischers geholt hatte, und schloß das Büchlein wieder in den Schrank.

Der große Fisch schnalzte heftig im Kasten.

Der Bleiche Kapitän schlug mit einem Holzklöpfel den Hahn ins Bierfaß. Das donnerte im unterirdischen Gang, wie wenn Felsen gesprengt würden. Er schenkte die zwölf Gläser voll, zündete zwölf Kerzen an, stellte sie auf die Regale und verlöschte die Petroleumlampe.

Die Räuber saßen um den Tisch herum, tranken und rauchten.

»O Felli«, sagte Winnetou. Das hieß: Ich bitte ums Wort.

»Sprich«, erwiderte der Bleiche Kapitän.

»Würzburg steht in Flammen ... brennt nieder und ist dem Erdboden gleichgemacht. Alle Einwohner sind umgekommen. Alle! Auf uns, die einzig Überlebenden, fällt natürlich der Verdacht. Darum sage ich: Wir müssen ungeheure Vorräte aufstapeln im Zimmer, um uns vier Wochen lang hier verbergen zu können. Bis die Regierung glaubt, wir seien mitverbrannt. Nicht der geringste Verdacht fällt auf uns, denn es weiß ja niemand, daß wir noch leben ... Dann schicken wir unsere Kundschafter aus und erfahren alles, was in der zerstörten Stadt vorgeht ... Und wenn wir uns dann, als Bauernweiber verkleidet, aus dem Staub gemacht haben, sind wir verschollen auf ewig.«

Die Räuber saßen vor Begeisterung erstarrt. Winnetou schwieg und lehnte sich zurück. Die Kerzenflammen standen unbeweglich. Die bleichen Gesichter hingen wie kleine dunstige Monde im Zigarrendampf.

»Wir müssen nur immer fest zusammenhalten!« rief Oldshatterhand erregt. »Oh, im Wilden Westen ... Ihr werdet's schon sehen ... Wenn einer von uns in Würzburg bleiben will ... um vielleicht eine Frau zu heiraten, dann soll er's lieber gleich sagen.«

Der Bleiche Kapitän drückte Oldshatterhand mit einem Blick in die Ecke: »Wie du glauben kannst, daß einer von uns so ein dreckiger Feigling ist, das versteh ich ganz einfach nit.«

Plötzlich sprang wie aus dem Hinterhalt der König der Luft in die Mitte und rief: »Ich, der König der Luft, lese jetzt vor, das hundertundsiebenundneunzigste Kapitel aus ›Die bleiche Gräfin oder Der Mord im Walde‹. Da sind wir's letztemal stehengeblieben.« Der König der Luft war Lehrling in einer Drahtgitterfabrik, sehr ehrgeizig und ein scharfer Rivale des Bleichen

Kapitäns; er sprang von immer höheren Mauern herunter, um seinen Ruhm zu steigern und eines Tages die Hauptmannschaft an sich zu reißen. Er war dünnlippig, braunhäutig und hatte ein Indianerprofil.

»Wollen wir nicht lieber das Räuberlied singen?« fragte Oldshatterhand.

Da knöpfte der König der Luft energisch den untersten Knopf seines Röckchens zu, reckte das gelbe Heftchen zur Decke und rief: »Die bleiche Gräfin!«

»Räuberlied!« brüllten die anderen.

»Also, also Räuber – also Räuber – Räuberlied!« rief schnell und sich überstürzend der König der Luft und stand im Ausfall, die Faust geballt. Der Rockknopf sprang ab, sein Hals schoß waagerecht vor, und das Gesicht stand senkrecht. Er mahlte mit den Zähnen und preßte die Lippen schief zusammen. Seine tiefe Stirnfalte entstand. Da hub er an zu singen, und die Räuber hörten zu.

»Stehlen, morden, huren, balgen
Heißt bei uns nur die Zeit zerstreun.
Morgen hangen wir am Galgen,
Drum laßt uns heute lustig sein.
Stehlen, morden, huren, balgen. Ha!«

Falkenauge sang, das natürliche Auge weit aufgerissen, während das gläserne tot und interesselos in die Ecke blickte. Der Bleiche Kapitän sang gewaltsam in tiefem Baß und sehr falsch. Und die Lippen der Kriechenden Schlange waren beim Singen mit Speichelbläschen dicht besetzt. Die Rote Wolke stellte die Fußspitze nach rückwärts und agierte pathetisch. Jeder der Räuber sang eine Strophe. Zuletzt kam Oldshatterhand, der sich sehr frei fühlte, denn beim Singen stotterte er nicht. Um über seine Kleinheit wegzutäuschen, balancierte er auf den Zehenspitzen. Er sang mit feiner Mädchenstimme.

Das Bierfaß war leer. Die Kriechende Schlange lag müde zusammengerollt in der Ecke, und der Kopf des schlafenden Old-shatterhand lehnte gegen die Schulter der Roten Wolke.

»O Felli«, sagte müde Winnetou.

»Sprich.«

»Es ist Zeit, Hauptmann.«

»Auf morgen denn«, sagte leise der Bleiche Kapitän, und sein Kopf sank auf die Brust.

Die Räuber erhoben sich mühsam, verlöschten die Kerzen, zündeten die Pechfackel an und stellten gähnend ihre Rockkragen auf.

Das Wasser im Fischkasten gluckste.

Da schlug der betrunkene Schreiber auf den Tisch, daß der weiße Hase, aus dem Schlafe geschreckt, vom Regal sprang und ängstlich im »Zimmer« herumhüpfte. Mit einem Ruck riß er sich den Halskragen auf, den rosa Schlips herunter und brüllte noch einmal seine Strophe:

»Das Wehgeheul geschlagner Väter,
Der bangen Mütter Klaggezeter,
Das Winseln der verlaßnen Braut
Ist Schmaus für meine Trommelhaut.«

Die Räuber hatten das »Zimmer« verlassen, den Verschlußstein wieder sorgfältig eingefügt und standen auf dem Bergrücken beisammen.

Der erste Morgenschein lag über der Landschaft. Das Gras war taunaß. Auf einem Busch saß eine Amsel und pfiff, und ein Eichhörnchen hing still an einem Lindenstamm, mit einer Haselnuß im Maul, blickte auf die Knaben und huschte in einer Spirale um den Stamm herum und hinauf ins raschelnde Laub.

Die Stadt im Tale war in dicken Nebel eingepackt; nur die dreißig Kirchtürme stachen durch den Nebel und schwarz in den morgenklaren Himmel hinein. Im Osten hinter der Stadt stand eine zartrosa Wolkenwand.

»Da liegt ein Hobel«, sagte Falkenauge erschrocken, hob ihn auf, beäugte ihn ganz nahe, roch daran und zeigte ihn still und vielsagend der Räuberrunde.

»An der Stelle sind wir heut abend die Mauer hinuntergesprungen; da war der Hobel noch nit dort gelegen.«

»Wie kommt er überhaupt daher?«

»Ein schöner Hobel ist es ja.«

»Was ham wir davon!« riefen ein paar gleichzeitig.

»Wenn uns jemand ausspioniert hat – no, dann geht's uns krumm.«

Der Schreck war den frierenden Räubern in die Glieder gefahren. Die übernächtigen Augen waren fragend und gespannt aufeinander gerichtet.

»Dann sind wir verloren!« rief die Rote Wolke pathetisch.

Der Bleiche Kapitän schob den Hobel kaltblütig zwischen Rock und Weste. »Was heißt denn das ... verloooren.«

Die Rote Wolke stellte die Fußspitze rückwärts und hob die Hand. »Es wird heißen: Im Herbst des Jahres achtzehnhundertdreiundneunzig stattete die gefürchtete Räuberbande von Würzburg den Königlichen Weinbergen ihren Besuch ab ... In dunkler Nacht.«

»Blödsinn. Uns erwischen sie nit so schnell. Jetzt gehn wir einmal heim«, riet der Bleiche Kapitän. »Den Hobel nehm ich mit, für unsre Vorratskammer.«

Auseinanderstrahlend schlichen die Räuber auf allen Wegen den Schloßberg hinunter.

Oldshatterhand konnte ungesehen in die Küche schlüpfen, wo er auf einem alten Kanapee seine Schlafstätte hatte. Gespannt beobachtete er seine um zwei Jahre ältere Schwester, ein skrofulöses Nähmädchen, die auch in der Küche schlief. Unruhig träumend warf sie sich im Bett hin und her; ihre bläulichen Lippen bewegten sich, und die schmale Hand hing bis zum Boden hinunter.

Oldshatterhand legte eine etwas verdrückte Traube für die

Schwester auf den Stuhl, schlich zum Küchenschrank, trank Milch aus dem irdenen Topf und goß Wasser nach, genausoviel, wie er Milch getrunken hatte. Die Augen auf die Schlafende gerichtet, entkleidete er sich ganz leise und ließ sich mit größter Vorsicht langsam aufs knarrende Kanapee nieder.

Der König der Luft traf seinen Vater, einen alten Handlungsreisenden mit faserigem, grauem Bart, dabei an, wie er seine Sachen ordnete. Der Alte sah sich um nach seinem Sohn und fuhr still fort, seine Warenproben ins Köfferchen zu packen. Er war ein verhärmter Mann.

Der Schreiber hatte, bevor er daheim fortgegangen war, die Wohnungsglocke festgebunden, um nicht gehört zu werden. Wohlgemut tänzelte er durch seine Gasse, fuchtelte mit dem Stöckchen in der Luft umher und sang leise: »Das Wehgeheul geschlagner Väter, hohaho! Der bangen Mütter Klaggezeter«, öffnete die Wohnungstür – da läutete die Glocke durchs Haus. Herr Widerschein, ein Schuster, hatte sie losgebunden und wartete auf seinen Sohn, mit dem Knieriemen in der Hand. Wortlos nahm er den Schreiber in Empfang und legte ihn über.

Das dünne Stöckchen lag daneben, und der Schreiber ruderte mit Armen und Beinen.

Winnetou ging, ohne sich in acht zu nehmen, zu Hause durch den hallenden, dunklen Gang. Vor dem roten Ewigen Lichtchen unter der in die Mauer eingelassenen Mutter Gottes blieb er stehen, den Arm an die Mauer gelegt, den Kopf auf die Hand. So stand er lange und dachte an gar nichts. Plötzlich empfand er den Zwang, das Ewige Licht zu verlöschen, so daß tiefstes Dunkel um ihn her wurde. Langsam trat er in sein Zimmer.

Der Bleiche Kapitän hatte die Treppe verschmäht und war am Blitzableiter hinaufgekrabbelt und durchs Fenster in seine Kammer gestiegen.

Die Sonne war aufgegangen und traf die Krone des Kastanienbaums im Wirtschaftsgarten.

Nackt stand der Bleiche Kapitän am Fenster, band erst das rote Tüchlein vor und übte noch eine Weile ernst und sachlich mit den zwei Bügeleisen.

Am Sonntagnachmittag schritt der rote Fischer in seiner schulheftblauen Wolljacke, Kopf und Unterlippe grimmig vorgeschoben, energisch auf die »Altrenommierte Weinstube zu den drei Kronen« los. Gleich darauf klang sein Schimpfen bis auf die Straße heraus.

Geputzte Weiblein mit großen Gesangbüchern und Rosenkränzen, einzeln, paarweise und in Reihen, gingen in der Richtung nach der Burkarter Kirche. Die Sonne schien. Glocken läuteten.

Oldshatterhand saß in der Schloßgasse vor dem einstöckigen Häuschen des Schusters Widerschein auf einem Handwagen, ließ die Beine baumeln und blickte hinauf zu den ganz mit Geranienstöcken verstellten kleinen Fenstern. Manchmal pfiff er vorsichtig, kaum hörbar, den Bandenpfiff: »Nieder mit der Tyrannei«, und machte leise: »Pst«, worauf die rot und weiß gefleckte Katze, die zwischen den Blumenstöcken in der Sonne hockte, den Kopf drehte und die Augen auf Oldshatterhand heftete.

Sonst blieb alles unverändert.

Die Familie Widerschein saß beim Kaffee. »Di di di di quiridi«, trillerte der Kanarienvogel.

»Pst«, machte Oldshatterhand.

Die Hand des Schreibers erschien zwischen den Blumenstöcken, senkrecht gestellt, drehte sich verneinend einige Male im Handgelenk und winkte dann heftig weg, die Gasse hinunter. Der Schreiber hatte keinen Ausgang heute.

Auf den Zehenspitzen verließ Oldshatterhand die Schloßgasse, begab sich zur Bande, die vor dem Friseurlädchen des Herrn Adam Rein versammelt war, und erstattete Bericht.

Der Bleiche Kapitän besprach sich eben mit seinen Leuten, ob er es wagen solle, sich rasieren zu lassen. Wenn er gegen die Sonne stand, flimmerte ein zarter Flaum goldig auf seiner Oberlippe.

Entschlossen trat er ein.

»Haarschneiden – Herr Benommen?«

»Nein ... Heute nur rasieren.«

»Wie die Zeit vergeht. Ihren Vater rasierte ich dreißig Jahre lang und noch Ihren Großvater. Und jetzt sind auch Sie schon soweit. Ja, man wird alt«, sagte Herr Rein und ließ lächelnd das Messer über die sanfte Haut des Hauptmanns gleiten.

Strahlend kam der Bleiche Kapitän zurück und fragte seine Leute unwirsch, ob er gut rasiert sei und ob ihn denn der Rein nicht geschnitten habe.

Der Vater Oldshatterhands schritt vorüber, im peinlich sauber gebürsteten Sonntagsanzug und mit glänzend gewichsten Stiefeln. Die Räuber grüßten verlegen. Herr Vierkant legte seinen Zeigefinger an den Hutrand und lächelte. Sonntags war Herr Vierkant immer in bester Laune. Ein feines Stäubchen von seinem Ärmel schnellend, schritt er weiter.

Die Bande eilte hinaus zum Sanderrasen.

Ein schneidender Pfiff ertönte: »Nieder mit der Tyrannei«, und heftiges Keuchen. Sein dünnes Stöckchen über dem Haupte schwingend, kam der Schreiber nachgerast.

Beim Pferdemetzger Rücken blieben sie stehen. Auf das Ladenschild war der dampfsprühende Kopf eines Rennpferdes gemalt.

Der Duckmäuser stand vor dem Laden, biß in sein Stück Pferdewurst und betrachtete dabei die Würste im Schaufenster.

Der König der Luft wieherte wie ein Pferd und schlug aus. Der Duckmäuser hörte auf zu kauen.

»Herrgott, wie man Pferdemetzger werden kann«, sagte der Schreiber. »Begreift ihr das? Sein ganzes Leben lang von allen Menschen so verachtet sein. Ich sag euch, das ist fast so wie mit den Juden, die kleine Christenkinder schlachten und das Blut in die Mazze verbacken.«

»Der Jud Meierheim soll's getan haben.«

»I ... i hahaha!« wieherte der König der Luft.

Der Duckmäuser legte seine Wurst auf den Mauervorsprung.

»Ein Pfeeerdemetzger ... was soll man jetzt dazu sagen«, rief der Schreiber und erschrak, denn er hatte Herrn Metzgermeister Rücken bemerkt, dessen mächtiger Oberkörper in den kleinen Fensterausschnitt über dem Laden gepreßt war. Auf die kolossalen Unterarme gestützt, blinzelte Herr Rücken über die Bande weg in den Himmel und ließ das Grauen der Räuber auf sich wirken.

»Ohaho! Pferdewurst? Ich fresse, soviel ihr wollt. Jawohl«, sagte überzeugend der Schreiber.

Zögernd griff der Duckmäuser wieder nach seiner Wurst.

Der Sanderrasenplatz war von alten Bäumen umstanden. Wenn nicht Soldaten darauf exerzierten, legten die Bürgersfrauen die Wäsche zum Bleichen auf. Diesen Sonntag produzierte sich ein Schnelläufer auf dem Rasen.

Um den Platz herum zog sich ein schwarzer Saum erwartungsvoller Menschen – ein weißes Kleid hier und da, der Farbfleck einer Bluse.

In der Mitte auf einem Stuhle stand ein Mann in rotem Trikot, einen Fuß rückwärts gestellt. Mit großer Geste rief er: »Drei Mark demjenigen aus dem hochverehrlichen Publikum, der eine Stunde mit mir läuft, ohne daß ich ihn überhole.« Er hatte kurze Beine mit gewaltig hervortretenden Schenkelmuskeln und einen aufwärts gebürsteten schwarzen Schnurrbart.

Eine kleine, dürre Frau mit verhärmtem, gleichgültigem Gesicht stand neben dem Stuhl. Sie war des Schnelläufers Mutter und hielt einen zerknüllten Zinnteller in der Hand.

Der Bleiche Kapitän sah seine Leute an.

»Hohaho! Das machst du, Hauptmann.«

Dem Bleichen Kapitän bebten die Lippen, und ein verlorenes Lächeln zuckte über sein Gesicht.

Da trat er in den Raum.

Er schoß gleich hundert Meter vor, während der Schnelläufer hinter ihm hertrabte, mit zur Brust hochgenommenen Armen, daß sich die Ellbogen vor- und zurückbewegten, gleichmäßig wie die Kolben einer Dampfmaschine.

Nach einer Weile war der Hauptmann, mit mächtigen Sprüngen vornüberstürzend, schon fast eine Runde voraus, angetrieben durch die begeisterten Draufrufe seiner Bande.

»Der Malefizhundsknoche verdient sich wahrhafti die drei Mark!« rief der rote Fischer.

Eine Welle der Erregung lief am Menschensaum entlang.

Die Mutter des Schnelläufers hielt unterdessen den Zuschauern ihren Zinnteller hin und ging gleichgültig weiter, mit stumpfen Augen, wenn man nicht gab.

Der Hauptmann keuchte, etwas langsamer geworden, an seinen Leuten vorüber, winkte ihren Draufrufen ab, sah sich nach seinem Rivalen um und war weg.

Der Abstand verringerte sich merklich, der Hauptmann wurde immer langsamer, der Schnelläufer, stets im gleichen Tempo, holte auf und überholte, unter knallendem Gelächter des Publikums und besessenem Draufgebrüll der Bande, den Bleichen Kapitän, der nach einer weiteren Runde vollkommen erschöpft aufgab.

Geräuschlos verließen die Räuber den Kampfplatz.

Der Mann im roten Trikot lief weiter in der Sonne am schwarzen Menschensaum entlang.

Dem Bleichen Kapitän rollten die Schweißtropfen am Gesicht hinunter. Ohne Atem stieß er hervor: »Der Schnelläufer hat beschummelt! Einen kleineren Kreis hat er gemacht! Wie wär denn sonst das möglich.«

»Da gehn wir ganz einfach zurück und machen Krach.«

»Ach, laß ihn. Ich pfeif ja auf seine drei Mark.«

»Aber eine halbe Stunde hast du's doch ausgehalten«, sagte der Schreiber, mit der Uhr in der Hand.

»No, wart nur, bis er wieder einmal läuft.«

»Ich schlag vor, daß wir jetzt zum Bäcker Schlauch gehn. Da gibt's warmen Käsekuchen. Es ist genau vier Uhr, seht. Da kommt er grad aus dem Backofen raus.«

»Ich hab kein Geld«, sagte Oldshatterhand.

»Aber ich!« rief der Schreiber. »Siebzig Pfennig. Weil ich heut früh für mein Vater Schuh fortgetrage hab, und da hab ich siebzig Pfennig mehr für die Reparatur verlangt.«

»Wenn das dein Vater erfährt ... mei Lieber.«

»Er erfährt's aber nit. O Gott, das mach ich schon seit Jahr und Tag so. Die Kundschaft frägt mein Vater nit, weil sie's jetzt schon gewöhnt ist, daß bei mein Vater die Reparaturen so teuer sind.«

Der Bäckermeister und Weinwirt Schlauch war ein frommer Mann, fett und bleich.

Die Räuber blieben auf der Straße vor der Bäckereiauslage stehen. Der Schreiber kaufte für sich und die andern sieben Stück Käsekuchen, welche Herr Schlauch durch das Verkaufsfensterchen den Räubern hinausreichte. Oldshatterhand ließ sich auf sein Stück noch Zucker nachstreuen.

Da spuckte der Schreiber einen Bissen wieder aus, sah die Räuber an und sagte: »Der Kuchen schmeckt nach Petroleum ... Herr Schlauch, der Kuchen schmeckt ja nach Petroleum.«

Alle reichten unter Protest die halbgegessenen Stücke durchs Fenster Herrn Schlauch wieder hinein, der sich ängstlich nach seinen weintrinkenden Gästen umsah und entsetzt den Kuchen beroch. »Petroleum? ... Ja, was wär denn das?«

»Versuchen Sie ihn nur selber.«

»Wo schmeckt denn der Käsekuchen nach Petroleum«, sagte Herr Schlauch erstaunt, weiter mit der Zunge prüfend.

»Tatsächlich, er schmeckt danach, das merkt man doch

gleich!« sagte der Bleiche Kapitän überzeugend und verzog das Gesicht. »Wahrscheinlich ist die Petroleumkanne daneben gestanden.«

»Wa wa wa wa wa!« schrie der Bäcker aufgeregt. »Das gibt's nit!« Und schob die angebissenen Stücke auf dem Tische herum.

»Also, wenn ich Ihnen sag, er schmeckt nach Petroleum ... Sie müssen uns neuen Kuchen geben. Wir ham doch bezahlt ... Schneiden Sie halt einmal den andern Platz an.«

Zitternd reichte der Bäcker noch einmal sieben Stücke zum Fensterchen hinaus.

Oldshatterhand ließ sich wieder Zucker nachstreuen. Die Räuber bissen in den Kuchen ... »Wahrhaftig! der schmeckt auch nach Petroleum«, sagte der Schreiber.

Der Bäcker wurde dunkelrot.

»Ich schmeck nix«, sagte der König der Luft mit vollem Munde und schluckte hastig.

»Du bist halt ein Rindvieh«, flüsterte der Schreiber ...

»Also, Herr Schlauch, das gibt's doch nit, daß Käsekuchen nach Petroleum schmecken darf ... da müssen Sie uns doch recht geben.«

Sie reichten auch diese halbgegessenen Stücke zum Fenster hinein. Der Bäcker beroch sie, legte sie hier- und dorthin, türmte sie aufeinander und sagte endlich zu seiner Frau: »Da, versuch du einmal den Kuchen.«

»Jag die Lausbube weg ... Der Kuchen schmeckt doch nit nach Petroleum.«

Der Bäcker knallte das Verkaufsfensterchen zu.

»Machen Sie auf!« Der Schreiber schlug an die Scheibe ...

»Da gehn wir ganz einfach in den Laden.«

»Ich nit. Mein Vater sitzt drin«, sagte Oldshatterhand.

Die Räuber schoben sich drängend durch die Türe in den Laden hinein.

Winnetou ging mit Oldshatterhand.

Vor einigen Wochen hatte Oldshatterhand einen Zwetschgenkern in die Erde gelegt, auf daß ein Bäumchen daraus werde. Er und Winnetou mußten lange suchen, bis sie die Stelle wiederfanden. Endlich sah Oldshatterhand ein streichholzgroßes, zartes Stengelchen, an dem drei herzförmige Blättchen waren, und rief: »Das ist mein junger Zwetschgenbaum!«

Sie knieten nieder. Um sie herum lagen zerbrochene Töpfe, zerknüllte, nicht mehr brauchbare Blecheimer, Flaschen, Gipsbrocken, stinkende Gemüseabfälle. Es war der Schuttablagerungsplatz vor der Stadt, Oldshatterhands Lieblingsaufenthalt. Ein mit grünem Schlamm überzogenes Altwasser, in dem es Feuersalamander gab, war auch da, von Haselnußsträuchern umstanden.

Oldshatterhand drückte das Stengelchen mit dem Zeigefinger vorsichtig zur Seite und ließ es zurückschnellen. »Es hat schon ziemlich viel Kraft.«

Sie setzten sich, die Beine auseinandergespreizt und die Fußsohlen gegeneinandergestemmt, so daß das Stengelchen in der Mitte war.

»Wie lange braucht's, bis was dranhängt«, sagte Winnetou bedauernd und drückte das Stengelchen auch zur Seite.

Oldshatterhand sah es schon als Baum: »Alles, was er trägt, gehört mir und dir. Er wächst schnell, hier ist der Boden gut.«

»Er braucht auch viel Sonne und Regen.«

Oldshatterhand sah zum bewölkten Himmel empor und wieder auf das Stengelchen; er empfand einen Druck über dem Herzen, weil er so klein bei dem kleinen Pflänzchen saß und die Zeit ihm unüberwindbar schien; seine Sehnsucht machte einen Sprung, und er sagte: »Wenn ich dann einmal zurückkehre, als ... wenn ich dann einmal als ein Fremder zurückkehre, dann ist es schon ein großer Baum geworden, der gestützt werden muß.«

»Wir könnten's eigentlich jetzt schon stützen, meinst nit?«

fragte Winnetou und nahm ein Streichholz aus der Schachtel. Sie steckten das Streichholz zum Stengelchen in die Erde und banden es daran fest. Aber der Druck wich nicht aus Oldshatterhands Brust. Auch Winnetou sah nachdenklich drein. Beide dachten jetzt nicht an das Pflänzchen, sondern in die Zukunft. Das Pflänzchen blieb klein zurück.

Winnetou riß sich zuerst los und sah wieder auf das Pflänzchen. »Wollen wir? ... Was meinst du ... Das düngt«, sagte er und war auf einmal fröhlich.

Oldshatterhand sah Winnetou erst entsetzt an.

»Wirklich, das düngt«, beschwichtigte Winnetou.

»Du glaubst, man kann das tun? ... Schaden kann's ihm eigentlich nit«, sagte Oldshatterhand gedankenvoll, und ein Lächeln entstand in seinem Gesicht.

Sie standen auf. Die zwei Strahlen kreuzten sich; sie traten zurück, und die Strahlen trafen das erzitternde Pflänzchen.

Dann gingen sie zur Salamanderpfütze. Darauf schwamm ein breites, verfaulendes Brett. Andere Holzstücke benützten sie zum Abstoßen und fuhren mit dem Brett auf dem Wasser herum, bis die Nacht hereinbrach, worauf sie erhitzt nach Hause eilten.

Zweites Kapitel

Das war plötzlich gekommen. Mit den Räubern gleichalterige vierzehnjährige Lehrjungen hatten aus der Kneipe der Witwe Benommen heraus über die Bande gelacht, die geschlossen vorbeigegangen war. Der Schreiber machte den Vorschlag, auch in die Kneipe zu gehen, was bis jetzt für verächtlich und der Räuber unwürdig gegolten hatte, jedoch einem schon lange zurückgedrängten Wunsche entgegengekommen war. Seitdem hatten die Räuber viele Stunden in den Kneipen verbracht, und es galt für eine Ehre, betrunken zu sein. Des Schreibers Ansehen wuchs, denn er war mit ganzer Seele dabei und immer betrunken. Die Zusammenkünfte im »Zimmer« wurden zum Entsetzen Oldshatterhands nicht mehr ganz regelmäßig eingehalten.

Die Räuber lagen auf dem Schloßbergrasen in der Sonne und warteten auf den Bleichen Kapitän. Winnetou kaute nachdenklich Gras.

Der Bleiche Kapitän stieg langsam den Schloßberg hinauf; er hatte ein schmutziges Karl-May-Buch ohne Einbanddecke in der Hand. Eine Weile blickte er schweigend und gespannt auf die Räuber hinunter. »Was glaubt ihr, das passiert ist? ... Das hätt ich niemals gedacht ... Winnetou ist erschossen worden.«

»Oh, halt doch's Maul.«

»Da hockt er ja«, sagte der Schreiber lachend und deutete auf Winnetou.

»Ich meine doch den wirklichen Winnetou in den Karl-May-Büchern«, rief der Bleiche Kapitän wütend.

»Winnetou ist tot?« fragte Winnetou leise. »Das ist nicht möglich. Wie soll denn das passiert sein?«

»No, ein paar hundert ... ich glaub, gegen fünfhundert Siouxindianer gegen Winnetou allein! Er ist halt in einer Höhle überrascht worden, die nur einen Ausgang hatte ... Von sechzig bis siebzig Pfeilen ist er tödlich getroffen worden, weil die Feigling nur immerzu in die Höhle geschossen ham. Hinein hat sich ja keiner getraut.«

»Ja, aber wo war denn Oldshatterhand derweil? ... Wie konnt er denn in so einem Augenblick nit da sein?« fragte Winnetou erregt.

Oldshatterhands Blicke und die aller anderen Räuber waren auf den Bleichen Kapitän geheftet.

»Das ist's ja! Der war grad gefangen. Er hat aber schon so was geahnt und hat sich befreit vom Marterpfahl ... Und dann hat er eine ganz unglaubliche Leistung vollbracht, sag ich euch ...

Tag und Nacht ist er in einem fort geritten ... Er ist überhaupt schon nimmer geritten, sondern geflogen auf seinem ›Rih‹. Und ist halt doch grad um ein paar Augenblick zu spät gekommen. In Oldshatterhands eigenen Armen ist Winnetou ein paar Minuten danach gestorben ... Die letzten Worte Winnetous müßt ihr les... Ich mag ja gar nix sag... Es heißt: Hundertmal hast du mir das Leben gerettet, mein roter Bruder Winnetou, und jetzt muß ich zu spät kommen ... Oldshatterhand hat sogar geweint.«

Die Räuber saßen stumm, mit glänzenden Augen, die den Wilden Westen sahen, die Höhle, in der Winnetou verschieden war.

Oldshatterhand sah eine endlose Reihe wildbemalter Siouxindianer durch die sonnenfunkelnde Prärie galoppieren – aber am äußersten Ende, da wo Prärie und Himmel sich berührten, stand die Räuberbande, ein kleiner, schwarzer Punkt – schußbereit.

»Da kann man jetzt nix mehr mach«, sagte der Bleiche Kapitän und reckte sich auf. »Aber fürchterliche Rache hat er geschworen.«

»Leih mir das Buch bis morgen«, bat Winnetou.

»Das geht auf kein Fall. Ich hab's selber noch nit ausgelesen«, wehrte der Bleiche Kapitän ab.

»Morgen früh geb ich dir's wieder zurück.«

»Morgen früh muß ich's ja schon abliefern, sonst muß ich vier Pfennig mehr Leihgebühr bezahl... Höchstens müßt du's gleich les... Wir gehn jetzt in die Weinwirtschaft ›Zum Lochfischer‹. Kommst halt nach, wennst's ausgelesen hast.«

Winnetou griff nach dem Buch.

Die Räuber stiegen den Schloßberg hinunter. Die Sonne war untergegangen.

Der Schreiber trug unter jedem Arm einen hohen Röhrenstiefel, die Herr Widerschein vorgeschuht hatte. Bei dem Hause des säbelbeinigen Polizeiwachtmeisters blieb er stehen. »Ich muß erst die Stiefel vom Wachtmeister nauf trag. Wartet halt auf mich. Ich bin gleich wieder da ... Geh mit«, sagte er zum König der Luft.

»Hn!«

»Der frißt dich doch nit.«

»Also hopp. Also wenn du meinst.«

»Glaubst du, daß von den Siouxfeiglingen noch ein paar übrig sind, bis wir nüberkommen?« fragte der König der Luft auf der Treppe.

Der Schreiber schubste die Röhrenstiefel höher zur Achselhöhle. »Das ist fraglich ... Mein Lieber, wenn Oldshatterhand einmal blutige Rache geschworen hat, dann wird sicher höchstens einer von den Sioux übrigbleiben ... Du weißt ja, wie das bei Karl May immer war.«

»... Verlangst du mehr für die Stiefel?«

»Sei doch still.«

Der Wachtmeister öffnete selbst die Türe. Er hatte sich's bequem gemacht. Sein Uniformrock hing über dem Stuhle, die meterlange Pfeife lehnte in der Kanapee-Ecke. Der blaue Tabakrauch stieg vom Mundstück weich in die Höhe zum säbelschwingenden Türken zu Pferd, der goldgerahmt über dem Kanapee hing.

»Grüß Gott, Herr Wachtmeister. Mein Vater hat gesagt, drei Mark neunzig kosten die Stiefel.«

Der König der Luft war bei der Türe stehengeblieben und schnalzte nervös mit den Daumen.

»Schon fertig?« Der Wachtmeister trat aus dem Pantoffel, stieg in die lange Röhre hinein und zog und zerrte an den Stulpen. Sein Gesicht lief blaurot an. Dabei preßte er hervor: »Drei ... Mark ... neunzig?«

»Ja, soviel kosten sie, hat mein Vater gesagt.« Der König der Luft blickte starr vor sich hin.

Der Wachtmeister ging, an einem Fuß den Pantoffel, am andern den Röhrenstiefel, im Zimmer auf und ab und blickte prüfend zur Decke, schlenkerte das bestiefelte Bein, beugte sich hinab, drückte mit dem Daumen auf das Oberleder. »Die sind wieder fest beisammen ... Richt einen schönen Gruß aus an dein Vater«, sagte er und zog den Geldbeutel.

»Jetzt muß ich erst die drei Mark vierzig heimtrag«, sagte der Schreiber auf der Treppe. »Die fünfzig Pfennig mehr schaden dem nix ... Er is ja Junggesell. Der hat sogar Geld auf der Sparkasse.«

»Warum hast denn nit noch zwanzig Pfennig mehr verlangt.«

»Was glaubst denn, da wär er drauf komme.«

»Hättst halt sag soll, dei Vater hätt dir aufgetragen, die Füß vom Wachtmeister seien zu groß ... da brauchet man mehr Leder.«

»Ich hab doch heut schon vier Paar Stiefel fortgetragen ... Im ganzen hab ich eine Mark siebzig dran verdient.«

»Hn!«

»Eine Mark siebzig.«

»Eigentlich ein ganz schöner Verdienst.«

»Geb halt das Geld erst später dein Vater«, drängte der Bleiche Kapitän vor dem Hause. »... Du mußt von vorne anfangen, dann siehst du selber, daß eine Rettung absolut nit möglich war«, sagte er zu Winnetou, der stehend las. »Also, jetzt gehen wir zum ›Lochfischer‹ ... Komm aber, wennst's ausgelesen hast!« rief er Winnetou nach, der »Ja, ja, sicher!« rief und weiterlesend langsam in der Richtung seiner Wohnung ging.

Vor seiner Haustüre schob Winnetou das Buch zwischen Hemd und Brust und wollte in sein Zimmer schleichen.

Die Mutter öffnete die Türe der guten Stube und rief streng: »Da komm mal her!« Sie war eine hagere Frau mit dunklen Augen. Ein silberner Christus baumelte an ihrer Brust.

Der junge Kaplan, mit gesundroten Flecken unter den hervorstehenden Backenknochen, saß, wie immer in seiner freien Zeit, auf dem Kanapee neben der blassen, schönen Schwester Winnetous. Kaffee, Kuchen, Likör standen auf dem Tisch.

»Wo hast du das Buch!« rief die Mutter. Winnetou blickte verwirrt auf die Heiligenbilder, die an allen Wänden hingen.

»Weißt du nicht, was man zu tun hat, wenn man eintritt!«

Winnetou ging zum Weihwasserkessel bei der Türe, tauchte die Finger ein und schlug das Kreuz.

»Nun?«

Zögernd ging er zum Kaplan und gab ihm die Hand. »Gelobt sei Jesus Christus.«

»In Ewigkeit, Amen ... Was ist es denn für ein Buch?« fragte der Kaplan und nippte vom Likör.

»... Wirst du dem Herrn Kaplan Antwort geben! ... Hochwürden verzeihen.« Sie tastete Winnetou ab und zog das Buch hervor.

Der Kaplan blätterte im Buch und las vor: »Oldshatterhands Eisenfaust hatte die Rothaut getroffen. Ohne einen Laut von sich zu geben, sank der rote Mann tot zu Boden.«

Winnetous blasse Schwester sah still vor sich hin.

»Solche Lektüre darf man Kindern nicht in die Hände geben, Frau Steinbrecher ... Denken Sie an die entwendete Schultinte.«

Frau Steinbrecher wurde blutrot. »Von wem hast du das Buch!«

»Vom Bleichen ... von Oskar Benommen.«

Die Mutter legte das Buch neben die Mutter Gottes auf die gehäkelte Decke, welche über die polierte Kommode gebreitet war. »Morgen gehe ich mit dem Buch zu Frau Benommen ... Vorwärts!«

Winnetou sah seine Mutter entsetzt an.

»Wird's bald!«

Langsam ging er zur Kommode, nahm aus der Schublade ein Lineal aus Eichenholz und reichte es der Mutter. Scham verdunkelte Winnetou den Blick; das Blut war ihm hinter die Augen getreten, als er die Hand vorstreckte.

»Jetzt komm!« rief die Mutter nach der Züchtigung und führte ihn am Arm hinaus, hinauf in sein Zimmer. Ihr Gesicht war weiß, die Augen schwarz geworden. Plötzlich schlug sie Winnetou ins Gesicht und verließ wortlos das Zimmer. Die Türe verschloß sie hinter sich.

Der Kaplan spielte mit den weißen Fingern von Winnetous Schwester, die zart errötend ihm die Hand überließ.

Als die Mutter eintrat, nippte er vom Likör.

Winnetou saß auf dem Bett, seine Scham hatte sich zu Entsetzen gesteigert. Zugleich empfand er so heftigen Abscheu gegen die Mutter, daß er abwehrend die Hände ausstreckte. Die nicht abgewischten Tränen trockneten. Die Gesichtshaut spannte.

Winnetou schlief ein und träumte sofort, daß der Kaplan in fliegender Soutane hinter ihm her durch den Klostergarten stürze, die langen Hände nach ihm ausgestreckt. Die Mutter stand erhöht und deutete: »Dort … dort.«

Mit einem entsetzensvollen Schrei erwachte er. Die Mutter war eingetreten. Sie stellte den Teller mit Wurstbrot auf den Tisch und verließ, ohne gesprochen zu haben, das Zimmer wieder.

Winnetou hörte, wie sie zuschloß, und richtete sich automatisch auf. Er hatte die Empfindungsfähigkeit vollständig eingebüßt, die erst allmählich sich wieder einstellte, in Form von Schwindelgefühl und Verlorenheit. Ohne etwas zu sehen, waren seine Augen auf den alten Stahlstich gerichtet, der Christus am Kreuz vorstellte. Der Christus hatte altersgelbe Flecken und Streifen; er war beim letzten Umzug oben auf dem Wagen gelegen und eingeregnet worden.

Flüchtig dachte Winnetou daran, daß die beim »Lochfischer« versammelten Räuber auf ihn warteten, und blieb reglos hocken.

Es war Nacht geworden. Winnetou stand auf vom Bett, trat ans Fenster und sah, daß der Kaplan Arm in Arm mit der Schwester im Garten spazierenging.

Er wartete, bis das Paar zwischen den Büschen verschwunden war, stieg aufs Fenstersims und kletterte am Weinstock hinunter, der die ganze Südwand des Hauses bedeckte.

Die Räuber hatten sich beim »Lochfischer« um einen langen Tisch herumgesetzt.

Die Stube war drei Tische und einen Kachelofen groß und so niedrig, daß der rote Fischer, der eben eintrat, mit seinem Haupthaar das pfeildurchstoßene rote Stuckherz der Mutter Gottes an der Decke streifte.

Er setzte sich zum Wirt an den Tisch und zur Wirtin, die ihren alten Schnauz auf dem Schoße und über ihm die Hände gefaltet hielt.

Am dritten Tische saß der Spenglermeister Herr Hieronymus Griebe und aß bedächtig eine Portion gebackene kleine Fische, von denen er seinem Sohn, dem Duckmäuser, immer die Köpfchen auf den Teller legte.

Die Räuber sahen mit unverhohlener Verachtung auf den gleichaltrigen Duckmäuser, einen großen, kräftigen, immer hungrigen Burschen, blond, mit Pickeln im Gesicht, der täglich in die Kirche lief, fleißig ins Geschäft, mit anderen Jungen nicht verkehren durfte und stark stotterte. Er wagte die Räuber nicht anzusehen, die er fürchtete und haßte, weil sie ihm den Namen »Duckmäuser« gegeben hatten.

Herr Hieronymus Griebe gab seinem Sohn jetzt gleich drei Fischköpfchen auf einmal, die sofort in des Duckmäusers Mund verschwanden.

Die von allen Mitgliedern der Räuberbande aus gehöriger Entfernung verehrte blonde Kellnerin mit den sanften Augen stellte freundlich die frischgefüllten Weingläser auf den Tisch und sagte singend: »Nooo, seid ihr auch wieder einmal daaa.«

Die Räuber lächelten befangen.

»Heiland der Welt! Das Fischsterbe. Der ganze Mee schwimmt voll verreckte Fisch. Heiliger Kilian! I wenn wüßt, wer mir 's Wasser so versaut.«

Der Wirt zwinkerte mit dem einen Auge dem Fischer zu und zuckte verächtlich mit dem Kopf einmal zur Seite: »No, wo wird's herkumme, dr Michl läßt halt 'n ganze Drääk vo seiner Färberei ins Wasser läff.« Er drückte mit den Händen seinen schweren Körper in die Höhe und trat zu den Räubern. »Was wird's sei, dr Drääk vo dr Färberei is.«

»No, da soll aber doch wes dr Teufl was alles neischlag! Läßt der Hammel sei Farbsoß wiedr ins Wasser läff? Wiedr?«

»Jau«, winkte der Wirt ab, »die alte Gschicht ... Grüß Gott, meine Herrn.« Die Hände auf die Stuhllehne gestützt, sah er lächelnd auf die Räuber hinunter. Verächtlich zuckte er noch einmal mit dem Kopf seitwärts zum Fischer hin: »Die alte Gschicht ... No, Herr Vierkant, wo is denn der Vater? Der hat sich a schö lang nimmer bei mir seh laß.«

Oldshatterhand schüttelte verlegen den Kopf. »Ich weiß nit, wo er is.«

»Ein guter Tropfen«, sagte der Bleiche Kapitän, zwang sich, gleichgültig zu trinken, und stülpte die nassen Lippen nach außen.

Der Wirt lächelte. »No, Herr Widerschein.« Er legte dem Schreiber die Hand auf die Schulter.

»Mei Vater is daheim und arbeit, weil er so viel zu tun hat«, sagte der Schreiber sehr schnell.

»So, so ... Na, lasse Sie sich's nur schmeck, mitnander ... Gretl! 'n Herrn Widerschein sei Glas is leer«, sagte der Wirt und ging nach hinten zu seinem Schanktisch.

Die Räuber wagten einander nicht anzusehen vor Verlegenheit. »Beim ›Lochfischer‹ müssen wir Stammgäst werden«, sagte der Bleiche Kapitän. Alle stimmten freudig zu. Plötzlich verstummt, blickten sie zur Türe. Ein eleganter Handlungsreisender aus Berlin war eingetreten, schlug die Hacken zusammen gegen die Wirtin, gegen den Fischer, gegen Herrn Hieronymus Griebe, gegen den Räubertisch und fragte: »Hörn Sie mal, kann man hier Fische bekommen? Jibt es hier Fische? Frische Fische?«

Der rote Fischer wandte sich schwerfällig um, sah den Berliner an, deutete auf einen Stuhl: »No, da setze Sie sich nur erst amal, Fisch kriege Sie dann scho, soviel Sie brauche«, und wandte sich zurück zum Tisch.

Der Schreiber deutete auf die Schuhe des Berliners. »Die hab ich ihm erst heut früh gebracht. Sohle und Absätz aufrichten«, flüsterte er. »Der Herr kommt jedes Jahr einmal nach Würzburg, und da läßt er sei Schuh bei mein Vater mach.«

Der Berliner stand noch auf gespreizten Beinen, die Hände in den Hüften, und betrachtete das rote Herz der Mutter Gottes an der Decke, sah sich erstaunt um, rief dem Wirt erfreut zu: »Enorm jemütlich!« und las laut den gerahmten Spruch an der Wand:

»Ob ich morgen leben werde,
Weiß ich freilich nicht,
Daß ich aber, wenn ich lebe,
Trinken werde, das ist ganz gewiß.«

Der Wirt lächelte. Die Wirtin setzte ihre Brille auf die Nasenspitze und begann an einem roten Strumpf zu stricken.

Der Wirt stellte Wein auf den Tisch für den Berliner, der sich zwischen den Fischer und die dicke Wirtin setzte und einen Karpfen bestellte. »Isterfrisch?«

»He?«

»Ist der Fisch frisch?«

»No, wenn Sie 'n so frisch in Bauch nei kriege, wie er is, bekommt er Ihne schlecht«, sagte der Wirt und hielt dem Berliner einen zappelnden Karpfen unter die Nase.

»Was glaubt denn deer«, sagte der Schreiber laut.

»Bei euch in Berlin scheine die Fisch für gewöhnli zu stinke«, meinte der Fischer.

»Kolossaler Irrtum! Berlin steht in hygienischer Hinsicht tadellos da. Größter Seifenverbrauch und so weiter.«

»No, was wolle Sie denn dann? Glaube Sie, wir wisse nit, was Säfe is? Säfe könne Sie bei uns in jedn Kolonialwarelädele käff.«

Der Glasermeister Johann Jakob Streberle kam, ein noch sehr junger Mann, der erst kürzlich von seinem verstorbenen Vater die Glaserei geerbt hatte, und setzte sich an den Tisch dazu. Der Schnauz kläffte ihn wütend an. »Was hat denn der Verrecker«, rief Johann Jakob Streberle und lachte, wobei »Zs-zs«-Laute ertönten und Speichel zwischen seinen glänzenden Zahnreihen durchspritzte, denn er hielt sie beim Lachen geschlossen. »Da, schau sie an«, beugte er sich zum Fischer und deutete zu den Räubern, »die Lausbube. Wie wir so klein warn, sin wir schö derhem gebliebe. Nit amal 's Geld hätte mir ghabt. Besuffe sin sie a no.«

Der Wirt trommelte nervös auf der Tischplatte.

»No, was mi angeht«, meinte der Fischer, »i hab's grad so gemacht ... Laßt sie doch sauf. Ihr Alter wird ne scho 'n Arsch aushaue, wenn's nöti is. – I glaub als, dir hockt er halt wieder, Streberle, weil's mit der Brautschau Wasser war.«

»No, allemal!« rief der Schreiber.

»O Gott, Brautschau! Mädli, Mädli mit Geld krieg i, so viel i will«, lachte der Glasermeister speichelspritzend.

Die Räuber verhielten sich ganz still. Ihre Wangen waren gerötet; der Schreiber hatte einen Liter Most bezahlt. Oldshatterhand klimperte leise auf der Gitarre. »Doch! Jetzt singen wir«, flüsterte er. »Hopp!«

»Gretl, *noch* eine Maß!« sagte der Schreiber. Sein Gesicht glühte.

»Ooo, Herr Widerschein, S...ie sind einer«, sang das blonde Mädchen.

»Diese Jungens! Diese Jungens! Trinken wie die alten Deutschen immer noch eins. Bringen Sie den Jungens einen Liter Wein auf meine Rechnung«, sagte der Berliner.

»O Gott, Mädli, Mädli, so viel i will.«

»Einfach weil's Wasser war mit der Brautschau«, sagte plötzlich der Schreiber, stand schaukelnd auf und sang, die Melodie von »In einem kühlen Grunde« unterlegend, immer nur den Namen des unbeliebten Glasermeisters:

»Jooohann Ja-a-kob Streeeberle,
Joohann Stre-e-berlee – – –«

die ganze Melodie durch. Der Schreiber war vollkommen betrunken. Der Fischer verschluckte sich vor Lachen. Johann Jakob Streberle spritzte, gezwungen lachend, Speichel zwischen seinen geschlossenen Zahnreihen durch und blickte wütend zu den Räubern hin.

»No, jetz is aber genug«, sagte der Wirt und lächelte vergnügt.

Das Mädchen brachte den Räubern den Wein des Berliners. Oldshatterhand beugte sich auf die Tischplatte, zischte verhalten: »Also hopp! ... Los!« Und fing mit verzweifeltem Mute allein an zu singen, mit hoher Mädchenstimme: »Nieder mit der Tyrannei!« Worauf die anderen sofort einsetzten, daß der Berliner seine Gabel fallen ließ:

»Hoch leb die Anarchie!
Es lebe der Achtstundentag,
Die Ruh, die Republik!«

Johann Jakob Streberle schüttelte mißbilligend den Kopf. »Bezahle Sie doch dene Lausbube nit a no Wein, sonst mache sie nur Dummheite ... Die ham sowieso scho genug auf'n Kerbholz ... Ja, ja, wartet nur, Bürschli«, schloß er geheimnisvoll.

»Was wolle denn Sie von uns?« rief der Schreiber.

»Was ich von euch will? ... Oh, das werdet ihr schon no sehn.«

»Was der will ... Sie können uns gar nix anhab.«

Da umklammerte der Bleiche Kapitän den Arm des Schreibers. »Pst! Sei still!« flüsterte er und duckte das Gesicht auf die Tischplatte. »Wißt ihr, was auf dem Hobel steht?«

»Auf was für 'n Hobel?«

»Aha! Hat's euch scho?« rief Johann Jakob Streberle, weil alle Räuber das Gesicht horchend auf die Tischplatte duckten.

»No, auf dem Hobel, den wir letzthin auf'n Schloßberg gfunde ham. J. J. St. steht drauf«, flüsterte der Bleiche Kapitän. »Der Hobel gehört dem Streberle; der Kerl hat uns sicher nachgschnüffelt.«

Die Oberkörper der Räuber richteten sich auf. Alle blickten zum Glasermeister hin.

»Gelt, ihr wißt scho, daß nit alles sauber is. I will aber gar nix gsagt hab.«

»Sie wisse nix ... gar nix«, sagte der Schreiber.

»Wenn wir ihm sein Hobel wiedergebe, hält er vielleicht sei Maul«, flüsterte der Bleiche Kapitän.

Der Glasermeister schnellte in die Höhe. »Sooo ... *ihr* habt mein Hobel! Mein Hobel habt ihr a no!« Er sprang an den Räubertisch.

»Wolle Sie was von uns!« Der Schreiber war in die Höhe gefahren. Der Schnauz kläffte. Alle Räuber standen.

Da trat Winnetou ein.

Der Bleiche Kapitän klärte Winnetou hastig auf.

»Sie ham uns also ausspioniert ... Alle sind gemein ... Wissen Sie, was Sie sind? ... Ein gemeiner Spion sind Sie«, sagte Winnetou laut und setzte sich.

Der Glasermeister hob die Faust. Der Wirt sprang dazwischen. »Ruh jetzt! ... Macht euer Sach woanders aus. Und Sie, Sie lasse die junge Leut in Ruh.«

»Ihr Gauner!« Er versuchte den Wirt zur Seite zu drängen. Hoheitsvoll sah der Wirt den Glasermeister an. »Setzen Sie sich auf Ihren Platz ... Dort ist Ihr Platz!« sprach er hochdeutsch.

»No ja, aber hat's denn scho so was gebe! Jetzt sagen Sie selber ... Wir Männer – – –.«

Aber der Wirt ließ sich auf nichts ein.

Auch die Räuber setzten sich.

Herr Hieronymus Griebe trank sein Glas aus, hielt es gegen das Licht und reichte es seinem Sohn, der das leere Glas eine Weile senkrecht zwischen die zur Decke gerichteten Lippen hielt und energisch sog. Herr Griebe zupfte seinem Sohn den Anzug zurecht und verließ mit ihm eilig die Weinstube.

»I wer mir mei Gäst vertreib lasse!«

»No, jetzt sage Sie selber.«

»Streberle, i will gar nix wiß.«

»Großartig. Ist das nich der Junge vom Schuhmachermeister Widerschein«, fragte der Berliner den Fischer.

»Das is 'n Widerschein seiner.«

»Ich lasse mir nämlich immer meine Schuhe von Herrn Widerschein reparieren … Bedeutend billiger als in Berlin!«

»Ja, Berliiiiiiin.«

»Ist aber hier in Würzburg auch nicht mehr so billig wie früher … Vier Mark für Sohlen und Absätze erhöhen.« Der Berliner nahm sein Glas in die Hand.

»Was? … Erhööööhen?«

»Flecke auf die Absätze.«

»Ah so. No, i zahl beim Widerschein alleweil no zwä Mark und dreißig Pfennig für Sohle und Absätz. Seit zwanzig Jahr!«

Der Schreiber horchte gespannt.

»Aber hörn Sie mal!« Der Berliner stellte das Glas zurück, ohne getrunken zu haben. »Da muß ich doch morgen gleich einmal zum Meister gehen … Gleiche Preise für alle. Das ist mein leitendes Prinzip … Ich bin Reisender.«

»Mei Fisch kriegt a jeder ums selbe Geld … Wer bezahlt, kann Fisch hab.«

»Hörn Sie mal, junger Mann, sagen Sie Ihrem Vater, ich käme morgen zu ihm … Es ist ja nur eine prinzipielle Sache bei mir.«

Die Räuber blickten vom Berliner zum Schreiber, der nervös auf dem Stuhl herumrutschte. »Es kann sei, daß mei Vater morgen gar nit daheim is. Weil er Schuh nach Höchberg trägt.«

»Wissen Sie, in Berlin herrscht das Prinzip: reelle Arbeit – reelle Preise. Daher der Aufschwung. Das ist auch meine Weltanschauung.«

»Ja no, das Solide is no alleweil das beste.«

»I geh jetzt a bißle ins ›Eckertsgärtle‹ zum Kegeln«, sagte Johann Jakob Streberle und erhob sich.

»'n Streberle dürfen wir heut nimmer aus die Auge laß. Wir müsse doch rauskrieg, was er vorhat«, sagte der Bleiche Kapitän, als der Glasermeister gegangen war.

»Solide – reell ... das hatte Deutschlands Aufschwung zur Folge, seit dem Kriege siebzig/einundsiebzig.«

»Wie heut erinner i mi no. Damals, wir Bayern vor Paris ... Wir sind in einem Dorf gelege – –«

»Hörn Sie mal!« unterbrach der Berliner. »Die Preußen – – – –«

Auf der Straße sahen die Räuber in einer Schmiede Feuer auf der Esse lodern. Der geschwärzte Schmiedegesell, der unverhofft eine dringende Reparatur hatte ausführen müssen, trat eben aus der Werkstatt und sah in den Himmel hinauf nach dem Wetter. Der betrunkene Schreiber lallte: »Mir ist jetzt alles gleich«, trat auf den Schmied zu, starrte ihm in die Augen und rief streng: »Wissen Sie nicht, daß es verboten ist, am heiligen Sonntag zu arbeiten!«

»Gehst weg! Knirps! Sonst fängst eine«, rief erbost der Schmied.

»Hau mal her!«

Der Schmied hieb ihm eine kräftige Ohrfeige herunter.

»Hau no mal her!«

Er hieb ihm wieder eine herunter.

»Hau no mal her, wennst Kurasch hast!!!«

Der Schmied gab dem Schreiber noch eine fürchterliche Maulschelle und ging in seine Werkstatt zurück.

Die Räuber gingen die Straße vor, bis zum »Spitäle«. Alle waren etwas angetrunken, bis auf Winnetou, der einige Schritte seitwärts nachdenklich nebenherging.

Die Räuber sahen auf das beleuchtete Zifferblatt, zogen ihre Taschenuhren und verglichen die Zeit. Es war gegen zehn Uhr.

»Ich hab's euch ja gsagt, es war ein Mann dagestanden. Ich hab 'n genau gsehn.« Falkenauge drehte sich aufgeregt im Kreis der Räuber herum und deutete zur Festung.

»Hast halt auch amal was gsehn«, sagte der ernüchterte Schreiber.

»Ja, also los! Wir müssen jetzt ins ›Eckertsgärtle‹!« rief der Bleiche Kapitän. »Ich werde dem Streberle sagen: Wenn Sie 's Maul halte, kriege Sie Ihren Hobel wieder. Denn das wär ja ... wenn der uns anzeiget ... ich weiß ja gar nit, was da wär.«

Mit jedem Schritt, den die Räuber den Brückenberg hinaufgingen, wuchsen die Sandsteinheiligen der Brücke und die Kirchtürme höher in den Sternenhimmel, bis zuletzt die ganze Stadt vor ihnen lag.

»Wollen wir nicht lieber ins ›Zimmer‹?« fragte Oldshatterhand. »Wir zünden die zwölf Kerzen an, das ist doch schöner.«

»Hohaho!« rief der Schreiber. »Oldshatterhand hat Angst, in die Wirtschaft zu gehen.«

»Angst? Was hat denn eine Wirtschaft mit den Indianern zu tun?«

»Haben denn Kerzen was mit den Indianern zu tun?«

»Kerzen? – Kerzen haben was mit Indianern zu tun.«

»Also der spinnt.« Der König der Luft hatte aus der Küche der Weinstube den Knochen einer Kalbshaxe mitgenommen, kletterte jetzt am heiligen Kilian hinauf und steckte ihm den Knochen in die Faust, die früher einmal ein Kreuz gehalten hatte. Wochenlang hielt der heilige Kilian, mit ekstatisch zum Himmel gerichtetem Gesicht, den Knochen in der Faust, und neben ihm der heilige Totnan streckte, mit den Versucher abwehrender Geste, erhaben die Hände gegen den Knochen aus.

Der König der Luft kletterte wieder herunter, bis auf das Brückengeländer, und fing an, mit großer Vorsicht darauf zu laufen; die Räuber folgten seinem Beispiel, und mit den Armen balancierend liefen sie, eine lange dunkle Reihe, langsam auf dem schmalen Steingeländer über die ganze Brücke, warfen die Arme wild schreiend in die Höhe und sprangen wieder auf das Pflaster.

Oldshatterhand war stehengeblieben und wandte sich um zur Festung. Plötzlich schwang auch er sich auf das Geländer, schloß die Augen – und rannte los, im Galopp. Die Bürger standen entsetzt, atemlos, die Räuber geduckt, sprungbereit, und wagten vor Angst, Oldshatterhand würde in die Tiefe stürzen, keinen Warnlaut von sich zu geben, bis Oldshatterhand bei ihnen angelangt war und herunter in Sicherheit sprang.

Die Räuber waren bleich, wie wenn Oldshatterhand vom Tode zurück zu ihnen gekommen wäre; und in Oldshatterhands Innern lebte auch jetzt noch, da die Gefahr schon überstanden war, das Unbekannte, das ihn schon öfter gezwungen hatte, Lebensgefahr aufzusuchen.

Die Wirkung dieser Tat auf die Räuber war eine von Schauern begleitete Ergriffenheit.

Klein und flammend schritt Oldshatterhand in ihrer Mitte.

Die Räuber waren von den andern Knaben gefürchtet und verkehrten seit Jahren mit keinem von diesen. Sie waren eine kompakte Masse, mit der Streit anzufangen ein Knabe sich hüten mußte. Die Furcht spielte sogar ein wenig, zu einer Art ärgerlichem Respekt geworden, zu den Erwachsenen hinüber, die manchen gefährlichen Streich der Bande erfahren oder mit angesehen hatten. Ihr Ansehen machte die Räuber frech und ließ sie gefährlicher erscheinen, als sie waren. Das galt nur für die Einheimischen. Deshalb hatten die Räuber auch aus reinem Nichtbegreifenkönnen untätig zugesehen, wie der neu zugereiste Schmied den Schreiber verprügelt hatte, als wäre dieser nur ein halbwüchsiger frecher Bursche und nicht Mitglied einer gefürchteten Vereinigung.

Erst jetzt bemerkten die Räuber, daß Winnetou zurückgeblieben war, und warteten beim Vierröhrenbrunnen auf ihn.

Winnetou stand reglos auf der Brücke hinter einem Heiligen und starrte zum Fluß hinunter; im fließenden Wasser sah er die gute Stube und die Mutter, wie sie ihn vor dem Kaplan prügelte, und empfand haßerfüllt den Drang, sich hinunter in die gute Stube im Wasser und auf den Kaplan zu stürzen. Er preßte die Fäuste an die Schläfen, sein Oberkörper beugte sich übers Geländer, die Füße verloren den Boden. Schon schwebend, drückte er sich mit den Knien im letzten Augenblick wieder zurück und schaukelte mit einem gellenden Schrei gegen den Heiligen. Langsam ging er den Räubern nach.

Der Bleiche Kapitän erinnerte daran, daß man erst zum Stadttheater gehen und die Rote Wolke abholen müsse, der als Statist mitwirkte bei »Wilhelm Tell«, und schloß ärgerlich: »Wenn man amal sei Leut braucht, dann muß man sie erst in der ganze Stadt zammtromml.«

Die Räuber standen vor dem Bühnenausgang, blickten auf die erregt Gestikulierenden und auf die vor Erregung stillen jungen Leute, die aus dem Hauptausgang strömten, und, stumm geworden, auf das elegante Paar, das in die einzige Droschke stieg.

Im dunklen Bühnenausgang erschien die Rote Wolke und blieb zurückweichend stehen. »Und frei erklär ich alle meine Knechte!« rief er und breitete die Arme aus. »... Vorhang.« Sein Mund blieb offen, rund und schwarz.

»Du, der Streberle hat uns ausspioniert und will uns verrat.« Alle redeten sie auf ihn ein.

»Ja, es ist ohne Beispiel, wie sie's treiben!«

»Was ist ohne Beispiel?«

»Wie sie's treiben!«

»Jetzt halt doch 's Maul!«

»Theater! Theater! ... Diese Pracht!«

»Also Wolke, ich sag dir, der Hobel is noch das einzige, was uns retten kann.«

»Im Volk mitgemacht ... Fünfundzwanzig Pfennig hab ich kriegt ... Aufruhr! Mut! Freiheit!«

»Ach, laßt ihn ... Wir wern scho fertig mit dem Streberle. Wir müssen nur zusammenhalten.«

»Wir halten zusammen!« rief die Rote Wolke begeistert.

Die Knaben waren sehr erregt und zu allem Möglichen bereit, als sie in dem vor der Stadt liegenden Wirtschaftsgarten, dem »Eckertsgärtle«, anlangten, was gleich dadurch zum Ausdruck kam, daß der Bleiche Kapitän für alle zusammen eine »Liesl« Bier bestellte, einen hohen Krug, der zwei Liter faßt und aus dem nur mit Hilfe *einer* Hand zu trinken die Ehre verlangte.

Johann Jakob Streberle beobachtete die Räuber verärgert und lächelte manchmal schadenfroh, während er mit einem Trainsoldaten sprach, zu dem er sagte, er solle die Lausbuben auffordern, mitzukegeln, weil sonst kein Spiel zustande käme.

Mit aller Energie die Erregung zurückdrängend, die bei Beginn des Preiskegelns die Räuber erfaßt hatte, griffen sie gleichgültig immer nach der schwersten und größten Kugel. Vor allem Oldshatterhand, der vor jedem Schub zum Bleichen Kapitän, zur Roten Wolke, zur Kriechenden Schlange flüsterte: »Ich muß einen Preis holen! Einen muß ich holen. Vielleicht den ersten.« Er hatte seine letzten zwanzig Pfennige eingesetzt.

»Der andere kommt!« rief der Glasermeister der Kriechenden Schlange zu.

»Das brauche Sie doch bloß zu sagen.«

»Ich hab's ja gsagt.«

Der König der Luft ließ sich beim Schieben in tiefe Kniebeuge nieder, rief: »Weg da! Weg da! Weg da!«, auch wenn ihm niemand im Wege stand, mahlte mit den Zähnen, schockte die Kugel nervös in den Händen herum, schleuderte sie hinaus – und schoß in die Höhe auf die Zehenspitzen. Die tiefe Stirnfalte war da. Mit schiefgezogenem Mund rief er jedesmal: »Die Dreckbahn fällt nach links ab!«, wenn er nichts getroffen hatte.

Der Bleiche Kapitän holte die große Kugel mit *einer* Hand aus dem Kasten, hüstelte gegen den Glasermeister hin in tiefem Baß und jagte die Kugel hinaus. Johann Jakob Streberle dagegen nahm sehr kleine Kugeln, schimpfte jedesmal zum Kegeljungen: »Der König steht schief«, zielte genau und traf immer. Speichel spritzte zwischen seinen glänzenden, geschlossenen Zahnreihen durch.

Die anderen Mitspieler, der Trainsoldat, ein paar Infanteristen und der Schmied Gottlieb, der Oldshatterhand die Rattenfalle geschenkt hatte, waren von der innigen, begeisterten und am Ende auch noch zu den Preisen führenden Hingabe der Räuber an das Spiel schon nervös geworden. Sie schimpften, wenn Falkenauge immer wieder das Anschubbrett absuchte, ein Sandkörnchen davon aufpickte und, wenn die Kugel abgelaufen war, auf den Zehenspitzen stehend, die Arme ausgebreitet, die Finger gespreizt, in höchster Spannung jede Drehung der Kugel mitzumachen schien, wobei sein weit aufgerissenes Auge der Kugel nachstarrte, während sein Glasauge interesselos und tot irgendeinen Mitspieler ansah.

Die Räuber pürschten sich immer näher an die ersten Preise heran; die Begeisterung wuchs, und die geröteten Gesichter zuckten in dem von Hitze, Bierdunst und Zigarrenrauch erfüllten Raum umher. Die Angelegenheit mit Johann Jakob Streberle hatten sie halb und halb vergessen. Nur der besorgte Bleiche Kapitän nicht, der auf den Glasermeister zutrat und schon den Mund öffnete, um zu sagen, daß er den Hobel auszuliefern gedenke.

Da tat Oldshatterhand einen Schub, der von Johann Jakob Streberle, den Soldaten und vom Schmied Gottlieb für ungültig, dagegen von den Räubern unter empörten Ausrufen einstimmig für gültig erklärt wurde.

Oldshatterhand, bange um seine eingesetzten zwanzig Pfennige, rief dem Schmied erregt zu: »Sie lügen ganz einfach. Das wissen Sie ganz genau. Sie Lügenbeutel!«

Und während Johann Jakob Streberle mit einer nur faustgroßen Kugel, durch einen wohlgezielten Schub, sich den ersten Preis sicherte und damit das Spiel beendete, griff Schmied Gottlieb, ein zwei Meter hoher Mann, vollblütig und herzkrank, sehr gutmütig, immer betrunken und ein ausgezeichneter, gesuchter Hufschmied, nach Oldshatterhand – die Räuberbande stürzte sich auf den Schmied und die Soldaten auf die Räuber. Der Wirt und sein Hausknecht kamen gesprungen und verschwanden im Menschenknäuel.

Keuchen, erhobene Maßkrüge, Schreie – Scherben. Der Schreiber wankte. Falkenauge griff sich ins Gesicht – und griff ins Loch; durch einen Faustschlag, zum Glück nicht auf sein natürliches Auge, war sein gläsernes Auge herausgesprungen und kollerte ein Stück die Kegelbahn hinaus.

Ein Schutzmann kam. Der Glasermeister redete anklagend auf ihn ein. Die Bande flüchtete. Oldshatterhand, mit schneebleichem Gesicht, rannte, vom Schmied Gottlieb verfolgt, immerzu im Kreise um die Kastanienbäume des Wirtschaftsgartens herum und konnte endlich durch die Türe huschen, hinaus zu seinen wartenden Kameraden.

Winnetou war während der ganzen Prügelei teilnahmslos auf dem Stuhle sitzen geblieben. Und als er die verblüfften Blicke der Zurückgebliebenen auf sich gerichtet sah, erhob er sich langsam und ging hinaus zu den Räubern.

Sie gingen ein Stück die Straße hinunter. Der Schutzmann trat aus dem Garten und ging in der entgegengesetzten Richtung fort, worauf sich die Räuber wieder vor der Gartentüre einfanden.

Da stellte es sich heraus, daß das erst kürzlich um sieben Mark gekaufte kleine, grüne Plüschhütchen des Bleichen Kapitäns auf dem Kampfplatze geblieben war. Das allgemeine stumme Bedauern um das Plüschhütchen verwandelte sich in stummes Staunen, als der Schreiber sich erbot, hineinzugehen und das Hütchen zu holen.

»Bring auch mein Auge mit«, bat Falkenauge.

Still und gütig, mit unbeweglich hängenden Armen, ging der Schreiber langsam durch den Garten, hinein in die Kegelbahn – und wurde schrecklich zugerichtet. Nur auf das Plüschhütchen erpicht, hatte er danach gegriffen, ohne sich zu wehren die furchtbaren Prügel entgegengenommen und war ergeben und zerschlagen zurückgegangen, traurig an der Bande vorbei und die Straße hinauf zur neuen Brücke, während die anderen noch in den Garten hineinschimpften und ihre gewonnenen Preise verlangten.

Nach einer Weile kam der Schutzmann wieder in Sicht, und die Räuber verschwanden.

Auf der Brücke saß der Schreiber auf dem Pflaster, mit dem Rücken gegen das Geländer gelehnt und den Kopf auf die Brust gesenkt. Speichel lief ihm zum Munde heraus und Blut am Kopfe hinunter, das auf sein zerknülltes Vorhemd tropfte. Das kleine, grüne Plüschhütchen lag neben ihm; des Schreibers Hand ruhte darauf.

»Und unser Preis ham wir auch nit«, sagte der Bleiche Kapitän.

Der Schreiber fuhr aus seinen Gedanken auf. »Nein, nur fünfzig Pfennig übern Preis … Deshalb braucht doch des Klatschmaul nit zu mein Vater zu laufe. Ich kann's ihm ja zurückgeb, wenn er's will.«

»Hättst dei Maul nit so gewetzt«, rief der König der Luft Oldshatterhand zu, »dann hätten wir jetzt unser Preis.«

»Wenn doch der Schub gültig war, du Damian.«

»Darauf kommt's ganz allein an«, sagte der Schreiber mit dunkler Stimme, stand mühsam auf und spuckte blutigen Speichel hinunter in den Main. »Der Schub war gültig.«

»Und das ist die Hauptsache!« rief der Bleiche Kapitän und

stülpte die Lippen drohend nach außen: »Das wär noch schöner, wenn wir uns von diesen Kommißbrotfressern was gfall ließeten. Wenn doch der Schub gültig war.«

Der Schreiber deutete auf sein blutiges Vorhemd und sagte unheilvoll: »Der Trainsoldat war's.«

Nachdem der Bleiche Kapitän vergebens versucht hatte, seinen Leuten das Passieren des Kasernenhofes zu ermöglichen, indem er den Wachtposten kalt und gemessen fragte: »Heute hat doch Leutnant von Platen Kasernendienst?« und der zufällig nicht dumme Soldat die schon in den Kasernenhof eingedrungenen Räuber wieder zurückgetrieben hatte, erreichten sie, nun zu einem großen Umweg gezwungen, mit dem Glockenschlag zwei die Kneipe der Witwe Benommen.

»Horch, wer zieht so still und leise
Den Tugelafluß hinauf,
den Tugelafluß hinauf.

Ach, es sind die armen Briten,
Die so manchen Stoß erlitten.
Bald vermindert sich ihr Lauf,
bald vermindert sich ihr Lauf.

Plötzlich bleibt die Truppe stehen,
Denn der Feind ist anmarschiert,
ja der Feind, er ist schon da.

Seht sie kämpfen, seht sie streiten,
Durch des Feindes Mitte reiten
Jetzt die Buren mit Hurra,
jetzt die Buren mit Hurra!«

klang das Burenlied, von Sandschöpfern und Fischern gesungen, aus der Kneipe.

»Leih mir zwölf Pfennig«, bat Oldshatterhand den Bleichen Kapitän.

»Ich hab ja selber nimmer genug.« Er lieh ihm aber sogar vierzehn Pfennige und sagte: »Die zwei gibst Trinkgeld.«

In der Mitte der niederen Stube, die tiefer als die Straße lag, denn fünf Stufen führten hinunter, stand ein langer Tisch, um den herum die Gäste saßen. Unter kreuzweise übereinandergenagelten großen Fahnen in den Farben der Buren standen auf zwei Postamenten die Gipsbüsten des Präsidenten Ohm Krüger und des Generals Botha; die ganze Stube war mit Fähnchen in den Burenfarben geschmückt, und jeder Gast hatte ein Exemplar des Burenliedes vor sich liegen, das Benommen, der Wirt, hatte drucken lassen, mit der Aufschrift: »Schlachtenlied. Gesungen im Burenlager der Restauration Benommen.« Auf diese Weise hielt er die Begeisterung der Mainviertler für die Buren wach und machte während des ganzen Krieges ein gutes Geschäft.

Die Räuber, von den Gästen dieser Wirtschaft wie immer mit Respekt empfangen, setzten sich um den runden Tisch herum, neben der Schenke.

In stummer Hochachtung blickten die Gäste auf das blutige Vorhemd des Schreibers, der beide Ellbogen auf den Tisch stützte und, seine Freude über das verdiente Aufsehen zurückdrängend, düster vor sich hin sah. Falkenauge saß neben ihm. Die leere Augenhöhle war vom Faustschlag blau unterlaufen. Das abgenutzte alte Spielwerkschränkchen über ihm an der Wand spielte, viele Töne auslassend:

»Sah ein Knab ein Röslein stehn …«

Des Bleichen Kapitäns Bruder, Benommen der Wirt, ein untersetzter Mann mit fast ganz geschlossenen, eitrigen, roten Augenlidern und Goldplättchen in den Ohren, stand, Bauch und Unterlippe verächtlich vorgeschoben, neben seiner Mutter hinter dem Schanktisch und verfolgte jede Bewegung der auffallend schönen Kellnerin, eines jungen Mädchens mit gesundbleichem Gesicht und braunen Augen, während die Witwe Benommen, klein und zäh, unzählbare Falten und Fältchen im ledergelben Gesicht, die dürren Hände vor dem Leib gefaltet hielt und verbissen die Leidenschaft ihres Sohnes für seine Kellnerin beobachtete. Noch hatte sie das Regiment nicht aus den Händen gegeben. Der Sohn hatte die altbewährte Wirtschaft einstweilen nur in Pacht bekommen. Daß er sie in eigene Führung bekam, hing davon ab, ob er die Kellnerin aufgab, deren Kündigung die Alte schon durchgesetzt hatte.

Mit schmiegsamen Bewegungen, den Leib etwas vorgeschoben, bediente die schöne Kellnerin einen Gast, der seinen Arm um ihre Taille legte. Sie entwand sich ihm weich, lachte lautlos und schlug ihre milden Augen gegen den Wirt auf, der aus der Schenke zum Gast trat und mit dem Finger zur Türe wies: »In meiner Wirtschaft wird nicht mit der Kellnerin poussiert! Merk dir das!«

Der Bleiche Kapitän saß zurückgelehnt und beobachtete die Vorgänge mit gleichgültiger Miene.

Mit schriller Stimme schrie die Witwe Benommen der Kellnerin zu: »Gehn Sie doch gleich in die Fischergaß, wo Sie hingehören.«

Aus dem weißen Gesicht der Kellnerin verschwand das Lachen. Sie gab dem Gast auf seine Mark heraus und nahm die zwei Pfennige Trinkgeld entgegen, wobei ein unwillkürliches Danklächeln wieder ihr Gesicht verschönte.

Im Mainviertel, gegenüber einer sehr hohen alten Gartenmauer, klebten drei niedere Häuschen aneinander, an die über den Haustüren metergroße, schwarze Nummern gemalt waren: Nr. 7, 11 und 13. Es waren ganz kleine, altersschiefe, graue Häuschen mit bemoosten Dächern. Trat man aber ein – da war alles rosa. Und starkes Parfüm und Frauenlachen schlug einem entgegen. Das war die Fischergasse. Und die neueste Errungenschaft der Stadt Würzburg, was den Fortschritt anlangt. Ganz plötzlich waren die ahnungslosen Bürger mit dieser hygienischen Neueinrichtung beschenkt worden, worauf ein hitziger Kampf der Pfarrerschaft von den Kanzeln herunter entbrannt war und die Bewohner der vorderen Fischergasse sich empört gegen die Schande gewehrt und von den Stadtvätern einen anderen Namen für ihre Gasse verlangt hatten. Nach jahrelangem Kampf und starker Frequentierung verschwanden die hygienischen Anstältchen ebenso plötzlich wieder, wie sie gekommen waren. Und danach standen die Häuschen leer, denn es fand sich kein Mensch, der sie hätte bewohnen mögen. Nach jedem Vierteljahr wurde der Kaufpreis heruntergesetzt, bis zuletzt alle drei Häuschen zusammen für sechshundert Mark angeboten wurden. Aber nicht einmal geschenkt wollte sie jemand haben.

Doch das kam erst später. Zurzeit waren sie noch von rosa Ampeln beleuchtet, und der Inhaber der drei Häuschen saß bei den für die Buren Begeisterten in der Kneipe der Witwe Benommen.

Der Bleiche Kapitän blies den Schaum vom Bier, trank und sog den Schaum von der Oberlippe wie ein schnurrbärtiger Alter. »Gott, daran kann ja gar kein Zweifel sein, daß die Buren den Krieg gewinnen.«

»Wo das Recht ist, ist der Sieg«, sagte die Rote Wolke und hob die Hand.

Der Schreiber sagte ernst: »Ex«, trank sein Glas leer und reichte es gleichgültig der Kellnerin, die ein Lächeln über das sachliche Gebaren der Räuber nicht unterdrücken konnte.

Der Gast, dem verboten worden war, sein Gefallen an der Kellnerin zu äußern, stand beim Wirt und legte ihm die Hand auf die Schulter.

»In meiner Wirtschaft gibt's das einfach nit«, sagte unwirsch der Wirt und schnitt ein Stück Schwartenmagen ab.

»Ja, in *deiner* Wirtschaft«, sagte die Witwe Benommen hämisch. »Was willst du denn, wenn sich das schlampige Menschle doch von jedn rumschmier läßt.«

»Also Mutter! Jetzt bist still! Ich brauch dei Wirtschaft nit. Aber kurz und klein schlag ich dir alles, wennst jetzt nit Ruh gibst.«

Wütend blickte die Alte auf die Kellnerin und rührte sich nicht.

»Geh doch 'nauf und leg dich schlafen. Die Nachtruh tut dir besser. Ich kann mich ja nit rühr in der Schenk.«

Die Witwe Benommen zog sich, die Türe zuknallend, in die dunkle Küche zurück, von wo aus sie durch das Fensterchen die weiteren Vorgänge in ihrer Wirtschaft beobachtete.

Ein Trainsoldat trat ein. Der Schreiber riß die Augen auf. »Das ist er!« Alle Räuber wandten sich nach dem Soldaten um, welcher der Kellnerin die Hand reichte. »Der war's«, flüsterte der Schreiber und deutete auf sein blutiges Vorhemd.

Der Inhaber der fortschrittlichen Neueinrichtung, ein schlanker, überelegant gekleideter Sachse, sagte zum Wirt: »Ställen Se mal e kleenes Fäßchen Bier fier meine Freinde uffn Tisch. Cha.« Er hielt sich zu den vorurteilslosen Fischern und Sandschöpfern und kam ihnen, auch aus wirklicher Begeisterung für ihre rauhen bayerischen Sitten, entgegen, indem er zu Lackschuhen und tadellos elegantem Anzug keinen Hemdkragen trug.

Der Wirt brachte das Bierfaß und zapfte es an. Der zarte Sachse bürstete unausgesetzt mit einem goldenen Bürstchen intensiv an seinem gepflegten, weichen, langen, aschblonden, sehr schmalen Ziegenbart entlang, der das Stärkhemd in zwei Teile schnitt. Heftig bürstend, zog er den Bart waagrecht vor, wobei sein Mund sich in Eiform öffnete und die blitzenden Brillanthemdknöpfe sichtbar wurden, und schlug mit der kleinen Faust auf den Tisch und rief: »Das wäre cha noch scheener, nur immer feste ran, gsuffa! Cha.« Strahlend stand er auf, mit ihm alle anderen, reckte den Maßkrug zur Decke, trank und bürstete sofort wieder intensiv am aschblonden, schmalen Bart entlang.

Die Freundschaft der Räuber hatte er bis jetzt vergebens gesucht. Er war ihnen zu zart, zu elegant, und seiner Begeisterung für bayerische Sitten trauten sie nicht. Selbst das viele Freibier konnte keine Wirkung auf sie ausüben.

Die abgearbeiteten Sandschöpfer und Fischer jedoch konnten ihre Sympathie dem Freibier spendenden Sachsen nicht versagen, da er auch sonst sich liebenswürdig zu ihnen benahm. Aber oft sah der eine oder der andere verlegen zu den verächtlich blickenden Räubern hin, deren Wohlwollen die Gäste dieser Kneipe sich auch nicht zu verscherzen wünschten.

»Lone! bring uns auch drei Liesl Bier!« rief der Schreiber plötzlich der Kellnerin zu.

»Kannst sie denn bezahl?« fragte erstaunt der Bleiche Kapitän.

»Das Geld für die Schuh vom Wachtmeister hab ich jetzt sowieso scho angerissen.«

»Mein Lieber, was machst denn da jetzt?«

»Ich geh halt heim ... und halt's aus. Da kann man jetzt nix mehr mach ... Wenn nur wenigstens den Berliner der Teufel holet.«

Die Alte stand schon wieder reglos in der Schenke neben ihrem Sohn.

Die Blicke der Räuber waren auf den Trainsoldaten geheftet, und als er die Hand der schönen Kellnerin streichelte, stülpte der Bleiche Kapitän drohend die Lippen nach außen, während sein Bruder, mit einem stummen Wutblick auf das Mädchen, eine Biermarke auf den Schanktisch schmiß und die Witwe Benommen hämisch das Gesicht verzog.

Der zarte Sachse stand auf und brachte das Spielwerk in Gang. Es rasselte im Schränkchen, knackte ein paarmal und begann, aus Altersschwäche manche Worte unterschlagend, zu spielen:

»Ein Knabe hatte ein Mädchen lieb.
Sie flohen heimlich von Hause fort,
Es wußt's weder Vater noch Mutter.«

Es war ganz sonderbar still geworden in der Stube. Alle horchten, als säßen sie in einem Symphoniekonzert. Die Kellnerin stand wider die Mauer gelehnt und blickte in unbegreiflicher Rührung zum Spielwerk hin, das nach heiserem Rasseln fortfuhr:

»Sie sind gewandert hin und her,
Sie haben gehabt weder Glück noch Stern,
Sie sind verdorben, gestorben.«

»In der Küche is no e bißle Brate von Mittag. Magst du's nit? Und trink e Gläsle Wein dazu. Das tut dir doch gut«, sagte der Wirt zu seiner Mutter.

Der zarte Sachse deutete auf das Spielwerk und sagte: »Das war von Heinrich Heine, cha. Diese Tene kreifen mir ans Härze ... Meine Mutter hat's och immer chesungen, als ich noch en kleener Chunge war.«

»Der kann leicht sei Maul vollnehm«, sagte der Schreiber und beugte sich zu den Räubern. »Wenn man eine Million verdient im Jahr.«

»So schlimm wird's auch nit sein. Überhaupt, wie ist denn das eigentlich, dahinten in der Fischergaß?«

»So genau weiß man das nit ... Das ist halt die Fischergaß.«

Am Fenster saß allein ein Kohlenführer und weinte. Manchmal wischte er sich mit dem Handrücken übers Gesicht, das ganz von Ruß und Tränen verschmiert war.

Da trat sein Bruder, ein Sandschöpfer mit nur fingerbreiter Stirne und böse blickenden Augen, in die Wirtsstube und hob die Hände: »Daa bist du? Dei Frau heult sich daheim die Augen aus.«

Der Kohlenführer schluchzte auf und rief heulend immerzu: »Mei eigener Bruder! Mei eigener Bruder!«

»Es ist nit wahr«, sagte der Eingetretene. »Also, wenn i dir sag. I bin doch dei Bruder.«

»Ein trauriger Lump bist! Mei Frau hat's mir ja selber eigstande. Gestern die ganze Nacht warst du bei ihr!« brüllte der Kohlenführer plötzlich laut.

Der Sandschöpfer erschrak und blickte mit fast geschlossenen Augen auf seinen Bruder. »Also, wenn i dir sag, frag sie selber. I wer doch nit mit mein eigene Bruder seiner Frau ... Sie is doch mei Schwägerin. Also ... also so was tät i doch nit. Das glaubst du doch nit von mir ... mit der eigene Schwägerin.«

Der Kohlenführer hob den Kopf. »Du sagst, es is nit wahr?«

»Also schau. Es is kein Wort davon wahr. Wenn i dir sag! ... Mir trinke a Maß Bier mitnander«, schloß beruhigend der Sandschöpfer. »Lone! a Maß Bier für mich und mein Bruder!«

Vom Sachsen wurde das Burenlied angestimmt, und die erleichterten Brüder sangen kräftig mit:

»Ihrem todeskühnen Ringen kann man nicht
das Lob entziehen,
Denn sie fechten toll und kühn – – –«

Die Alte war schlafen gegangen.

»Setze Sie sich und esse Sie was«, sagte der Wirt zu seiner Kellnerin und lächelte.

Der Trainsoldat schnallte seinen Säbel um und ging fort.

»Jetzt!« rief der Bleiche Kapitän.

Die Räuber legten eilig das Geld auf den Tisch und stürmten zur Wirtschaft hinaus. Der Schreiber, müde und bleich, als letzter.

Vor dem »Spitäle« stand der Soldat, summte: »Als die Römer

frech geworden«, und stieß dazu mit seinem langen Säbel den Takt aufs Pflaster.

Es war schon fast hell. Die Sandsteinheiligen der Brücke standen dunkel gegen den Himmel.

Der Bleiche Kapitän wünschte, daß seine Leute zurückblieben, ging allein auf den Soldaten zu und sagte: »Sie sind doch der … von der Kegelbahn! He? … Zu fünft über einen einzelnen herfallen, das könnt ihr … He?«

Der Soldat legte die Hand an den Griff seines Säbels.

»Laß nur dei Brotmesserle stecke. Das rat ich dir im guten.« Plötzlich zuckte die Hand des Bleichen Kapitäns nach dem Griff; er riß den Säbel aus der Scheide und raste, von der ganzen Bande gefolgt, mit hocherhobenem Säbel davon, die Felsengasse hinauf, auf den dunklen Schloßberg. So schnell war das gegangen, daß die Bande, ehe der Soldat das Geschehene begriffen hatte, schon weg war.

Ohne seinen Säbel mußte er heim in die Kaserne.

Noch in derselben Nacht gingen die Räuber durch den unterirdischen Gang ins »Zimmer« und brachten den Säbel zu ihren anderen Waffen, wo er seitdem verblieben ist.

»Dieser Streich hätte von meinem Bruder in Amerika sein können«, sagte der Bleiche Kapitän.

Sie stiegen den Schloßberg hinunter und blieben bei der letzten Linde stehen, wo ihre Wege sich trennten.

Neben dem geistesabwesend vor sich hin starrenden Winnetou stand frierend und grünbleich Oldshatterhand. »Was hat das alles, was wir heut gemacht ham, eigentlich für einen Wert«, sagte er und rief plötzlich zornig, als er den Widerstand der Räuber fühlte: »Für uns hat das gar keinen Wert! sag ich … Für uns nit!«

»No, und der Säbel?«

»Ich geh jetzt heim«, sagte der Schreiber. »Es is einfacher, wenn ich gleich heimgeh.«

Der Trupp setzte sich zögernd in Bewegung und verschwand in der Schloßgasse.

Winnetou war am Lindenstamm lehnengeblieben. Langsam stieg er den Schloßberg wieder hinauf, ging unter Grauenschauern durch den samtschwarzen unterirdischen Gang ins »Zimmer« und zündete eine Kerze an.

Mit der Kerze in der Hand starrte er die Mauer an, sah den Kaplan und die Schwester auf dem Kanapee, die Mutter, wie sie ihn schlug, und verzog die Lippen zu einem schadenfrohen Lächeln bei der Vorstellung, wie die Mutter erschrecken würde, wenn sie ihn erschossen ins Haus gebracht bekäme. Er sah, wie die Mutter jammernd über seine Leiche fiel, und sagte plötzlich haßerfüllt: »So, da hast du's jetzt. Geschieht dir ganz recht. Ganz recht.« Schleichend näherte er sich der Glasvitrine und blickte auf den alten Revolver, der durch die Brechungen des runden Glases verdreifacht unter der Vitrine lag.

Als er die Vitrine abhob, lag nur ein Revolver alt und rostig vor ihm.

Mit zitternden Fingern konstatierte er, daß der Revolver geladen war, setzte die Mündung auf die Mitte seiner Brust, wo der Druck saß, und hatte, kurz bevor er abdrückte, das bestimmte Empfinden, die Mutter sitze in seiner Brust und verursache ihm diesen Druck, so daß er mitten durch die Mutter schießen würde. »Hopp!« schrie er gellend und drückte ab. Es knackte. Winnetou stürzte zu Boden und riß die verlöschende Kerze mit. Der alte Revolver hatte versagt. Schweiß brach aus. Unter strömenden Tränen und ungeheurem Wohlgefühl am ganzen Körper wich die Spannung; der Körper bäumte und wand sich; der Mund biß in den Boden.

Schwindlig vor Erschöpfung stand Winnetou im dunklen »Zimmer« und atmete keuchend mit offenem Munde den Schrecken aus, tappte zur Felsenbank und schlief augenblicklich ein.

Drittes Kapitel

Spätherbstwinde rissen die letzten Blätter von den Schloßberglinden und Dachziegel von den Häusern, wovon einer dem Spenglermeister Herrn Hieronymus Griebe auf die Schulter fiel, so daß er ein paar Wochen lang seinen Arm nicht heben konnte.

Die Königlichen Weinberge lagen zerzaust und bereift. Wagen, mit dickbauchigen Fässern beladen, schwankten durch die Gassen, standen vor den Weinstuben; schwarze Schläuche liefen davon weg in die Keller, und die Pferde davor stampften und pusteten die Spreu aus den vorgehängten Futterkästen, von Spatzen frech umhüpft. Die ganze Stadt roch scharf nach Most. Der seitdem berühmt gewordene Achtzehnhundertdreiundneunziger war heimgebracht worden. Angetrunkene torkelten durch die Gassen; des Fischers violette Stülpnase war schwärzlich angelaufen.

Alles war heiter und zufrieden, aber die Räuber, vollzählig versammelt – saßen auf der Anklagebank.

Der Glasermeister Johann Jakob Streberle hatte wegen des Raubzuges in die Königlichen Weinberge Anzeige bei der Staatsanwaltschaft erstattet.

Fragte ihn jemand, weshalb er das getan habe, dann sträubte sich sein inzwischen gewachsenes blondes Schnurrbärtchen, und speichelspritzend lachte er: »Dene Früchtli ham mir's amal besorgt.«

Erschwerter Raub an Königlichem Gut, lautete des Staatsanwalts Klagestellung. Er hatte sich persönlich davon überzeugt, daß es sehr erschwert, ja lebensgefährlich war, um den Diebabhalter herum in die Königlichen Weinberge zu gelangen.

Die Gerichtsstube war niedrig. Die Richter saßen breit hinter der Barriere, daneben saß der Staatsanwalt, ihm gegenüber der Verteidiger, Rechtsanwalt Karfunkelstein – des Schreibers Chef –, alle in schwarzen Talaren. Neben Herrn Karfunkelstein, auf der langen Bank, saßen die Räuber in ihren Sonntagsanzügen. Hinter ihnen, dichtgedrängt, die Zuschauer; darunter die erregten Väter ihrer Söhne. Ganz im Vordergrunde, die dürren Hände vor dem Bauch gefaltet, mit müden Augenlidern, den Kopf leidend schulterwärts geneigt, saß die Witwe Benommen und blickte trübe auf den Bleichen Kapitän. Und neben ihr, die Mundwinkel verbittert zurückgezogen, daß sich kleine Apfelbäckchen bildeten, saß kerzengerade Herr Lehrer Mager.

Der Richter, ein großer Mann mit braunem Reiterschnurrbart und geröteter starker Nase, blickte schon eine Weile unverwandt mit seinen guten Augen streng von einem Räuber zum andern. »Oskar Benommen, du sollst ja der Anführer von dem netten Geschichtchen gewesen sein. Erzähle uns jetzt, wie war die Sache?«

Die Witwe Benommen schoß in die Höhe. »Der da, der kleine Vierkant, Herr Richter, der ist der Verführer von meinem Sohn. So klein er ist, so frech und verdorben ist er … der Teufel.«

Der Schnurrbart des großmächtigen Richters zuckte, und während Oldshatterhand, bleich geworden, auf der Bank herumrutschte, brüllte er: »Das Maul gehalten! Und du, infamer Halunke, steh jetzt auf und rede.«

Der Bleiche Kapitän stülpte die Lippen nach außen. Das war alles. Es war still.

»Den Kopf reißen wir dir nicht herunter«, sagte der Richter einlenkend.

Da spreizte der Bleiche Kapitän die langen, knochigen Finger an den senkrecht hängenden Armen und sagte, nicht im Baß, sondern mit sehr hoher Stimme und sehr schnell: »Ja, also, wir warn halt droben in unserm Festungsgraben um unser Lagerfeuer herumgesessen, und da hat's zwölf Uhr geschlagen, und da sind wir in den Weinberg und ham unsere Trauben gegessen … und ham uns auch ein paar mitgenommen, und später sind wir heimgegangen.«

»Unser Lagerfeuer! Unser Festungsgraben! Unser Weinberg! Unser! Unser! Unser! … Nun, und wo sind denn die paar Trauben hingekommen? die ihr noch mitgenommen habt.«

»Ja, die … also die … die ham wir auch gegessen.«

Im Zuschauerraum war es ganz still.

»Michael Vierkant! Wo sind die Trauben hingekommen?«

Oldshatterhand ließ sich von der für ihn zu hohen Bank heruntergleiten und ging ganz langsam bis knapp vor das Richterpult.

Der Bleiche Kapitän warf einen flehenden Blick auf ihn, den Oldshatterhand aber nicht bemerkte. Er sah, die Hand dargereicht, zum Richter in die Höhe und sagte fein und leise: »Zuletzt waren keine Trauben mehr da«, und schrak furchtbar zusammen, als der Richter brüllte: »Kleiner Schuft! weißt du nicht, daß die Trauben unserem Prinzregenten gehören! Und daß der Prinzregent in Würzburg geboren ist! Und ihr Gauner stehlt ihm seine Trauben! … So ein winziger Frosch, stiehlst dem König seine Trauben.«

Der Richter hatte Oldshatterhand am wehesten Punkt getroffen. Die Lippen zitterten ihm; erregt stieß er hervor: »Ich wachse noch!«

Es gelang dem Richter, ernst zu bleiben. »Setze dich. Und merke dir das, wenn du den Prinzregenten kennen würdest, dann würdest du seinen Weinberg in Ruhe lassen. Er ist ein guter, weiser König, und man soll ihn nicht bestehlen.«

»Ich kenn unsern Prinzregenten. Weil ich ihm einmal einen Blumenstrauß gegeben hab. Wissen Sie, damals, wie die neue Brücke eingeweiht worden ist. Ich hab ja sogar meinen Hut dabei verloren, so ein Gedräng war.«

»Und meinst deshalb, du kannst ihm seine Trauben stehlen? … Jetzt hört mich einmal an. Wenn ihr nicht gesteht, wo ihr die Trauben versteckt habt, sperr ich euch ein, bis ihr alt und grau seid … Hans Lux! Wo sind die Trauben hingekommen?«

Die tiefe Falte war da. Der Hals schoß waagerecht vor; der König der Luft mahlte mit den Zähnen und schnalzte nervös mit den Daumen, wobei seine Fäuste fest an die Schenkel angepreßt blieben.

»Was habt ihr dann gemacht? Ihr seid aus dem Weinberg zurückgestiegen, und ...?«

»Und ham sie gegessen«, flüchtete der König der Luft eilig über die Traubenaffäre weg und fuhr fort: »Also, und dann wollte ich das hundertsiebenundneunzigste Kapitel aus ›Die bleiche Gräfin oder Der Mord im Walde‹ vorlesen. Aber also ... also und ... also aber, Oldshatterhand wollte, daß wir das Räuberlied singen.«

»Was ist das? Oldshatterhand?«

»No, Michl, also Michl Vierkant!«

»Und was für ein Räuberlied wolltet ihr denn singen?«

»Also no! also natürlich: ›Stehlen, morden, huren, balgen heißt für uns nur die Zeit zerstreun, morgen hängen wir am Galgen‹ – – –«

»Aha! ›Darum laßt uns heute lustig sein.‹ Wie?«

»Ja. Von Friedrich von Schiller.«

»Nun, und dann?«

»Hn?«

»Was habt ihr dann gemacht?«

»Dann ham wir registriert.«

»Wie?«

»Also registriert! Halt! Also nein. Schon vorher ham wir registriert.«

»Was habt ihr registriert?«

»... Also halt so. Also alles.«

»Zum Teufel, also was denn?«

»Also halt einen Stallhasen.«

»Einen Stallhasen? Ein Kaninchen?«

»... Gekauft! lebendig!«

»Und was war weiter?«

»Hell war's!«

»Malefizhalunk! Was hast du dann weiter gemacht?«

»Sonst nichts. Heim zu meiner Großmutter bin ich gange.«

»Und hast du wenigstens eine Tracht Prügel bekommen?«

Die tiefe Falte verschwand. Der Kopf richtete sich auf. Der König der Luft hatte gelächelt. »Nein, also sie hat mich ja nit ghört. Also weil sie taub is.«

»Was?«

»Taub!«

»Georg Bang!«

Der König der Luft setzte sich und flüsterte erregt der Roten Wolke zu: »Also das glaubt er nit.« Der Roten Wolke Mund stand empört offen.

»Georg Bang!«

Falkenauge schnellte in die Höhe, wie er es von der Schule her gewohnt war. Sein neues Glasauge glänzte in reinstem Weiß und Kobaltblau, während sein natürliches graubraun war.

»Nein, Hans Widerschein, komm einmal du erst her.«

Der Schreiber, der schon bei vielen Gerichtsverhandlungen für Herrn Karfunkelstein tätig gewesen war, schritt frei zum Richterpult.

»Herr Mager, bei Ihnen waren ja alle diese Knaben in der Volksschule. Vielleicht können uns Sie eine Handhabe geben, wie etwas aus ihnen herauszubringen ist.«

Herr Mager stand wie ein Spazierstock. »Vorerst muß ich bemerken, Herr Amtsrichter, daß ich diese Buben auch jetzt noch abends in der Fortbildungsschule habe und sie auch als Rekruten wieder bekomme. Und dann: Es war mir nie möglich, mit ihnen fertig zu werden, ohne sie empfindlich zu strafen. Mit der ganzen Härte, die mir zustand. Drittens habe ich manchem von diesen schon in der Volksschule prophezeit, daß er einmal im Zuchthaus enden wird. Viertens, diese zwölf Schüler steckten immer zusammen. Ein Beweis dafür ist, daß sich von diesen zwölfen niemals einer gemeldet hat, niemals! wenn ich rief: ›Wer meldet sich?‹«

»Wie meinen Sie das, Herr Mager?«

»Herr Amtsrichter, wenn ein Knabe eine exemplarische Züchtigung verdient hat, rufe ich: ›Wer meldet sich?‹ Es melden sich dann immer welche freiwillig, die ihren Mitschüler während der Züchtigung auf dem Stuhle festhalten.«

»Nun ... ich danke, Herr Mager«, sagte der Richter und erholte sich langsam von seinem Staunen.

Der Richter fragte weiter, einmal den, unverhofft einen anderen, brüllte und war jovial. Es half ihm alles nichts. Die Räuber hatten dem Bleichen Kapitän vor der Verhandlung einen langen Eid schwören müssen, das »Zimmer« nicht zu verraten, von dessen Existenz kein anderer Knabe, kein Mensch in Würzburg wußte.

Oldshatterhand hatte vor Jahren einmal in »Der tote Mann im Keller oder Verfolgt über alle Länder und Meere« von verborgenen Falltüren gelesen, daraufhin die Festungsmauern abgeklopft und war furchtbar erschrocken, als eine Stelle hohl geklungen hatte. Er und der Bleiche Kapitän hatten so lange gebohrt, gekratzt, gelockert, bis ihnen der Verschlußstein des unterirdischen Ganges zu Füßen gefallen war.

»Andreas Steinbrecher, komme du einmal her zu mir und denke an deine Mutter. Sie ist eine ehrenwerte Frau.«

Jede Verantwortung ablehnend, blickte Frau Steinbrecher kalt auf Winnetou, ihren Sohn.

»Bekenne aufrichtig, wo sind die Trauben hingekommen?«

»Ich nehme keine Trauben mehr«, sagte Winnetou. Und es klang wie ein Schwur.

Resigniert sagte der Richter zu seinen Beisitzern: »Ich denke, wir können dem Herrn Staatsanwalt das Schlußwort geben ... Theobald Kletterer!« Er sah noch einmal in seine Aktenmappe und fragte mild und freundlich: »Du bist eine Doppelwaise?«

»Ja!«

»Du wirst mich doch nicht belügen?«

»Nein!«

»Nun, so erzähle du mir, erzähle, wie war die Sache?«

Der Mund der Roten Wolke stand offen, rund und schwarz wie ein Mauseloch, worin die Zahnstummeln standen, dunkelbraun wie Schokoladepyramidchen. Er stellte eine Fußspitze rückwärts, reckte sich auf und hob die Hand. »Das Lagerfeuer flackerte. Der Mooond beleuchtete die alte Stadt.«

»Wo sind die Trauben hingekommen?«

»Der Hunger war groß zu jener Zeit. Und keine Beere blieb übrig.«

Der Richter klappte sein Lineal aufs Pult und machte eine abschließende Handbewegung zum Staatsanwalt hin. »Setzt euch. Auch du, Hans Widerschein.«

»Jawohl, Herr Amtsrichter«, sagte der enttäuschte Schreiber, der stehen geblieben war, denn er hätte gerne auch etwas gesprochen. Zögernd ging er zurück zu seinem Platz.

Der Staatsanwalt beantragte nach ein paar formell einleitenden Worten, die Räuber freizusprechen und sie der Schule zur Bestrafung zu überweisen.

Die Witwe Benommen hatte, als der Staatsanwalt angefangen hatte zu sprechen, ihren faltigen Totenkopf aufgestellt, als er fertig war, ihn wieder sanft schulterwärts geneigt und sah jetzt trübe auf den Bleichen Kapitän, wie wenn er zu zehn Jahren Zuchthaus verurteilt worden wäre.

Da erhob sich der Verteidiger, Rechtsanwalt Karfunkelstein, ein kleiner Mann. Bei dem Anfangswort von jedem Satz heftig mit dem Zeigefinger vor sich auf den Boden stechend, als ob dort alles abzulesen wäre, und ohne jemals den Blick von dieser Stelle zu erheben, hub er an zu reden, eine lange Rede: »Hoher

Gerichtshof! Gehen Sie mit mir die ganze Strafsache durch. Von Anfang bis zu Ende. Darum bitte ich Sie. Dann kann es nimmermehr geschehen, ja, es darf und es wird nicht eintreten, daß Sie zu einer harten Verurteilung der Angeklagten kommen.«

Der Richter sah verblüfft auf Herrn Karfunkelstein, der fortfuhr: »Sehen Sie die Angeklagten an. Jung sind sie. Sehr jung. Knaben sind sie. Kinder sind sie. Ganz von vorne wollen wir anfangen. Jeden Angeklagten für sich ansehen. Nehmen wir den ersten.«

Der Richter warf hilflos grimmige Blicke im Gerichtszimmer umher, sah zur Decke, schnupfte wütend und klopfte mit dem senkrecht gestellten Bleistift den Radetzkymarsch auf das Pult.

»Sehen wir uns unparteiisch das Alter des Hans Lux an.«

Und während der König der Luft den Oberkörper senkrecht hielt, den langen Hals waagrecht, mit den Zähnen mahlte und mit dunkelglühenden Augen auf seinen Verteidiger starrte, rief dieser, mit sich überschlagender Stimme: »Bände! spricht das schon allein. Bände! ... Sehen wir seine Großmutter an. Taub ist die arme alte Frau. Ziehen wir nun eine Parallele zwischen dem Hans Lux und dem Oskar Benommen und erwägen, daß des ersteren Großmutter taub, Witwe hingegen des letzteren Mutter ist ...«

Der Verteidiger sprach weiter, über jeden Angeklagten für sich, wog sie gegeneinander ab, sprach über Hunger, Not und Elend und berührte, wie er eindringlich bemerkte, den Richtern zuliebe die Nachwirkungen der Kinderkrankheiten auf die Angeklagten nur flüchtig, um bei der Vererbungstheorie eingehend zu verweilen, fuhr fort mit dem außerordentlichen Einfluß der Blutarmut auf die Angeklagten und langte nach einer Stunde bei der Hauptstütze seiner Verteidigung an, der Schundliteratur.

Während Richter und Staatsanwalt in ratloser Verzweiflung ihre Taschenuhren zogen und ängstliche Naturen unter den Zuschauern befürchteten, die Richter würden ihren Zorn über den seiner verantwortungsvollen Mission bewußten Verteidiger an den Jungen auslassen und sie zu einer fürchterlichen Strafe verurteilen, war Herr Karfunkelstein endlich bei der Gefahr des Justizirrtums an sich angekommen. Und erst nachdem er mit einer dringenden Mahnung zu väterlicher Güte und Einsicht geschlossen und die Richter gebeten hatte, durch ein möglichst mildes Urteil mächtige Felsblöcke aus dem weiteren Lebensweg der Angeklagten zu wälzen, konnten die Richter ins Beratungszimmer gehen, nach fünf Sekunden zurückkehren und die Räuber freisprechen, um sie Herrn Mager zur Bestrafung anzuempfehlen. Worauf tiefe Seufzer der Erleichterung durch das Gerichtszimmer schwirrten, während Herr Karfunkelstein strahlend die Hände seiner Klienten schüttelte, die mit Freude und Stolz acht Tage abgesessen hätten, nun aber in stummer Verzweiflung saßen, denn am nächsten Tage war Schulstunde.

Oldshatterhand hatte von seinem Vater nach der Verhandlung Prügel bekommen und saß gegen neun Uhr abends in der Wirtschaft »Zur schönen Mainaussicht« auf dem schwarzen, versessenen Lederkanapee. Hin und wieder blickte er auf die blonde Wirtstochter, die etwas verächtlich lächelnd auf ihn zurücksah.

»Trag dem Vater ein Hörnchen hin, zu sein Kaffee«, sagte sie zu ihrem Bruder, der Kriechenden Schlange.

»Der soll sich's selber hol«, erwiderte die Kriechende Schlange und lachte zu Oldshatterhand hinüber.

Der Bleiche Kapitän, die Rote Wolke und der Schreiber gingen auf der Kaimauer entlang, schwenkten, ohne sich erst zu verständigen, plötzlich nach links ab und kletterten an der sieben Meter hohen Mauer hinauf, die den Garten der »Schönen Mainaussicht« umschloß, traten in die Wirtsstube und setzten sich wortlos zu Oldshatterhand aufs Kanapee.

Aus dem Nebensaal erklangen die Töne der Ziehharmonika. »Auf zur Quadrille!« rief eine nasale Männerstimme, und zu gleicher Zeit verschwand die zimmerbreite, auf Rollen laufende Schiebetüre in der Wand. Man sah durch eine lange Gasse Tanzpärchen durch, an deren Anfang ein großer Mann im Gehrock stand, dessen hakennasiges Gesicht einem gelben Papagei glich. Mit eleganten Verbeugungen nahm er von den Herren die zehn Pfennige Tanzgeld entgegen, während die Wirtstochter, ein blutarmes, bleiches Mädchen mit eingefallener Brust, im Saal herumging und eine Stearinkerze zerschnitt, zur Glättung des Bodens.

Der Mann mit dem Papageiengesicht, er war Buchbinder und Tanzlehrer, schwindsüchtig und hieß Gipfelmann, hob die Hand. Die Ziehharmonika wurde auseinandergezogen, und unter rhythmischem Händeklatschen des Herrn Gipfelmann stellten die Tanzenden die letzten Figuren der Quadrille, von drei im großen Saale glücklich verteilten Gasflammen spärlich beleuchtet. Junge Sandschöpfer, Handwerker, Soldaten und die Mädchen verbeugten sich ernst und tief und legten beim Rundtanz die Wangen aneinander.

Neben dem Ziehharmonikaspieler, einem immer lächelnden Zwerg, breiter als hoch, saß fröstelnd zusammengekauert die Frau des Tanzlehrers, die sehr der Witwe Benommen glich. Sie löste immer wieder ihre in die Ärmel geschobenen Hände und griff lächelnd zum Schnapsgläschen, wobei sie jedesmal schrill rief: »Ja, des muß i hab! Mei Schnäpsle muß i hab. Nur e Gläsle«, um dann ihre Hände sofort wieder fröstelnd in die Ärmel zu schieben. Sie war auch schwindsüchtig und immer etwas angetrunken. »Tanz doch e bißle«, sagte sie lustig zu ihrem hohlwangigen Sohn, der mit offenem Munde mühsam atmend bei ihr saß, manchmal tief aus der Brust heraus in sein zinnoberrotes Taschentuch hustete, auf dem man das Blut nicht sah, und sich dann zurücklehnte, weiß wie Mehl, mit blauen Lippen.

Ein paar Tage später, an einem Mittwoch, starb er.

»Im Grunewald, im Grunewald ist Holzauktion, ist Holzauktion«, spielte der Zwerg in schnellem Mazurkatakt.

Die brustkranke Wirtstochter trat auf den Sohn des Tanzlehrers zu und lächelte: »Spiel e bißle langsamer«, sagte sie bittend zum Zwerg, der sich verbindlich verneigte, »wir wolle a tanz«, und zog lachend den Kranken vom Stuhl empor. Langsam, ganz vorsichtig, tanzten sie Walzer, von einem kräftigen, kurzbeinigen Fischer angestoßen und überholt, der mit seinem Mädchen mazurkastampfend im Saal herumraste und dem Zwerg fortwährend zuschrie: »Spiel schneller! Spiel schneller!«

Die Mutter der Kriechenden Schlange, die mächtige, geschminkte Wirtin mit heftpflasterrosa, zarter Haut und vom Korsett in die Höhe gehaltenem überquellendem Busen, fragte freundlich lächelnd die vier Räuber: »Tanzen Sie nicht, meine Herren?« und warf, ohne Antwort abzuwarten, einen bösen Blick auf ihren kleinen Mann, der einen fettigen Fes auf dem Kopfe hatte, über seine Kaffeetasse gebeugt saß, ein Hörnchen eintauchte und es so lange weichen ließ, daß ihm dann der Kaffee zu den Mundwinkeln heraus, am Schnurrbart herunter und zurück in die Tasse lief.

»Schämst dich nit, alte Sau!« rief die Wirtin ihrem Manne zu, und der Kriechenden Schlange: »Nehm ihm die Tasse weg und trag sie in die Küch.«

Die Kriechende Schlange sah seine Mutter frech und unbekümmert an, blieb am Schanktisch lehnen und sagte höhnisch: »Was geht's mich an. Laß 'n rumpantsch.«

»Tanzen Sie doch auch, meine Herren«, animierte die Wirtin. Ihr Mund wurde klein vor Freundlichkeit.

Der Bleiche Kapitän stülpte verächtlich die Lippen nach außen. »Wir wern da im Kreis rumhüpfe.«

Die Kriechende Schlange platzte mit dem Lachen heraus.

»Gehst weg! Bankert!« schrie die Mutter ihm zu.

»Da bleib ich«, sagte die Kriechende Schlange ruhig und lümmelte sich auf den Schanktisch.

Die Wirtstochter, jetzt mit rosig überhauchten Wangen, kam hereingelaufen zu ihrem Vater und stand, die Ellbogen auf den Tisch gestützt und die Hände um das eirunde Gesicht gelegt. »Schau, er kommt ja wieder. Der Frau Benommen ihr Caro war auch einmal vierzehn Tage verschwunden. Sie hat's in die Zeitung setz laß, und da hat ihn ein Bauer aus Versbach zurückgebracht. An einem Kälberstrick. Nur sei Hals war e bißle vom Strick geränft.«

»I hab scho e Tinktürle kauft, daß wenn er vielleicht die Krätze hat, oder so was. Und schau ... den neue Kamm.« Der Wirt zog einen großen Hundekamm aus seiner Brusttasche, wobei er vorsichtig zu seiner Frau hinsah.

»Steck 'n ein. Sie braucht 'n ja nit zu sehn.«

»Zsssssss«, ertönte es von draußen. Johann Jakob Streberle trat ein und der zarte Sachse, der ein junges Mädchen mit noch kurzen Röcken, das sich verschämt am Türpfosten wand, hereinzog. Sie hatte eine blaue Seidenschleife im offenen, rötlichen Haar, und ihr geschwungener Mund war tiefrot. Ihr Vater war Viehhändler gewesen, hatte sein Vermögen verloren, sich auf dem Schloßberg an eine alte Linde gehängt und sein Kind als mittellose Waise zurückgelassen, worauf der Inhaber der hygienischen Anstältchen sich ihrer angenommen hatte.

Die Räuber blickten verhalten auf Johann Jakob Streberle, dessen lachender Mund sich schloß, als er die vier still und eng beieinander auf dem Kanapee sitzen sah.

»Dreihundertsiebenundsechzig Fenster mitsamt die Rahmen, die ganze Glaserarbeit vom neue Krankenhaus is mir zugschlage worn, weil i's Fenster um zwä Mark billiger mach als alle andern«, rief er, steckte die Hände in die Hosentaschen und streckte den Bauch vor. »Das muß mer halt versteh.«

Wütendes Schimpfen näherte sich; der rote Fischer erschien

unter der Türe, in das Fell eines Bernhardinerhunde,
dessen präparierter Kopf mit grünen Glasaugen und aufg
senem Maul er sich übers Haupt gestülpt hatte.

Die mächtige Wirtin, die eben ein Zuckerplätzchen in den Mund steckte, sah hämisch lächelnd auf ihren kleinen Mann, der interessiert zum Fischer trat, das Fell streichelte und plötzlich unter der Bräune seines Gesichtes erbleichte, denn er hatte seinen eigenen Hund an der Zeichnung erkannt. Die Wirtin hatte den Hund schlachten lassen, um zu der gewünschten Bettvorlage zu kommen.

Der Fischer lachte breit.

»Hast mein Hund umgebracht«, stotterte der Wirt, »mein Sultan?«

Die Wirtin sah den Fischer an. Die beiden hatten ein offen eingestandenes Verhältnis miteinander; auch der rasch alt gewordene Wirt wußte es, konnte aber nichts dagegen ausrichten.

Plötzlich riß der kleine Mann das Hundefell an sich und rannte aufheulend hinaus. Der Fischer sah ihm verblüfft nach, wandte sich um und rief erstaunt: »Was denn?« Die Wirtin klappte befriedigt ein Messer auf den Schanktisch. Die Kriechende Schlange bog sich vor Lachen.

Johann Jakob Streberle sah in den Tanzsaal, wo die erhitzten Paare umherwandelten und sich mit Taschentüchern Wind machten. Er trat ein paar Schritte auf die Wirtstochter zu, die lächelnd an ihm vorbei im Saal herumging und wieder eine Stearinkerze zerschnitt. Der Boden glänzte schon.

Das schöne kleine Waisenmädchen saß neben dem Sachsen und nippte von einem grünen Likör, worauf jedesmal ihre Zungenspitze erschien und die Lippen entlang leckte. Fragend sah sie zu ihrem Beschützer auf, der seinen aschblonden Bart waagerecht nach vorne zog und dabei lächelnd auf das Mädchen hinunterblickte.

An einem Tisch saß allein ein Gymnasiast mit vielen Pickeln

n die starke Nase fast waagerecht vorschoß, d in den Tanzsaal hinein. Immer, wenn er wie- Uhr hervorzog, wurden die Räuber still und auf die Uhr.

chwester der Kriechenden Schlange, ein vier- ädchen, schon mit dem Ansatz zu einem weichen Busen und Sommersprossen auf der zarten Haut, ging quer durch die Wirtsstube und zur Türe hinaus.

Die Kriechende Schlange trat zu den Räubern und flüsterte: »Geht mit naus ... Wir machen was mit meiner Schwester.«

»Ich geh nit mit«, sagte sofort Oldshatterhand erschrocken. Der Bleiche Kapitän und die Rote Wolke sahen verständnislos drein.

»Also, ich geh mit«, sagte der Schreiber, zwängte sich zwischen Tisch und Kanapee durch und ging mit der Kriechenden Schlange hinaus in den Garten.

»Was machen denn die mit seiner Schwester?« fragte der Bleiche Kapitän Oldshatterhand.

»Die ... die machen was.«

»Was denn! ... Das ist ganz einfach eine Geheimniskrämerei!«

»Ich weiß ja selber nit ... Aber machen tun sie was.«

»Der freie Mensch steh Red und Antwort.«

»Das wird wieder ein schöner Blödsinn sei«, schloß der Bleiche Kapitän das Gespräch ab.

Das Mädchen stand im nächtlichen Wirtschaftsgarten klein unterm Kastanienbaum, der bis in den Sternenhimmel reichte.

Als die zwei Knaben auf sie zutraten, kicherte sie und senkte den Kopf.

»Erst ich«, sagte die Kriechende Schlange zum Schreiber. »Paß du auf derweil, ob niemand kommt.«

Das Mädchen lief voraus in den dunklen Holzschuppen, in dem Hacken, Schaufeln und anderes Handwerkszeug herumstand.

Der Schreiber ging zwischen Kastanienbaum und Schuppen spähend auf und ab.

Als nach einer Weile die Kriechende Schlange allein zurückkam, flüsterte er: »Geh du jetzt nei zu ihr ... Geh doch nei!« Er schob ihn vom Stamm weg. »Ich paß ja auf derweil ... Oh, du hast Angst«, flüsterte er und deutete, den Oberkörper abgebeugt, höhnisch auf den Schreiber, der langsam auf den Schuppen zuging und in ihm verschwand.

Die Kriechende Schlange schlich zum Schuppen, spähte horchend hinein und preßte sich die Schenkel vor lautlosem Lachen.

Speichel lief dem Schreiber von den Mundwinkeln hinunter, als er aus dem Schuppen trat; sein Haar war verwühlt.

»Der kann ja nix«, sagte das Mädchen und lief davon.

Den Oberkörper abgebeugt, deutete die Kriechende Schlange auf den Schreiber: »Oooooo!«

»Was willst denn!« rief der Schreiber erzürnt.

»Weil ich's gsehn hab ... Weißt was, wenn ihr amal alle im ›Zimmer‹ seid, bring ich mei Schwester mit.«

»Bring halt die andere auch mit.«

»... Die eine langt ... Die langt für uns alle.«

Als die Knaben die Schritte eines Gastes hörten, gingen sie in die Wirtsstube zurück, wo der Schreiber sich wieder aufs Kanapee setzte.

Oldshatterhand, dessen Mund gerade über die Tischplatte reichte, zog einen langen Dolch, den zu tragen verboten war, aus der Hintertasche und schnitt die Spitze einer großen Zigarre ab. »Leih mir zwölf Pfennig«, bat er den Bleichen Kapitän. »Ich hab nix mehr und möcht noch a Glas Bier trink.«

»Du bist mir noch vierzehn Pfennig vons letztemal schuldig. Ich hab selber nix.«

Leise ging der Gymnasiast zur Türe hinaus und kam, vom säbelbeinigen Wachtmeister begleitet, gleich wieder zurück und deutete auf Oldshatterhand: »Dieser ist's.«

»Komm mal da her zu mir.«

Der bleich gewordene Oldshatterhand – er hatte beim Eintritt des Wachtmeisters sein Dolchmesser schnell zwischen Kanapeesitz und Lehne gesteckt – ließ geringschätzig die Lippen hängen und fragte angstbleich und frech: »Was wollen Sie denn von mir?«

»Gehst raus, Malefizlausbub!«

Der Wachtmeister befühlte Oldshatterhands Taschen von außen. »Wo hast's denn?«

»Ich weiß ja gar nit, was Sie wollen.«

»Einen ganz langen Dolch hat er«, rief der Gymnasiast.

»Jetzt leerst glei dei Tasche aus.«

»Da, greife Sie nur selber nei.«

Von den Zuschauern umringt – alle Tanzschüler waren ins Wirtszimmer gekommen – und während der Bleiche Kapitän, vom Schreiber gedeckt, den Dolch immer tiefer ins Kanapee stieß, zog der Wachtmeister unter größter Stille aus der Hosentasche Oldshatterhands eine lange, geknickte Hahnenfeder, drei Zigarrenstummel, ein Blechkästchen, worin Angelwürmer sich ringelten, als es der Wachtmeister öffnete, eine Handvoll alte Briefmarken, ein Flötchen, einen Himbeerapfel und eine Meerschaumspitze mit einem Segelschiff darauf, in welcher der Wachtmeister, als er durchsah, eine farbige Alpenlandschaft mit weidenden Kühen erblickte. Ein zartrosa Würmchen schlängelte sich aus dem schwarzen Loch der Meerschaumspitze heraus und um den Zeigefinger des Wachtmeisters herum, der die Spitze erschrocken von sich schleuderte, daß sie zerbrach.

»Habt ihr's Messer gsehe?«

»Ach, er hat ja kein Messer«, sagte die Wirtin begütigend.

»Und wenn er scho ens hat«, rief der Fischer. »Jau, so a Gaudi.«

Aber Johann Jakob Streberle deutete auf Oldshatterhand. »I hab's gsehe! Also muß a da sei.«

Ratlos griff der Wachtmeister Oldshatterhand auch noch in die Westentasche und zog siebzehn Pfennige heraus. »Das hab ich zammgspart, weil ich meiner Mutter eine Küchenlampe kauf will, zu ihrn Geburtstag!« rief Oldshatterhand und blickte in furchtbarster Verlegenheit den Bleichen Kapitän an.

»Was verlangst denn dann von mir Geld, wenn du selber hast!«

»Du glaubst's nit! ... Kannst ja selber mei Mutter frag, ob sie die Küchenlampe nit braucht.«

Nachdem der Wachtmeister noch unter Tisch und Kanapee gekrochen war, ging er der zerbrochenen Meerschaumspitze wegen schnell weg.

»... Es ist wirklich so, wie ich gsagt hab.«

»Das häst gleich sag müss ... heimlichs Geld ... ich tät mich schäm.«

»Aber du mach dich dünn jetzt«, zischte Oldshatterhand wütend.

Der Gymnasiast hatte sein schwarzes Schildmützchen schon gepackt und schlich zur Türe hinaus.

Die Räuber machten sich sofort an die Verfolgung.

Jedoch der Gymnasiast hatte einen Vorsprung, Angst und lange Beine.

Am Wachtmeister vorbei jagten die Räuber der fliehenden dunklen Gestalt nach, über die alte Brücke, durch krumme Gassen, aber stets im selben Abstand. Der Gymnasiast schien zu fliegen. In der Büttnersgasse prallte er wider seine Haustür, daß er in die Knie sank, sprang die Treppe hinauf und streckte den Räubern aus dem erleuchteten Fenster des ersten Stockes schon die Zunge lang heraus, als sie unten vor dem Hause erst ankamen.

Der Himbeerapfel schwirrte durch die Luft und schien dem Gymnasiasten direkt in den Mund geflogen zu sein, denn noch einen Augenblick blieb der Apfel auf dem Gesicht sichtbar und die in maßlosem Schrecken aufgerissenen Augen. Der Kopf verschwand, die Räuber hörten einen dumpfen Fall und das Klirren von zerbrechendem Glas. Dann war es still.

Ein paar Stunden später kletterten die Räuber, da das Haustor schon versperrt, aber im Wirtschaftszimmer der »Schönen Mainaussicht« noch Licht war, an der Mauer hinauf, schlichen durch den dunklen Garten und sahen, als sie durchs Fenster spähten, den Fischer mit der Wirtin zusammen auf dem Kanapee. Oldshatterhand schrak entsetzt zurück und flüsterte voller Grauen: »Fort, fort, ich geh fort.«

Plötzlich schlüpfte die Kriechende Schlange unterm Kanapee vor und deutete boshaft auf die beiden.

Seine Mutter und ihr Liebhaber fuhren wüst schimpfend in die Höhe. Die Kriechende Schlange stürzte in die Küche, die Räuber durch den Garten davon.

Am Morgen zogen ein paar Sandschöpfer den kleinen Wirt tot aus dem Main. Das nasse Hundefell hielten die Hände des Toten fest umklammert.

Aus dem Schulsaal nebenan klang schon das singende, monotone Lesen der ganzen Klasse, aber über den siebzig regungslos sitzenden Schülern des Herrn Mager hing noch drückende Stille.

Herr Mager saß hinter dem Katheder und schälte sich einen Borsdorfer Apfel, teilte ihn in Schnitzchen, kernte sie sorgfältig aus und aß sie zusammen mit einer mürben Kaisersemmel langsam auf, was er vor Beginn jeder Schulstunde tat.

Der Bleiche Kapitän, Falkenauge, Oldshatterhand und der Duckmäuser saßen in der ersten Bank; in der letzten Bank saßen der König der Luft, die Rote Wolke und der Schreiber. Die andern Mitglieder der Räuberbande waren unter den übrigen Schülern verstreut.

Winnetou lag fiebernd zu Hause im Bett.

Vom hellen Gaslicht beleuchtet, glänzten die von der Seife

aufgeriebenen, roten Gesichter der Lehrjungen, und die noch nassen Haare standen spitz und steif in die Höhe, so daß die Köpfe einem in Reihen geordneten Igelheer glichen.

Herr Mager hielt streng auf Reinlichkeit.

Eine tiefe Männerstimme erklang nebenan, darauf eine Knabenstimme, und es schien, als würden die Worte im Keller gesprochen.

Herr Mager rieb sein Taschenmesser trocken, hielt die Klinge gegen das Licht, rieb noch eine Weile und erhob sich plötzlich – strich wie in Gedanken mit der Hand im Kreis über seinen rundgestutzten, rötlichen Vollbart zur polierten Glatze und zurück zum Bart, wo die Hand haftenblieb, und lächelte. Herr Mager lächelte die Schüler der ersten Bank an.

Herr Mager hatte eine sonderbare Art, die Hände zu reiben. Er rieb jetzt, wie immer, wenn er vergnügt war, mit dem Zeigefinger das erhabene blaue Aderngeflecht seines gichtigen Handrückens, sah auf die Uhr und schritt zur Schultafel. »Der berühmte Maler Albrecht Dürer hatte einen Widersacher, welcher behauptete, der größere Künstler zu sein«, sagte Herr Mager, legte die Hand in die Hüfte und sah immer noch lächelnd die Räuber auf der ersten Bank an. »Die zwei Maler einigten sich dahin, daß jeder eine Zeichnung machen solle, und wessen seine die bessere sei, der solle in Zukunft als der Größte gelten … Der eine arbeitete Tag und Nacht, ein halbes Jahr lang, und brachte seine aufs sorgfältigste ausgeführte Arbeit vor das Preisgericht. Als Albrecht Dürer eintrat, ohne eine Zeichenrolle zu haben, fragten die Preisrichter ärgerlich, wo denn seine Arbeit sei. Da schlug Albrecht Dürer seinen weiten Mantel zurück, zeichnete mit einem feingespitzten Bleistift in einem Zug einen großen Kreis auf einen Karton und machte einen Punkt in die Mitte. Alles aus freier Hand. Als die Preisrichter aber nachmaßen, stimmte der Kreis wie mit dem Zirkel gezogen … Von da an galt Albrecht Dürer als der größte Künstler«, schloß Herr

Mager, versuchte, mit der Kreide einen Kreis auf die Schultafel zu ziehen, und stieß energisch einen Punkt hinein. »Wie ich noch so jung war wie ihr, da konnte ich das noch viel besser«, sagte er, weil der Kreis etwas bucklig ausgefallen war. »Das sollt ihr bis zur nächsten Schulstunde üben … Katekeßmoß!!!«

Siebzig Katechismen klappten auf die Bankpulte.

Da stand Falkenauge auf. »Herr Lehrer, ich muß einmal hinaus.«

Er kam nicht wieder. Auf ganz sichere Prügel *warten*, das ließen seine Nerven nicht zu.

Falkenauge war nicht feige. Vergangenen Winter war er augenblicklich von der Kaimauer hinunter in den mit Treibeis gehenden Main gesprungen, um einen Säugling zu retten, den das Kindermädchen mitsamt dem Wickelkissen ins Wasser hatte fallen lassen. Ausdauernd war er dem mit den Eisschollen flußabwärts schaukelnden Wickelkissen nachgeschwommen, hatte es erfaßt und es glücklich an Land gebracht. Sein Auge war ihm bei einer Schlacht mit fünf Gymnasiasten ausgeschlagen worden, die er allein herausgefordert hatte. Jedoch das von Herrn Mager ersonnene Raffinement – die sicheren Prügel hinauszuschieben, war für Falkenauges guten Mut zuviel.

Herr Mager schickte Seidel hinaus, seinen besten Schüler, der aber nach einer Weile allein zurückkam und staunend sagte: »Herr Lehrer, er ist nicht mehr da.«

Herr Mager zog die Mundwinkel in die Bäckchen zurück. »Michael Vierkant! Raus!«

Oldshatterhand legte sich über den Stuhl. Seidel preßte ihm den Kopf nach unten, und Oldshatterhand schnalzte unter dem pfeifenden Rohrstock des Herrn Mager.

Für die andern Räuber existierte unterdessen nur die eine bange Frage – wer kommt nach Oldshatterhand daran?

Einer nach dem anderen wurde übergelegt. Und bei jedem sagte Herr Mager atemlos: »So! Heute diese sechs, das nächste

Mal wieder sechs, bis die vierundzwanzig voll sind. Tut mir leid, daß ich nicht zwölf auf einmal geben darf.«

Die Augen der Mitschüler standen weit offen und glänzten. Das kleine Gesicht des Herrn Mager war jetzt schon weinrot.

Seidel konnte den sich wütend wehrenden Schreiber nicht allein bändigen. »Wer meldet sich?« rief Herr Mager.

Vier sprangen zum Stuhl. Der Duckmäuser war zusammengezuckt, jedoch sitzen geblieben.

Speichel lief dem Schreiber zum Munde heraus. Wie in höchstem Entzücken brüllte er in allen Tonlagen: »Ah! Ah! Ah! Ah!« und schleuderte die Beine derart umher, daß Herr Mager sich mit dem Rohrstock auf seinen Handrücken traf. Voller Wut schrie er: »Michael Vierkant! Raus! Halte ihn!«

Oldshatterhand rührte sich nicht.

Herr Mager stürzte sich auf ihn und stieß ihn zum Stuhl. »Halte ihn!«

Er rührte sich nicht. Plötzlich sagte er leise: »Herr Lehrer ... ich halte ihn nicht.« Und selbst seine Lippen waren weiß geworden.

Verblüfft stierte Herr Mager Oldshatterhand an und hieb ihm plötzlich mit dem Rohrstock quer über das Gesicht, immerzu. Nicht die Hand hob Oldshatterhand zur Abwehr. Nebel vor den Augen, brach er zusammen, stand gleich wieder auf und ging langsam zurück zur Bank. Auf seinem Gesicht schwollen die blutunterlaufenen Striemen.

»Hans Lux! Raus!«

Die tiefe Falte war da. Sein Hals schoß waagerecht vor. Die vier Helfer standen bereit. Der König der Luft faßte den Stuhl bei der Lehne, rückte ihn umständlich zurecht, visierte, legte sich darüber, rutschte eine Weile hin und her, bis er in die richtige Lage gekommen war, und nahm die Prügel entgegen.

Die nach ihm ausgestreckten Arme der vier Helfer waren herabgesunken.

Man schleicht von hinten an einen Kameraden heran, stellt ihm die gespreizten Finger auf den Kopf, daß sich die Nägel schmerzhaft in die Kopfhaut eindrücken, und ruft: »Päh, Krähenfuß!« und streckt die Zunge lang heraus, wenn er zusammenzuckt. Ein ähnliches Gefühl hatte Oldshatterhand auf dem Heimweg von der Schule. Wie wenn eine dunkle, gespreizte Hand sein Herz umkrallte. »Päh, Krähenfuß«, flüsterte er, schauerte zusammen und hatte einen säuerlichen Geschmack auf der Zunge, als ob er Blut speie. »Jetzt müssen wir fort. In den Wilden Westen. Anzünden! Die ganze Stadt! Hoo! Fort, fort!« Und plötzlich lachte er ein irrsinniges Lachen. »Hi! hihiha!«

Die Räuber hatten ihm nicht geantwortet. Der Duckmäuser ging ein paar Schritte seitwärts nebenher und sah staunend ununterbrochen auf Oldshatterhand.

Sie waren bis zur alten Brücke gekommen. Oldshatterhand ging ein Stück hinter den anderen und sann darüber nach, weshalb seine Freunde ihm nicht geantwortet hatten. Vielleicht, weil gerade ein Liebespaar vorbeigegangen war? Umschlungen – dachte er. Und hatte das Gefühl, als ob in seinem Innern immerzu Blut tropfe, unaufhaltsam, und bekam Angst.

Dicker Nebel hatte die Stadt genommen, so daß kein Brückenheiliger, kein Licht zu sehen war. Plötzlich bekam Oldshatterhand einen knallenden Schlag ins Gesicht, daß er Feuerflächen aufblitzen sah, und hörte eine Stimme rufen: »Rechts gehen!« Er sah, nur einen Augenblick, eine Uniform und eine goldene Unteroffizierslitze und sofort wieder nur noch Nebel.

Falkenauge saß auf einem Eckstein vor dem »Spitäle«, die Ellbogen auf die Knie, den Kopf in die Hände gestützt, und blickte in wehmütigem Neid trübe auf die ankommenden Räuber, welche die erste Portion Prügel hinter sich hatten.

Falkenauge wagte nicht, nach Hause zu gehen, nicht ins Geschäft; einige Nächte schlief er in einem Kehrichtwagen, der unbenutzt unterm Brückenbogen stand, bis der säbelbeinige Wachtmeister ihn fand und Herrn Mager zuführte.

Viertes Kapitel

Die Bierkeller waren mit Maineis gefüllt worden; jetzt blühte der Holunder und der Flieder im Festungsgraben, und die Hügel rund um Würzburg herum waren weiß von der Obstbaumblüte, so daß nur wenig saftiggrüne Stellen sichtbar blieben.

Die Räuber waren von Herrn Mager mit dem Hinweis auf die Rekrutenzeit aus der Fortbildungsschule entlassen worden. Alle konnten jetzt mit einiger Berechtigung bei Herrn Rein eintreten und sich rasieren lassen, außer Oldshatterhand, der seit seinem zwölften Jahre um keinen Fingerbreit gewachsen war, wie ein Schulknabe aussah und seinen Kameraden nur bis zur Brust reichte.

Das war ein großer Schmerz für ihn, der ihn reizbar und streitsüchtig machte; unvermittelt konnte er, allen voran, die Räuber zu den gefährlichsten Unternehmungen mitreißen, um dann plötzlich, von einer Minute zur andern, ohne erkennbaren Grund bedrückt zu werden, was immer viele Tage lang anhielt, an denen er sich durch unwesentliche Kleinigkeiten schmerzlich verletzt fühlte und maßlose Zornausbrüche bekam.

Und noch ein großes Leid drückte Oldshatterhand. Brachte er den Wilden Westen zur Sprache, dann sagten die Räuber: »Ja. Bald. Wart doch.«

Keiner glaubte mehr ganz daran. Aber noch gestand es keiner dem anderen offen ein. Wie mit einer Kugel spielten sie mit ihrer Jugendsehnsucht, parodierten sie schon leise und waren bereit, beim ersten Anlaß den ganzen Wilden Westen unter Gelächter abrollen zu lassen.

Und da Oldshatterhand immer wieder drängte: »Jetzt müssen wir fort, die Prärie steht hoch, vielleicht sind blutige Kämpfe ausgebrochen, das Kriegsbeil ist ausgegraben, man braucht uns drüben, was sollen wir noch hier«, bekam er von den verärgerten Räubern zu hören: er solle doch einstweilen vorausgehen, wenn's ihm so pressiere, sie kämen schon nach. So daß Oldshatterhand mit Sehnsucht im Herzen gequält stillschwieg und teilnahmslos und verbittert den Zirkusvorstellungen beiwohnte, welche die Räuberbande jetzt jeden Abend auf dem Schloßberg gab. Denn kurz vorher war ein Zirkus in Würzburg gewesen.

Alle leisteten ihr Bestes. Unter den Zuschauern saßen auch einige Mädchen auf dem Rasen.

Und das war der Anfang vom Verfall der Räuberbande; sie liebten es neuerdings, Publikum um sich zu haben. Und der Erfolg war groß.

Hoch an einem Lindenast war ein Trapez angebracht. Der König der Luft, in enganliegenden Unterhosen und einem giftgrünen Trikotleibchen, ganz einem Zirkuskünstler ähnlich, saß auf dem Trapez und mahlte mit den Zähnen.

Hinter den Linden, im Geäst, hing die untersinkende Sonnenscheibe, und die Gestalten der Räuber warfen lange Schatten auf den abendgrünen Schloßbergrasen.

Der Bleiche Kapitän stand abseits, mit verächtlich nach außen gestülpten Lippen, und sah zu, wie der König der Luft in gewaltigem Bogen in den Himmel sauste, das Trapez losließ und, einen wilden Schrei ausstoßend, sich hoch in der Luft überschlug – und auf den Beinen stand.

»Das ist nix. Davon kriegt man keine Kraft«, sagte der Bleiche Kapitän zum Schreiber, der als Clown ein hellrosa Kleid seiner Schwester anhatte. Aber ein Mädchen mit zwei braunen Zöpfen sagte: »Der kann direkt zum Zirkus gehen.« Worauf der Schreiber sofort die gefährlichsten Sprünge machte und

Purzelbäume schlug, vor dem Mädchen mit den braunen Zöpfen.

Um seinen schwindenden Ruhm wieder zu festigen, stemmte der Bleiche Kapitän einen schweren Steinquader hoch, was ihm keiner nachmachen konnte. Als jedoch der König der Luft aus gewaltiger Höhe frei hinaussprang, das schwingende Trapez haschte, kühn wieder fahrenließ, um den Lindenast wieder zu haschen, ihn aber verfehlte und unter einem einzigen Schrei aller Zuschauer auf den Rasen hinunterstürzte und stöhnend seine Fußfesseln hielt – da schien die künftige Hauptmannschaft ihm sicher zu sein, denn der König der Luft hatte das Bein gebrochen.

In Grausen und Bewunderung standen alle um ihn herum.

Der Duckmäuser schlich vorüber; er wagte nicht aufzusehen.

Die Sonne war unter. Die Leuchtkäferchen glühten aus der Dämmerung. Der Rasen roch.

Neben dem Vorstellungsplatz war die Soldatenreitbahn, von einem breiten, tiefen Graben umgeben und einer Balkenbarriere. Im lockeren Sand der Reitbahn stand ein dürres Soldatenpferd und wieherte.

Der Bleiche Kapitän faßte einen verzweifelten Entschluß: Ohne vorher etwas davon zu sagen, sprang er mit einem fünf Meter langen Satz über den Graben und die Barriere in den Sand der Reitbahn, kletterte auf das wütend ausschlagende Pferd und raste, sich mit Armen und Beinen anklammernd, in der Bahn herum.

Die Bewunderung der Zuschauer hatte sich ihm zugekehrt.

Der Bleiche Kapitän hing, unfreiwillig auf den Hals gebeugt, wie ein Indianer auf dem Gaul.

Da brüllten die Räuber wie besessen: »Halt! Halt! Ein Feldwebel!«

Der Feldwebel, vor Zorn hahnenkammrot im Gesicht, stürzte mit erhobener Reitpeitsche dem scheuenden Pferd nach; der

Hauptmann flog in großem Bogen herunter in den Sand, stürmte, vom Feldwebel verfolgt, heraus aus der Reitbahn und mit Zuschauern und Mädchen den Schloßberg und die Felsengasse hinunter.

Des Bleichen Kapitäns Ruhm und Hauptmannschaft war wieder gesichert. Keuchend rief er: »Wenn das mein Bruder in Amerika miterlebt hätte.«

Der König der Luft saß allein, stöhnend unter der Linde.

Oldshatterhand stieg den Schloßberg wieder hinauf und setzte sich auf den Sockel des Bildwerks: Christus hing am Kreuz in kaum noch erkennbaren Körperformen, so oft war er im Laufe der Jahrhunderte mit Ölfarbe angestrichen und mit Blutstropfen geschmückt worden. Auf dem Bildwerk stand:

»An diesem Ort is Alois Würz
Mit sein Heuwage umgstürzt.
War glei tot, mitsamt die Roß.
War ein frummer Mann,
Drum is er auf der Stell
In sein Heuwage in Himmel nei gfahrn,
Was mer vo seine Roß nit sag kann.«

Über der Stadt hing Rauch und Dunst. Es war schon fast dunkel. Eine Kirchenglocke läutete. Oldshatterhand war bedrückt; er spannte alle Muskeln an und hielt den Atem zurück, bis die Luft »pfa!« aus seinem Munde fuhr. Es wurde ihm aber nicht leichter davon.

Aus dem Dunkel zwischen den Linden schimmerte Wäsche hervor, die zum Trocknen aufgehängt war, blähte sich auf zu großen, weißen Menschenbäuchen. Oldshatterhand spähte angestrengt hin und fürchtete sich, blieb aber sitzen auf dem Sockel und horchte auf den unerklärbaren Ton, der jetzt aus der Luft über der Stadt kam. Ein schauriges Stöhnen, wie wenn das Leiden aller Tiere und Menschen in ihm klänge.

Hinter einer Bodenerhebung erschien der Kopf des Duckmäusers, der zu Oldshatterhand hinblickte und vorsichtig, unhörbar auf ihn zukroch.

Langsam näherte sich der Duckmäuser, hatte erst Minuten später die nur zehn Schritt weite Entfernung hinter sich gebracht und setzte sich unbemerkt auf den Sockel neben Oldshatterhand.

Es war jetzt ganz dunkel geworden.

Eine Weile saß der Duckmäuser reglos und hielt den Atem an, um sich nicht zu verraten. Plötzlich sagte er: »Wa... weil ...«

»Oh ... O Gott!« schrie Oldshatterhand auf und fiel vom Sockel herunter, zwang sich aber sofort zur Gleichgültigkeit, als er den Duckmäuser erkannte, und drängte seine Verwunderung darüber zurück, daß dieser es gewagt hatte, sich neben ihn zu setzen, der verachtete Duckmäuser, mit dem die Räuber seit Jahren kein Wort gesprochen hatten.

»Mi... mich hat was ge... gestochen, dr... drum bin ich erschrocken«, stotterte Oldshatterhand geringschätzig.

»Wa... weil ich auch zs... zs... zu den Indi... Indianern will, hab ich das A... das Anschleichen geübt an den Fa... Fa... Feind«, beendete der Duckmäuser seinen Satz.

»– – – – Duuuu? zs... zu den Indianern?« Oldshatterhand war furchtbar verwundert und empört. Und als er sah, wie der Duckmäuser den Kopf vorstreckte, blutrot wurde und drückte, um reden zu können, dachte Oldshatterhand voller Scham: Ich darf nicht stottern, ich darf nicht stottern, jetzt darf ich nicht stottern, und setzte leicht auszusprechende Worte vor: »O also nein, da mußt du aushalten können, da... daß man dir vergiftete Hölzchen in den Ba... Bauch steckt, und die werden angezündet. O ja also nein, ich halt das aus. Fü... fünfzig brennende Hölzchen im Bauch. Und wenn ich ge... geblendet wer, da... das macht mir gar nichts aus.«

»Züüü... Züüü... Züüü... Zündhölzchen meinst du?«

»O ja, und ich fresse Giftschlangen wie Ku... Kuchen.«

»We... wenn man den Fa... Feind so beschleichen ka... kann, ... da... daaaas ist die Hauptsache; dann br... dann br... brauche ich ihm nur noch ein Messer ins Herz zs... zs... zu stoßen.«

»Pä! Ist das ritterlich?«

»Ich bin Mi... Mi... Mi... Ministrant. Und fürs A... Abendläuten kr... krieg ich moonatlich f... fünfundsiebzig Pf... Pfennig.«

Oldshatterhand wurde wütend. Er hatte sich auch, ebenso wie die Kriechende Schlange und die Rote Wolke, ums Läuten beworben, der fünfundsiebzig Pfennige wegen. Man hatte ihn aber nicht brauchen können, weil er zu klein war. »Ha! Ich wer doch dene Pf... Pfaffe nit läuten. Ist das vielleicht männlich? Aber wenn du zu den Indianern willst, mußt du mi... mindestens eine halbe Stunde lang unter Wasser schwimmen können, aber mit o... mit offenen Augen, wenn oben ein Ka... Kanu mit Indianern vorbeifährt.«

»F... ffff... fünfundsiebzig Pfennig moonatlich krieg ich.«

Da trat der Spenglermeister, Herr Hieronymus Griebe, aus dem Dunkel, und seine Hand, die soeben das Kreuz schlagen wollte vor dem frommen Bildwerk, blieb erschrocken abwehrend ausgestreckt, als er die zwei Gestalten auf dem Sockel sitzen sah.

Der Duckmäuser schnellte in die Höhe.

Wortlos nahm Herr Hieronymus Griebe seinen ihn fast um einen Kopf überragenden Sohn bei der Hand und führte ihn weg von Oldshatterhand, der sitzen blieb und den beiden verächtlich nachsah, bis sie das Dunkel genommen hatte.

Die schöne Schwester Winnetous hatte ein Kind bekommen. Die ganze Stadt wußte, daß der Kaplan der Vater war.

Einige Wochen darauf bekam der Kaplan die beste Pfarre in der Umgebung Würzburgs, und das Mädchen wurde seine Haushälterin. Vor dieser Tatsache verstummte das Gerede.

Aber die Mutter war vor Schrecken und Scham erkrankt; eine Lungenentzündung war dazugekommen. Sie lag im Sterben.

Wortlos und streng deutete sie auf den Sessel neben ihrem Bett. Winnetou setzte sich und sah steif geradeaus.

Schritte näherten sich. Der großmächtige Geistliche im Ornat, der Kirchendiener und die Ministranten traten ins Zimmer. Winnetou stand auf.

Der Duckmäuser reichte das Weihrauchfaß und sah sich wichtig nach Winnetou um.

Die Kranke bekam die heiligen Sterbesakramente. Der Geistliche und die Ministranten knieten nieder am Bett und beteten. Da kniete auch Winnetou nieder.

Der Kirchendiener erhob sich zuerst, griff dem Geistlichen von hinten unter die Arme und half ihm wieder auf die Beine.

Als Winnetou allein war mit der Mutter, setzte er sich in den Sessel wie vorher.

Automatisch wandte er nach einer Weile den Kopf zur Sterbenden hin, sah das weiße Gesicht an, das von einer plissierten, gestärkten Krause umrahmt war, und beugte sich plötzlich mit einem Ruck staunend vor; es schien ihm, wie wenn die Mutter um viele Jahre jünger geworden sei. Die Falten der Strenge waren vollkommen weg. Anstatt ihrer sah Winnetou stilles, gläubiges Glück im Gesicht der Mutter, das schmal und sanft geworden war. Eine nie empfundene Weichheit ergriff ihn und die Sehnsucht, daß es immer so bleiben möge. Da sprang ihm die Angst in die Brust – die Mutter werde, wenn sie die Augen aufschlage, wieder streng auf den Sessel deuten. Er ließ den Blick nicht von ihr, klagte ohne Worte unglücklich in sich hinein, weil er diese sicher nie mehr wiederkehrenden sanften Minuten der Mutter auch in Angst vor ihr verbringe, und ließ sich plötzlich aufschluchzend über sie fallen, denn die Sterbende hatte die Augen geöffnet und ihm in ungeheurer Güte langsam übers Haar gestrichen.

Mit rauhen Tönen tief aus der Brust heraus weinte Winnetou, sein Körper zuckte, ein kaum erträgliches Glück entstand in ihm; da begann er zum Weinen leise zu singen und hatte das bestimmte Gefühl, daß, wenn er aufhöre, leise zu singen, er nicht mehr weinen könne und dann nicht mehr glücklich sein würde.

Während Winnetou den durch die lebenslange Lieblosigkeit seiner Mutter verursachten Druck aus sich herausweinte, fühlte er, wie die Sterbende ihm half, durch ununterbrochenes sanftes Streicheln, das allmählich schwächer wurde, bis die Hand kraftlos aufs Bett fiel. Der Bauch der Sterbenden bäumte sich hoch auf und schleuderte Winnetou ans Fußende des Bettes.

Tränenüberströmt blickte Winnetou auf die Mutter, ging hinaus und meldete der Köchin unter schluckendem Lachen und Weinen, daß die Mutter tot sei.

Entsetzt starrte die Köchin Winnetou an, weil er glücklich lächelte, und rannte ins Sterbezimmer.

Winnetou trat aus dem Hause und ging schnell und ohne Ziel stadtwärts.

Neben ihm humpelte mühsam eine kleine, dicke Alte mit Krückstöcken auf die Haltestelle der Trambahn zu, wandte sich um nach dem schnell sich nähernden Wagen, den Krückstock verzweifelt schüttelnd, und schrie immerzu: »Ich komm nimmer hin! Heilige Maria, ich komm nimmer zurecht.«

Winnetou sah die Alte an – zur Elektrischen zurück, und stellte sich zwischen die Schienen.

Der Führer läutete.

Winnetou tat, wie wenn er es nicht hörte, und ging, um den Führer zum Langsamfahren zu zwingen, ganz gemächlich im Geleise auf die Haltestelle zu. Die Alte humpelte, sich beeilend, weiter.

Der Führer läutete wütend ununterbrochen. Die Fahrgäste stießen entsetzt Warnrufe aus. In voller Fahrt kam der Wagen angerast. – Winnetou wandte den Kopf, erbleichte und ging langsam im Geleise weiter. Im letzten Augenblicke zog der Führer die Bremsen, daß die Schienen rauchten, und Winnetou sprang seitwärts.

Zitternd vor Schreck und Empörung stieg der Führer aus dem Wagen, um nachzusehen, ob Winnetou verletzt war.

Die Alte hatte den Wagen erreicht und stieg ein.

Führer und Fahrgäste schimpften Winnetou nach, der mit dem leidenden Gesichtsausdruck eines ihm widerfahrenden Unrechts zurücksah.

Ein weißhaariger Alter, mit einer Tabakspfeife im Munde, der im Stocke des Eckhauses am Fenster saß, stand mühsam auf und schüttelte wütend die Faust zu Winnetou hinunter, der ruhig und blaß in die Seitengasse einbog.

Der Schreiber und der Bleiche Kapitän kamen ihm entgegen. »Geh mit, wir schießen«, sagte der Hauptmann, zog seinen Rockflügel zur Seite und zeigte Winnetou einen neuen Zimmerstutzen. »Wir gehn zu Falkenauge und schießen in seiner Kammer … Geh mit.«

»… Ich geh nimmer mit … Ich geh woandershin«, sagte Winnetou und ging auch gleich weg, in der Richtung zur Kirche.

Verdutzt blickten sie ihm nach.

Das Hochamt hatte schon begonnen. Winnetou schlug das Kreuz und setzte sich. Und als er die lateinischen Worte des Priesters und das ferne Klingeln der Ministranten hörte im mächtigen Kirchenschiff, stellten die Glücksschauer des Aufgelöstseins sich wieder ein, die er im Sterbezimmer der Mutter empfunden hatte.

Eine süße Müdigkeit befiel ihn; er schlief ein.

Der brausende Orgelklang weckte ihn auf, und Winnetou fühlte unvermittelt, daß Frömmigkeit und Gottesglaube sich mit seinen Räuberidealen nicht deckten.

Still trat er aus dem Portal und blieb an der Grundmauer der

Kirche lehnen, als er den Schreiber und den Hauptmann, die ihm nachspioniert hatten, langsam die Straße hinunter sich entfernen sah.

Winnetou blickte den kleiner und kleiner werdenden Räubern nach, bis sie zu Punkten wurden und endlich nicht mehr zu sehen waren, und trat wieder in die Kirche ein.

Die zwei Räuber klopften an die Zimmertüre von Falkenauges Mutter, und als niemand antwortete, stiegen sie hinauf in die Dachkammer Falkenauges, der noch im Geschäft war.

Auf dem Nachtkästchen neben dem Bett stand ein Glas voll klaren Wassers, worin ein Glasauge lag. Sonst war nur noch ein Tisch in der Kammer und ein Stuhl, auf dem das Waschgeschirr stand. An der Wand hing eine Tabakspfeife unter dem heiligen Joseph. In einem engen Käfig sprang ein Eichhörnchen aufs Stäbchen und hinunter, ruhelos und unaufhörlich. Falkenauge hatte es auf den Schloßberglinden gefangen.

Dem Fenster gegenüber war eine blinde Hausmauer, auf der ein Spatz saß.

Der Bleiche Kapitän zielte lange und drückte endlich ab. Der Spatz blieb sitzen und pickte sich wie vorher ins aufgepluderte Gefieder.

Als sie beratschlagten, ob der Spatz getroffen sei, stieg er in die blaue Luft.

»Die Kugel macht einen Bogen, weil die Entfernung zu groß ist ... Wie wär denn das sonst möglich«, sagte der Bleiche Kapitän und sah sich nach einem näheren Ziel um. »Halt einmal die Karte«, sagte er und nahm das Herzas von Falkenauges Kartenspiel.

»Und wenn du mir den Finger wegschießt?«

»Ich wer doch no des Kärtle treffe.«

Der Schreiber stellte sich seitwärts vom Fenster, streckte den Arm aus und hielt die Karte an der äußersten Spitze. »Ziel lieber ein bißchen mehr rechts ... Es is mir lieber, du triffst nix, als daß du mei Hand triffst.«

Der Bleiche Kapitän zielte lange, und genau in die Mitte der Karte, und durchlöcherte sie.

Der Schreiber atmete wieder. »Jetzt halt du die Karte.«

Der Bleiche Kapitän hielt die Karte nicht spitzig, sondern umrahmte sie mit seiner Hand und stülpte die Lippen nach außen. »Schieß!«

Der Schreiber erschrak, spannte alle Muskeln an, zielte kurz und durchlöcherte die Karte. Verächtlich ließ der Bleiche Kapitän sie fallen. »Ich laß mir das Glas runterschieß, vom Kopf ... Das wär mir auch noch was«, sagte der Hauptmann und stellte das Glas, worin das Auge lag, sich auf den Scheitel. Das Blut verließ sichtbar sein Gesicht.

––– Das Glas zersprang; das Auge kollerte unters Bett. Der Schreiber kroch ihm nach und holte es hervor. »... Ich halt das Aug mit zwei Fingern!« rief er in heller Begeisterung.

»Das kannst du ruhig riskier.«

»... Haaargott ... Getroffen!« Das Auge war durchs Fenster hinausgeflogen.

»Das is doch ganz klar.« Der Bleiche Kapitän zuckte die Schultern.

Jetzt erst bemerkte der Schreiber, daß sein Fingernagel fort war und das Blut ihm einen schmalen Reif ums Handgelenk gezogen hatte.

»Zeig amal ... Der wird scho wieder nachwachse ... vielleicht. A schöns Armreifle.«

»Ein guter Schuß war's doch«, sagte der Schreiber und hielt, das Gesicht schmerzverzerrt, die Hand hoch. »Aber das Aug is futsch.«

Da kam der Vernichtungstrieb über die Räuber. Sie schossen durch den Fußboden, zerschossen den gemalten Engel an der Decke, die Tapetenblumen, durchlöcherten den heiligen Joseph. Der Schreiber zielte auf den Wasserkrug; das Wasser platschte auf den Boden und rann unter der Türe hinaus. Sie schossen blindlings, wohin immer sie trafen; das Fenster zerschellte; das Federbett hatte unzählige kleine Brandlöcher. Das Eichhörnchen raste im engen Käfig herum, hockte manchmal mäuschenstill, die klugen Augen ängstlich auf die Räuber gerichtet, und raste weiter. Die Kammer stand voll Pulverdampf. Die Räuber glühten. Sie zerrten die Bettstücke heraus und schmissen sie in die Wasserlache am Boden, lehnten die Matratze ans Fenster, rissen den Tisch um, das Bettgestell auseinander und schlichen die Treppe hinunter und aus dem Hause.

Gegen acht Uhr abends standen sie vor dem »Spitäle«.

Falkenauge kam, und als er sie erblickte, steckte er die Hände in die Rocktaschen und schlenderte vorüber.

Sie lachten ihm nach. Falkenauge wandte sich um, lächelte geringschätzig und verlegen und ging weiter. Von dem Tage an verkehrte er nicht mehr mit den Räubern.

»Herrgott, das ham wir ganz vergessen.«

»Was denn?« fragte der Bleiche Kapitän.

»Das Eichhörnchen.«

Sie schlugen den Weg nach Dürrbach ein, wohin sie seit einiger Zeit jeden Tag nach Feierabend im Gewaltmarsch von einer Stunde eilten und mehr federweißen Most tranken, als sie vertragen konnten, weil sie von den zwei Wirtstöchtern bedient und von den erzürnten, eifersüchtigen Bauernburschen belauert wurden. Das endigte oft mit einer Prügelei, wodurch die zwei Räuber sich veranlaßt fühlten, in der nächsten Nacht wieder im Dorfwirtshaus zu sitzen.

Falkenauge ergab sich mit Leidenschaft dem Angelsport; er angelte Tag und Nacht. Der König der Luft lag im Juliusspital wegen seines gebrochenen Beines. Die Rote Wolke las klassische Dramen und liebte ein junges, schönes Lehrerstöchterchen. Einige gründeten einen Rauchklub, mit hektographierten Statuten, und hielten jeden Sonnabend großes Wettrauchen ab, in der Kneipe der Witwe Benommen. Der Schreiber legte Wert auf elegante Kleidung und pflegte sein Schnurrbärtchen. Er war der einzige, der schon eines hatte. Als Herr Rein den Schreiber das erstemal rasierte, mit Respekt und voller Hochachtung, denn des Schreibers Vater war ein Mann mit starkem Bartwuchs, und es war zu hoffen, daß auch der Sohn eine gute Kundschaft werden würde, sagte er: »Herr Widerschein, blicken Sie in den Spiegel, da sehen Sie sich widerscheinen.« Vor vierzig Jahren hatte Herr Rein dasselbe zu des Schreibers Vater gesagt, als der noch ein Jüngling gewesen war. Und er hatte den Witz nicht vergessen.

Der vereinsamte Oldshatterhand grub nach Blei in den alten Schießgräben der Festung, schmolz es im »Zimmer« zusammen, um, ehe er fortginge, Bleikugeln daraus zu gießen, für den Wilden Westen. Jeden Abend saß er im »Zimmer« und las Indianergeschichten. Eine Landkarte von Amerika hing jetzt darinnen, auf der die Gegenden, Seen, Prärien und Urwälder, die er als Westmann aufsuchen wollte, mit Blaustift unterstrichen waren.

Selten hörte er die nahenden Schritte eines Räubers im unterirdischen Gange. An vielen Abenden zeichnete er stundenlang das »Heilige Tier« ab. Mit der Zeit bekam er überhaupt keinen Besuch mehr im »Zimmer«.

Durch die allmählich schärfer hervorgetretenen Charakterzüge und Interessen der einzelnen Mitglieder hatte die Räuberbande sich aufgelöst.

Ein Ereignis am Sonntag nach Pfingsten vereinigte einen Teil der Bande zum letzten Male zu einem gemeinsamen Unternehmen.

Die Pflastersteine im Mainviertel waren mit Schilf zugedeckt und die Häuschen bis zum ersten Stock hinauf mit Buchenlaub beschlagen. Die Bürger waren festlich gekleidet. Die Sonne schien. Alle Glocken läuteten. Weißgekleidete kleine Mädchen, die an rosa, grünen, blauen Bändern um den Hals Blumenkörbchen trugen, geputzte Frauen, Männer in langen Gehröcken und mit sehr hohen Zylindern strömten in der Richtung zur Kirche, um sich dem Zuge der Walleute anzureihen.

Beim Weinwirt und Bäckermeister Schlauch war die erste Station. Die Bäckereiauslage war in einen Altar mit Betpult, Kruzifix und brennenden Kerzen umgewandelt und mit Laub geschmückt worden, mit Blumen in himmelblauen Glasvasen aus der guten Stube.

Vor vielen Häuschen, an denen die Walleute vorbeiziehen sollten, waren solche Altäre hergerichtet. Oldshatterhand, der Schreiber, die Rote Wolke und die, welche den Rauchklub gegründet hatten, standen vor dem »Spitäle« beisammen, in ihren Sonntagsanzügen.

»Das werdet ihr gleich spannen, daß er mitwallt. Ich selber hab Winnetou mit einer Kerze in die Kirche gehen sehen«, sagte der Bleiche Kapitän.

Auf der Festung puffte ein weißes Wölkchen in die blaue Luft – ein Kanonenschuß donnerte rollend zur geschmückten Stadt hinunter: der Zug der Walleute näherte sich, von der Burkarter Kirche kommend.

Der rote Fischer, Herr Mager, Glasermeister Johann Jakob Streberle, Schuster Widerschein, Benommen der Wirt, Herr Hieronymus Griebe, alle in Gehröcken und mit Zylindern, brennende Kerzen in den Händen, schritten im langsamen Wallfahrtsgang durch die Menschen zu beiden Seiten der Straße und sangen aus dicken Gesangbüchern heraus; zusammen mit den Kindern, die dünn, mit den Mönchen, die tief sangen, und mit den alten Weibern, deren Stimmen sich überschlugen, begleitet von der heftig und getragen blasenden Blechmusikkapelle.

Voran schritt ein alter Mann, der ein hohes Kreuz trug, an dem der silberne Christus hing. Hinter ihm kam der kleine, dicke Bischof im Ornat, die Monstranz vor dem Gesicht, vor der alle Menschen das Kreuz schlugen und niederknieten, nachdem die meisten vorher ihr Sacktuch auf die Erde gebreitet hatten.

Der Vorbeter, ein hinkender Flickschneider, dessen eines Bein zu kurz war, schwenkte sich auf seinem normalen Beine herum zu den Walleuten und rief langgezogen: »Lob und Dank sei ohne End!« Und während das Gemurmel der Nachbetenden erklang, schwang er sich wieder herum und hinkte weiter voran, sprang plötzlich mit einem Satz auf Oldshatterhand los, »Sakramentslausbub!«, schlug ihm das Strohhütchen vom Kopfe, hinkte wieder in die Reihe und fuhr fort, vorzubeten: »Dem allerheiligsten Sakrament.«

Oldshatterhand hatte den Hut nicht abgenommen vor dem Bischof unter dem Himmel. Der Himmel wurde an vier Stangen vom Duckmäuser, von Winnetou und noch zwei Jünglingen getragen.

Oldshatterhands Wange glühte von dem Schlag; die Räuber waren verblüfft. Aber da war nichts zu machen.

»Da is er!« rief der Bleiche Kapitän und deutete auf Winnetou, der den Kopf senkte, als er bei den Räubern vorüberging.

Der Schreiber schüttelte den Kopf. »Herrgott, wer hätt das vom Winnetou gedacht.«

Verstummt sahen die Räuber ihm nach.

Die Walleute zogen vorüber, und aus Glockenläuten, Blechmusik und Böllerschüssen stachen die Altweiberstimmen heraus und hinauf in den sonnigen Himmel: »O Maria hilf!«

Der Vorbeter war ein reicher Mann und besaß ein großes Haus mit vielen Fensterscheiben, denn der fromme Schneider war hauptsächlich Pfarrdiener und eifriger Kirchengänger und hatte sich für das Kleiderflicken Gesellen angestellt; sein Geschäft blühte.

Am Abend schimpfte der rote Fischer in den »Drei Kronen«: »Ke enzigs Pfund Fisch verkäff i 's ganze Jahr, wenn i nit mitwall!« Seine Halsadern schwollen.

Und welcher gute Bürger würde mir seine Schuhe zum Besohlen geben, wenn ich nicht ein frommer, gottgefälliger Schuster wäre, dachte sich Herr Widerschein und reichte sein leeres Glas der Kellnerin. Er war ein stiller, arbeitsamer Mann und hatte sechs Kinder zu ernähren.

Bevor es dunkelte, kehrten die Frauen, genau die Breite ihrer Häuser einhaltend, das zertretene Schilf weg, gossen Kringel mit der Gießkanne und kehrten sauber nach. Hier war gekehrt – dort lag noch ein genaues Quadrat Schilf. Aber um neun Uhr waren die Gassen blitzblank. So wollten es die Würzburger Stadtväter.

Die Räuber, jeder mit einem faustgroßen Stein in der Tasche, schlenderten gleichgültig am Wachtmeister vor dem »Spitäle« vorbei und bogen in die Felsengasse ein, welche von der vielfenstrigen Vorderfront des Hauses vom frommen Flickschneider abgeschlossen war.

Der Bleiche Kapitän verteilte die Fenster sorgfältig an seine Leute, beschwor sie, genau zu zielen, kommandierte leise und hob die Hand – die Fensterscheiben klirrten.

Die Räuber flüchteten durch die dunklen Gassen.

Der Oberkörper des Schneiders schoß wie der Teufel im Hans-Kasperl-Theater aus dem Fenster. Da unten war alles still.

Diese eingeschlagenen Fensterscheiben waren für die Räuber der Abschluß ihrer ersten Jugend.

In der folgenden Woche sprachen alle Einwohner des Mainviertels von ein und derselben Sache – Herrn Glasermeister Johann Jakob Streberle war ein Unglück passiert. Alle dreihundertsiebenundsechzig Fenster für das neue Krankenhaus hatte er um einen Zentimeter zu schmal gemacht; die Fenster waren unbrauchbar, er mußte eine hohe Konventionalstrafe bezahlen und machte Bankrott.

Ein paar Wochen lief er traurig in Würzburg herum, lachte nicht mehr, als Gehilfe Arbeit zu nehmen, ließ sein Meisterstolz nicht zu, und eines Tages war er verschwunden.

Der Bleiche Kapitän, der Schreiber und Oldshatterhand standen am Fluß beisammen. Falkenauge kam geschritten, energisch.

Quer über seinen Rücken hatte er etwas hängen, in einem braunen Segeltuchfutteral. Es sah aus wie ein Gewehr.

»Wo warst du?«

»Auf der Jagd!« rief Falkenauge, schwang sein Fischnetz und schritt weiter.

»Also, wenn ich dir sag, man kann's jeden Tag fünf-, sechsmal tun, so oft's überhaupt geht. Es schadet einem gar nichts, man bleibt genauso stark und gesund, wie man war«, sagte der Schreiber zum Bleichen Kapitän und schloß: »Ich hätt ja selber nit geglaubt, daß es so was gibt auf der Welt. Das is ja ganz kolossal.«

Der Schreiber hatte rotumränderte Augen und eingefallene, graue Wangen.

»Wie is denn das? ... Wie tut man's denn?« fragte Oldshatterhand.

»Für dich is das nichts«, sagte der Schreiber und lächelte dem Bleichen Kapitän zu. »Da bist du vielleicht noch zu klein dazu. Morgen kann ich dir's ja amal zeig.«

Die drei gingen weiter, am Flußufer hin, hinunter zur Sandinsel, und saßen dann beisammen an einem kleinen See, der von überhängenden Weidenbüschen umsäumt war.

Es war ein warmer Abend; Bachstelzen hüpften lautlos und graziös am Seeufer hin, und Raben flatterten immer wieder auf und flogen »aa aa« schreiend über das Weidenland.

Die rosa Abendwolken wurden von der Dämmerung genommen, und am tiefblauen Himmel traten die Sterne hervor.

»Jetzt sagt halt amal, wann gehn wir denn eigentlich fort?« fragte Oldshatterhand leise und wand sich einen Weidenzweig schmerzhaft ums Handgelenk.

»Auf, nach Amerika!« lachte der Schreiber. »Hohaho, Oldshatterhand!«

Der Bleiche Kapitän grinste.

»Nun, sagen wir nächste Woche«, sprach der Schreiber ernst.

»Jawohl. Nächste Woche. Jawohl.«

»Also! Also ja!« rief Oldshatterhand freudig. »Oder gehen wir doch lieber jetzt gleich fort! Immer da nunter, den Sandweg, bis nach Frankfurt. Dann kommen wir an den Rhein und nach Hamburg ... da sind Schiffe.« Er drehte den Weidenzweig an seinem Handgelenk fester zu. »Meerschiffe – – –.«

Der Bleiche Kapitän blätterte im Katalog einer Schirmfabrik. »Weißt du was ... es gibt überhaupt keine Indianer mehr.«

»Nein, nicht eine einzige Rothaut gibt's mehr.«

»He? Millionen gibt's! He! Was wären denn sonst das, von denen in unsern Büchern steht? He?«

»No ja, ein paar gibt's ja noch«, gab der Bleiche Kapitän zu und stülpte die Lippen nach außen.

»Aber ich hab neulich in der Zeitung gelese, daß die andern alle schon ausgerottet sind.«

»Oldshatterhand, Oldshatterhand, ein wenig klein bist du für Amerika.«

»Aber ich hab Mut! ... Und darauf kommt's ganz allein an.«

»Nun, dann hopp! Auf in den Wilden Westen!«

Da schnellte Oldshatterhand in die Höhe. »Ihr geht also nit mit! Ihr Feigling ... habt die ganze Jahr her nur geloge?«

»Ich will dir einmal was sagen, jetzt hab ich drei Jahr Lehrzeit ausgehalten, gestern hab ich mein erste Lohn kriegt, fünfzehn Mark, und das krieg ich jetzt jede Woche ... Wär ich da nit ein Rindvieh, wenn ich jetzt fortlaufen tät?«

»No allemal«, sagte der Schreiber. »Ich krieg jetzt auch vierzig Mark im Monat. Dreißig muß ich meiner Mutter geb; aber zehn Mark darf ich behalt. Das is doch jetzt alles ganz anders«, schloß er nachdenklich.

»Von mein nächste Wochenlohn kauf ich mir den Nadelschirm.« Der Bleiche Kapitän zeigte den Schirm im Katalog.

»Acht Mark kost er. Hast scho amal sowas ghört? ... Acht Mark für'n Schirm!« Er lachte krachend und konnte sich lange nicht beruhigen. »Er is aber auch so dünn wie ein Federhalter, und der Stoff is fast von Seide.«

Es war jetzt tiefe Nacht geworden.

Oldshatterhand wandte sich um und ging, ohne Adieu zu sagen, langsam fort. Und nach einer Weile rollten ihm die Tränen an den Wangen hinunter.

Ein Floß glitt lautlos an ihm vorbei, den Main abwärts. Vorne saß der Flößer und spielte leise die Ziehharmonika. Irgendwo in der Ferne sang ein Mädchen.

»Schloßfallenfeuer!!« rief Meister Tritt Oldshatterhand zu, der bis ins Herz hinein erbebte.

Schleudere einen Bindfaden in die Höhe und klettere daran hinauf in den Himmel – hätte das Herr Tritt gerufen, Oldshatterhand hätte sich mit weniger Bangen an die Arbeit gemacht.

Noch niemals war eine Schloßfalle von Herrn Tritt geschmiedet worden ohne Angst und Beben des Lehrjungen, der dabei helfen mußte, und ohne die starren Blicke der grünlichen Augen des Meisters, denen kurze, heftige Schläge ins Gesicht folgten. Jedoch nicht die Ohrfeigen waren das Arge, sondern der Zeitraum zwischen Blick und Schlag, von dem man nicht wußte, wann er kam, und dem auszuweichen unmöglich war, denn der grüne Blick hielt fest.

Die elektrischen Türschlösser des Herrn Tritt waren berühmt in Würzburg. Und das kam von den Schloßfallen, die Herr Tritt stets selbst aus dem allerbesten Stahl im klarsten Feuer herausschmiedete, eigenhändig nur mit neuen Feilen zuarbeitete, schmirgelte, wog, schliff, um sie in das neue elektrische Türschloß des Herrn Metzgermeister Rücken oder des Herrn Trompeter Wohlleben einzupassen.

Wegen seiner elektrischen Türschlösser hatte Herr Tritt

schon einige Male Bankrott gemacht, weil er an einem ein Vierteljahr arbeitete und der Preis ein solcher war, daß er es in einer Woche hätte anfertigen müssen. Jedoch als hätte der liebe Gott selbst seine Freude an den mimosenhaften Schloßfallen, fiel der Tod der jeweiligen Ehefrau des Herrn Tritt immer mit einem Bankrott zusammen, so daß Herr Tritt seine Kunstwerke weiterhin schaffen konnte, indem er immer wieder eine Frau mit Vermögen erkor, was ihm nicht schwerfiel, denn er war ein schöner Mann und zweiter Dampfspritzenführer bei der freiwilligen Feuerwehr.

Oldshatterhand kehrte die alte Asche von der Esse, blies die Stäubchen aus den Ecken, suchte die frischen Kohlen einzeln aus, wählte sorgfältig harzfreies Tannenholz und schürte ein klares Feuer an. Erschrocken griff er in die Flammen und holte einen Strohhalm heraus, der das Feuer schmutzig hätte machen können, rückte den Handhammer für den Meister zurecht, die Feuerzangen, den Vorschlaghammer für sich, fummelte mit seinem Ärmel den Amboß, bis er glänzte, und wartete.

Unversehens aber blickte er auf die andere Seite des Lebens hinüber, lange; sein Mund stand offen; da riß er sich zusammen, flog in die Werkstatt – und stellte sich dem Meister: »Ich will fort von Ihnen! ... Ich halt's nimmer aus.«

Zuerst kam der erstarrte Blick ... dann kam der kurze, knallende Schlag ins Gesicht, und Herr Tritt stieß seinen Lehrjungen hinaus auf das Pflaster. Die anderen Lehrjungen standen atemlos, und der Gehilfe bog sich vor Lachen, daß sein Kopf auf die Werkbank schlug und ihm die Brille von der Nase fiel.

Der Meister arbeitete weiter; er war eben dabei, an einer der blitzenden Drehbänke eine kleine Eisenschraube für das elektrische Türschloß zu drehen, wobei der älteste Lehrjunge helfen mußte, indem er mit dem Fuße die Drehbank trat, unter verhaltenem Atem, denn er mußte sein ganzes Gefühl, seine ganze Seele ins Treten legen, als spiele er Piano.

Der Meister nahm den Handstichel weg vom Bolzen und starrte dem Lehrjungen in die Augen, der mit zitterndem Fuß weitertrat, vom Blick des Meisters festgehalten ... Bis der Schlag kam. Der Meister wandte sich wieder seiner Arbeit zu. Der Eisenspan schlängelte sich am Stichel in die Höhe.

Und nachdem das Eisenschräubchen fertig war, wich die Spannung vom schweißnassen Lehrjungen, als habe er vor einem Prüfungskollegium eine Beethovensche Sonate glücklich zu Ende gespielt, während der Meister, als habe er sie komponiert, ausgefüllt und aufrecht zum Feuer schritt, um die Schloßfalle zu schmieden.

Oldshatterhand eilte sofort hinauf auf den Schloßberg und durch den unterirdischen Gang ins »Zimmer«. Hastig, als habe er keine Zeit zu verlieren, nahm er den alten Revolver unter der Glasvitrine zu sich, zündete kniend das Heftchenbündel an von »Die bleiche Gräfin oder Der Mord im Walde« und damit die ganze Bibliothek.

Er sah noch, wie die Flammen an den Büchern emporleckten und hinauf zur Decke schlugen. Der Qualm trieb ihn ins Freie.

Lautlos pufften blaue Rauchwolken aus dem Gang.

Da hörte er ein aufrührerisches Krachen – eine mächtige Rauch- und Staubwolke schoß aus dem Gang heraus und zum Himmel hinauf.

Der unterirdische Gang war eingestürzt und das »Zimmer« verschüttet auf immer. Atemlos stand Oldshatterhand im Festungsgraben.

Von dieser Stunde an war er aus Würzburg verschwunden.

In der Stadt ging das Gerücht, in dem eine Stunde weit vom »Zimmer« entfernten Nonnenkloster Himmelspforten sei in der Zelle der Oberin hinter dem Schrank Rauch aufgestiegen.

Fünftes Kapitel

Oldshatterhand, auf dem Wege nach Amerika, schritt auf der Landstraße hin.

Im Tale lag Würzburg. Er sah zurück. Nicht um die verhaßte Stadt noch einmal zu sehen, die in grauem Dunst lag, denn ein feiner, gerader Regen ging nieder; er wandte sich nur so um, wie er sich auch einmal nach links wandte, nach rechts, in den Himmel sah, auf einen Baumstamm, einem Vogel nach, mit leerem Blick, ohne etwas dabei zu denken und zu wollen.

Manchmal blieb er auch stehen und sah lange in den Straßengraben, ging weiter, leer im Herzen, empfindungslos, bis auf den Druck in der Mitte unter dem Brustbein.

– – – Da sah er einen Mann auf einem Kilometerstein sitzen – und blieb erbebend stehen: vorher war der Stein leer gewesen, und jetzt saß ein Mensch darauf.

War er nebenan aus dem dunklen Tannenwald getreten? Aus dem Erdboden gekommen? In der Luft heran oder – – – aus der Zukunft zurück in die Gegenwart zu Oldshatterhand geeilt?

Nie hatte er so einen Menschen gesehen.

Aber es war nichts Besonderes an dem Mann, welcher jetzt, schlank werdend, aufstand und zu Oldshatterhand trat, der sich kühl wie von einem Gespenst berührt fühlte.

Der Fremde trug einen Gummimantel. Er hatte große blaue Kinderaugen und einen herben, dünnlippigen Mund im scharfen Gesicht. Er war dreißig Jahre alt, und unter den braunen hatte er an den Schläfen schon graue Haare.

»Wollen wir ein Stück zusammen gehen?«

»Ja … Aber wohin gehen Sie denn? In welcher Richtung?«

»Jetzt gehe ich eine Weile mit Ihnen – dann gehe ich wieder vorwärts … Sie wollen in die nächste große Stadt wandern, Arbeit suchen und Geld verdienen«, schloß der Fremde mehr sagend als fragend. Und Oldshatterhand wandelte plötzlich in einer roten Wolke Scham. Denn er hatte geglaubt, daß er jedem Menschen mitteilen könne, was er vorhabe, und nun konnte er es gleich dem ersten nicht sagen.

Wirr vor Verlegenheit rief er: »Ich heiße Michael Vierkant!« Und sein zerlesenes Indianerbuch fiel ihm auf die Landstraße.

Lächelnd hob der Fremde das Heftchen auf und fragte, ob er es ein wenig ansehen dürfe, las den ersten Satz auf der Decke: »Tom machte sich auf in den Wilden Westen und war fest entschlossen, so vielen Weißen wie möglich das Lebenslicht auszublasen«, und gab es Oldshatterhand zurück.

»Hi! hihiha!« lachte Oldshatterhand wieder das kurze, irrsinnige Lachen wie damals auf dem Heimwege von der Schule. »Das ist vielleicht alles dumm und nicht wahr, was da drin steht.«

Da sagte der Fremde nachdenklich: »Ja, Sehnsucht ist – weil Qual ist ... Vor vielen Jahren ging ich wie du, diese selbe Straße, bis zu dem Berg, der meiner Jugend den Blick verstellte und mich hinter ihm ein ersehntes wunderbares Land erträumen ließ. Da sah ich hinunter in ein blaues Tal, aus dem der Lärm der Arbeit klang – und stieg hinunter.«

Oldshatterhand blickte zum Fremden in die Höhe und der Fremde zärtlich und gerührt auf Oldshatterhand hinunter.

Daß er nun plötzlich nicht mehr nach dem Wilden Westen wollte, erfüllte Oldshatterhand mit fassungslosem Staunen, dem ein Ausruhen folgte. Entlastet schritt er neben dem Fremden her, in sonderbarem, tiefem Vertrauen zu ihm. »Ich will auch arbeiten«, sagte er ganz still. »Ich bin nicht so schwach, wie ich aussehe.«

»Nein ... Sie sind nicht schwach«, sagte der Fremde, mit einem unbegreiflichen Lächeln.

Wie lautlos vom Himmel gefallen, lag plötzlich die Sonne auf der Landstraße, die jetzt aus Mattgold war, und die Apfelbaumreihen legten ein bewegtes Schattenmuster darauf.

Zwei Hasen setzten vor den beiden über den tiefen Graben und flohen mit zurückgelegten Ohren hintereinander her, gestreckt die schnurgerade, endlose Straße hinaus.

»Was arbeiten denn Sie jetzt?« fragte Oldshatterhand ruhig und vertraut, denn er hatte die Empfindung, mit seinem älteren Ich zu reden.

»Ich ... ich denke darüber nach, warum eine junge Blüte vom Baume fallen muß, bevor sie zur Frucht wird, während neben ihr eine andere ungehindert zur Frucht reifen darf ... Darüber denke ich nach, unaufhörlich. Das ist meine Arbeit. – Jetzt muß ich wieder vorwärts gehen – – –«

Mit einem kurzen Pfiff durchschnitt ein Vogel die Luft, auf die beiden zu, und stieg vor ihnen hinauf in den Himmel.

Da hatte der Fremde seine Arme um den Hals Oldshatterhands geschlagen und ihn geküßt.

Dann eilte er unhörbar quer über Feld, wurde immer kleiner und kleiner, und Oldshatterhand blickte ihm nach, bis der Fremde unversehens verschwunden war, als wäre er zu Luft geworden.

Nach einer Weile sah Oldshatterhand seitwärts inmitten von Kornfeldern ein großes Gehöft liegen und einen Herrn in Röhrenstiefeln auf sich zukommen. Er hatte eine goldene Brille mit funkelnden Gläsern auf der spitzen Nase und ein doppelläufiges Jagdgewehr am Riemen an der Schulter hängen.

»Hast du Zeit? Wohin willst du denn?«

»Ich gehe nach Frankfurt am Main und suche Arbeit.«

»Wenn du Lust hast, kannst du sechs Mark verdienen und dein Essen. Du mußt dafür in meinem Keller eine Woche lang Kartoffeln sortieren.«

»Ja!« sagte Oldshatterhand und ging mit dem Mann.

Die Transmissionen im großen Arbeitssaal der Dresdener Fahrradfabrik schnurrten und sangen, die breiten Treibriemen klatschten – klipp klapp klipp –, Hämmer klopften, Drehbänke und Bohrmaschinen rasselten und surrten, die Feilen rauschten; und alles klang Oldshatterhand zusammen in »Auf in den Kampf, To...re...ro!«, denn er hatte, ehe er von Frankfurt nach Dresden gefahren war, »Carmen« gehört und seitdem, wo er ging und stand, Stellen daraus gesummt und gesungen. Nie vorher war er in der Oper gewesen.

Er versuchte »Nun danket alle Gott« unterzulegen oder »Wem Gott will rechte Gunst erweisen, den schickt er in die weite Welt«, aber beugte er sich auch nur einen Augenblick aufmerksamer über seine Arbeit, so spielte der Fabriksaal wieder »Auf in den Kampf, To...re...ro!« Den ganzen Tag »Auf in den Kampf«.

Ein klagend beginnender, durch Not und Qual durch und in die Höhe jagender und, als reichte der Atem nicht mehr, in maßlosem, wildem Schmerz jäh abbrechender Pfiff heulte durch den Fabriksaal.

Hämmer und Feilen polterten auf die Werkbänke. Schweißgeschwärzte Männer richteten sich auf. Die Treibriemen sangen leiser, klatschten langsamer, verklangen und hingen reglos. Es war still wie in der Nacht, wenn man plötzlich aus einem wilden, geräuschvollen Traum erwacht. Die Vesperpause war gekommen.

Oldshatterhand hatte seinen Schraubstock beim Fenster neben einem schlottrigen Mann mit tief eingefallenen Wangen und grünen Schatten unter den Augen, der jetzt an der Werkbank saß, seine Butterbrote säuberlich in Streifen schnitt und sie bedächtig in den Mund schob, wobei er ihn weit aufriß, um die langen Butterbrotstreifen, ohne anzustoßen, auf einmal unterzubringen.

Bei jedem Brotstreifen zwinkerte er Oldshatterhand zu und dann vergnügt zu einem Honigglas vor sich auf dem Fenstersims, in dem sich ein langer, in viele Falten gelegter weißer

Bandwurm befand, und sagte: »Chetzt ässe ich mene Bemchn scheene alleene.«

Verzweifelt wandte Oldshatterhand sich weg. Er brachte keinen Bissen hinunter.

Da heulte wieder der in Wut und Qual jäh endende Pfiff den Arbeitern durch die Gehirne. Wie Lebewesen begannen die Maschinen zu laufen; die noch kauenden Arbeiter reckten sich gähnend und griffen langsam zu Hämmern und Feilen. Oldshatterhand klang wieder »Auf in den Kampf« ins Ohr.

Der Pfiff, der um sechs Uhr Feierabend verkündete und von einer anderen Dampfpfeife abgegeben wurde, klang ganz anders, klang wie der langgezogene Flötenton der Nachtigall und endete abgebrochen schluchzend.

Die zwölfhundert Arbeiter quollen durch das Fabriktor ins Freie, mit Mienen der Erleichterung und Freude, denn es war Sonnabend und Zahltag.

Oldshatterhand ging nachdenklich am Bretterzaun entlang. Daumen und Zeigefinger spielten mit dem verdienten Geld in der Westentasche. Er umkreiste wieder seine Sehnsucht, die ihn das ganze Jahr, seitdem er aus Würzburg hinausgewandert war, nicht mehr verlassen hatte. Die Sehnsucht – *etwas* zu werden. Er wollte *etwas* werden. Nicht gerade Heerführer oder Minister, aber etwas, was ihm die Achtung der Menschen einbringen mußte. Doktor, sagte er sich, könne er kaum werden, denn er brauche nur an seine Schuljahre zurückzudenken, an Herrn Mager, um zu wissen, daß er dazu zu dumm sei. Immer wenn er dem Gedanken nachhing, daß er etwas werden müsse, flackerten die Demütigungen seiner Jugend ihm aus den Augen, dann war er oft stundenlang niedergedrückt, aber manches Mal fühlte er sich auch angespornt. Es müsse etwas sein, was eine demütigende, untergeordnete Stellung ausschloß. Einige Tage vorher war er auf der Straße bei einem Geometer stehengeblieben und hatte zugesehen, wie der Mann ohne viel Worte seine Arbeiter mit Stangen und Bandmaß hantieren ließ. Da hatte Oldshatterhand in einem Blitz der Erinnerung Benommen, den Amerikaner, am Mississippi stehen sehen, den Geometer mit ihm verglichen und hatte einige Tage lang überlegt, ob er nicht Geometer werden könne. In einen Taumel der Begeisterung hatte ihn der José im Frankfurter Opernhaus versetzt, und der Gedanke, ein Künstler zu werden, hatte ihn seitdem nicht mehr verlassen. Nicht gerade Schauspieler oder Sänger, irgendein Künstler – hier müsse für ihn die Möglichkeit sein, *etwas* zu werden. Wann auch immer Oldshatterhand einem gutgekleideten Menschen begegnete, der ruhig seines Weges ging und dessen Gesicht von Demütigungen nicht gezeichnet war, folgte er ihm, dachte er glühend sich in ihn hinein, bis er selbst zu dem vor ihm Gehenden wurde, worauf er seine Wunschphantasie klettern ließ. In Frankfurt am Main, wo er auch eine Zeitlang Liftjunge gewesen war, in einem Hotel in der Fahrgasse, hatte keiner der Gäste aus den sehnsüchtigen Augen des Liftjungen herausgelesen, daß dieser im Geiste – als Fremder mit den Fremden im Lift in die Höhe stieg.

Oldshatterhand war langsam weitergegangen. Er sah zurück in den unerreichbar weit entfernten, verwilderten Garten, in dem seine Jugendträume und seine Sehnsucht weiterlebten, von einer grauen, türlosen Mauer umschlossen, die sich ihm nur öffnen konnte, wenn er *etwas* geworden war.

Da blieb er betroffen vor einem Jüngling stehen, dessen Gesicht unbeweglich, wachsbleich und unter den trüben Augen schwarzviolett war. Das Hemd stand vorne offen und bot den grausig abgemagerten Körper dar, die schweißfeuchten Schulterknochen und Rippen. Ganz vorsichtig, als fürchte er auseinanderzufallen, ging der Jüngling langsam am Bretterzaun der Glasfabrik hin, in der er beschäftigt war.

Ein paar Arbeiter blieben stehen und lachten über den bestürzten Oldshatterhand.

Der lief schnell weg – und stand, starrte fassungslos auf die grauenhaften Gestalten, die teilnahmslos und stier am Zaun entlangschlichen, Kinder, Alte, Mädchen, steif, aus Wachs, blutleer, in Lumpen: eine anklagende Reihe, auf ein paar Stunden von den glühenden Kesseln der Glasfabrik entlassen.

Ein paar Burschen waren Oldshatterhand gefolgt, und ein brüllendes Gelächter prasselte hinter ihm drein, als er zu rennen begann.

Er rannte – da tat sich eine weiße Wunderstraße auf, asphaltiert, von größter Sauberkeit. Lauter gleichhohe Häuser, weiß, mit flachen Dächern. Breit wie ein Traum war die Straße.

Immer wenn Hufschlag ertönte, wandte Oldshatterhand sich um, weil er Reiter vermutete, aber immer hing an den ausgreifenden Pferden auch eine Equipage daran, die lautlos auf dem glasglatten Asphalt rollte, die linealgerade, endlose Straße hinaus. Querstraßen, wunderschön, breit und lang, durchschnitten seine Straße.

Er bog in eine Seitengasse ein und noch einmal in eine zweite. Die war eng, feucht; Obst- und Gemüseabfälle, Zeitungsfetzen und Lumpen lagen und halbnackte, schmutzige Kinder hockten auf dem Pflaster umher, und es roch nach Abort.

In dieser Gasse wohnte Oldshatterhand.

Er stieg hinauf bis unters Dach. Die Tochter seiner Hausfrau öffnete ihm und lief schnell ins Wohnzimmer zurück. Sie hatte ein orientalisch-weiches, gelbes Gesicht und fast nichts an. »Kommen Sie doch näher, Herr Vierkant.«

Links neben ihr, auf der gewesenen Nähmaschine, lag ein Haufen duftender Tabak, rechts – ein Berg Zigarettenhülsen. »Siebenhundert Stück muß ich heute noch fertigkriegen«, sagte sie, flink mit Stopfholz und Schere hantierend. »Hier, diese ist nicht ganz gelungen … und diese, und diese auch nicht.«

Er nahm die Zigaretten entgegen und versah sich dabei in des Mädchens sehr volle Schultern und Brüste, denn das Hemd war ihr heruntergeglitten. Ihr großer Mund war geöffnet.

Der Bräutigam des Mädchens, ein elegant gekleideter Maurer ohne Hemdkragen, mit roten Bartstoppeln, trat ein, sah auf seine halbnackte Braut, auf Oldshatterhand und stand mit dem Blick fensterwärts. Er war ärgerlich ...

Das Mädchen arbeitete emsig weiter. »Wieviel?«

»Fünfzig Mark, diese Woche. Nächste Woche sechzig«, sagte er mürrisch.

Ein Freudenschimmer lief über ihr Gesicht. »Davon kannst du dreißig zurücklegen ... Wenn der Verdienst so weitergeht, können wir Weihnachten heiraten.«

Oldshatterhand ging in seine Kammer. Die war schmal, wie ein Gang. Vier Betten, hintereinander, standen darin und sonst nichts. In einem schlief ein Viehtreiber – sein fettiger Ziegenhainer lehnte in der Ecke –, im andern der Bräutigam, im dritten der vierzigjährige verblödete Sohn des Hauses, der nur lallen konnte und manchmal Wutanfälle bekam, wobei er sich nackt auszog und mit einem Küchenmesser auf seine Mutter losging. Er saß auf dem Bett und verzehrte sein Abendbrot, eine armlange rohe Gurke mit Salz.

Beim Fenster schlief Oldshatterhand, heute zum ersten Male, denn früh hatte er sich erst eingemietet.

Gegen Morgen träumte er: eine Schar Mäuse husche unaufhörlich an seinem Körper entlang, um ihn herum. Er wachte auf, fühlte vielfüßiges Gekrabbel, griff unter die Bettdecke und griff ein flaches Tierchen, das ihm jedoch, über seinen Handrücken rennend, gleich wieder entwischte.

Das Bettlaken war mit vielen kleinen Blutflecken punktiert. Zerdrückte Wanzen.

Er rief die Wirtin und kündigte. »Im Bett sind Wanzen.«

»Ach nee.«

»Unheimlich viel!«

»Die beißen Ihnen doch nich.«

»Sie haben mich gebissen.«

»Aber die fressen Ihnen doch nich.«

»Fressen?«

»Tun se nich. Da is der Gaffee.«

»Erst komm ich!« rief der Viehtreiber.

»Und dann ich!« der Bräutigam. »So war's ausgemacht.«

Oldshatterhand wartete, bis die beiden die einzige Kaffeeschale benutzt hatten und er darankam. »Also, ich ziehe aus, wegen der Wanzen.«

»Wanzen?« schrie die Wirtin. Und Viehtreiber und Bräutigam erhoben sich drohend.

»Und ... die Kaffeetasse hat keinen Henkel mehr«, stotterte der ratlose Oldshatterhand.

Da zog der Idiot das Hemd aus, sein Augenweiß wurde blutrot. Das Messer unter den Nabel an den haarigen Bauch gehalten, mit der Spitze nach vorne, berannte er seine Mutter, die mit einem rätselhaften Blick auf ihren Sohn aus der Kammer sich in Sicherheit brachte.

Viehtreiber und Bräutigam lachten und schmissen den nackten Idioten auf des Viehtreibers Bett, wo er hocken blieb und den Brocken Brot, den er im Bett fand, in den Mund steckte.

Oldshatterhand stand schon bei der Flurtüre, mit seinem Segeltuchköfferchen in der Hand, und ärgerte sich, weil er für die ganze Woche vorausbezahlt hatte, eine Mark fünfzig Pfennige, und nichts zurückbekam. Da trat die Braut im Hemd aus dem Dunkel und drückte den mageren Oldshatterhand in ihren weichen Körper hinein. »Schreibe mir, wo du wohnst.«

Die Kammertür wurde vom Bräutigam geöffnet. Das Mädchen huschte ins Wohnzimmer.

Schon um sechs Uhr war der große Tanzsaal taghell beleuchtet und dicht besetzt, von Köchinnen und Ladenmädchen in hellen Sommerkleidern, von Handwerkern, eleganten Kommis; und die Unteroffiziere, groß, schlank, in knapp sitzenden Uniformen mit goldglitzernden Litzen und an die Wangen angepreßten Schnurrbärten, waren von Leutnants kaum zu unterscheiden, wenn sie mit vornehmer Verbeugung die Hacken zusammennahmen und, den Arm ausgestreckt, den Kopf im Nacken, mit ihren Damen im Schleifwalzer dahinglitten.

Vergoldete Stuckamoretten und posaunenblasende Schleiernymphen schwebten plastisch an der Decke, aus den Wänden heraus und aus allen Winkeln und Nischen hervor.

Die Blasmusik schmetterte zum Tanze an und brach ab.

Die Herren engagierten und stellten sich in die Reihe.

Oldshatterhand riß sich zusammen und schritt auf eine sehr kleine, runde Köchin im rosa Mullkleid los, die übriggeblieben war, stand wie ein Stock, nur den Kopf geneigt, und sagte: »Wenn ich bitten darf.«

Sie seufzte vor Freude tief auf. Ihr dickes, sommersprossiges Gesicht war lackrot. Staketenzaunsteif stand ihr Korsett; darin lag weich der kolossale Busen, weit hinten auf den Schultern saß der Kopf, worauf ihr Haarzöpfchen, in Form eines spitzen Kinderkreisels zusammengedreht, mitten auf dem Scheitel klebte.

Die Blasmusik setzte ein, und ein großer, prächtiger Unteroffizier mit glänzenden Lackstiefeln schwebte goldglitzernd mit seiner schönen Dame als erster quer durch den Saal.

Seit einem halben Jahr, solange er in Dresden war, tanzte Oldshatterhand mit aller Leidenschaft jeden Sonntag, wenn sein Geld reichte, bis in den frühen Morgen hinein. Seine Wangen waren fahl und seine blauen Augen ungewöhnlich groß geworden. Oft schmerzte ihn die Brust; er wuchs rapid, was eine günstige Veränderung seiner Sprechorgane zur Folge zu haben schien, denn er stotterte nicht mehr.

Am Arm geleitete er seine Dame zum Tisch zurück und stand steif. »Gestatten Sie vielleicht, daß ich mich zu Ihnen setze? ... Ich würde mich sehr freuen.«

Sie wischte sich mit dem Handrücken die trüben Schweißperlen von der Stirne. »Bitte, wenn's Ihnen so kräßlich freien tut.«

»Darf ich Ihnen mein Taschentuch anbieten, mein Fräulein?«

Von ihr zusammengeknäult, verschwand das Taschentuch vollkommen in der Riesenhand, sie wischte sich übers Gesicht, über den Mund weg, daß die Unterlippe weit mit hinuntergezogen wurde und die breite, feuchte, zartrosa Fläche des Lippeninnern sichtbar wurde, und sagte, die Augen schließend: »Härn Se, sind Se immer so schalant?«

Er verbeugte sich stumm.

Oldshatterhand hatte ein hellgelbes Röckchen an, dessen Ärmel ihm viel zu kurz waren und dem er auch sonst stark entwachsen war. Seine braunen Haare über der hohen Stirne standen zu Berge. Die langen, feingliedrigen Finger unter dem Tisch ineinander verkrampft, fragte er: »Würden Sie mir erlauben, daß ich Sie nach Hause begleite, mein Fräulein?« Und tief erschrocken setzte er hinzu: »Sie dürfen nicht denken ... ich wollte Sie nicht beleidigen.«

Sie hielt Oldshatterhands Taschentuch vor den Mund und lugte darüber hinaus auf ihn. »Haite keht's nich. Ich schlafe cha haite im Zimmer meiner Knädikn. Sie is äben nich kanz wohl. Haite nich ... So is es äben.«

Er starrte die Köchin an, und »hi! hihiha« lachte er plötzlich sein irrsinniges Lachen.

»Auf zur Damenwahl!« rief der Tanzordner.

Die Köchin verneigte sich vor Oldshatterhand –.

Tags darauf, es war noch ein Feiertag, blieb Oldshatterhand auf dem Wege zum Tanzsaal vor dem Museum stehen. Ein Diener in Livree stand da. Wagen hielten vor dem Hause, Fremde stiegen aus und gingen hinein.

Oldshatterhand trat auch ein. Und auf den Zehenspitzen ging er staunend durch die kühlen Säle.

Nach kurzer Zeit mußte er sich erschöpft auf eine Polsterbank setzen. Erregt dachte er an seine Zeichnung, die er im »Zimmer« nach dem »Heiligen Tier« gemacht hatte, und verglich sie mit den Kunstwerken an den Wänden. Wirre Gedanken und Vorstellungen zogen durch sein heißes Gehirn, bis er, aus Angst, jemand habe ihm seine Gedanken vom Gesicht abgelesen, zusammenschrak. Mit gleichgültiger Miene sah er sich vorsichtig um.

Von nun an eilte er täglich nach Feierabend ins Museum und konnte gerade noch zwanzig Minuten lang die Bilder ansehen.

Er sparte jeden Pfennig und sammelte sein Geld in einem Zugbeutel, den er Tag und Nacht auf der Brust bei sich trug. Als er genug zu haben glaubte, ging er nicht mehr auf die Arbeit, sondern nur noch ins Museum und sah stundenlang den Malern zu, wie sie kopierten. Sie kannten ihn schon und lächelten, wenn er kam.

Immer wenn er eintrat, betrachtete er zuerst eine kleine Landschaft, und ehe er das Museum verließ, wieder. Es war eine hügelige Landschaft mit Felderstreifen, grün und braun, ein paar blühende Apfelbäume dazwischen und darüber ein Gewitterhimmel, durch den die Sonne brach. Er liebte diese Landschaft; sie erinnerte ihn an die unterfränkischen Hügel.

Um fünfzig Pfennige kaufte er sich einen Farbkasten mit Pinsel und malte von seinem Dachfenster aus die Ansicht von Dresden.

Darüber verging ihm der Winter.

Es war ein so heißer Sommer, daß selbst ganz alte Würzburger Bürgersleute, die das Wasser jahrelang gerne entbehrt hatten, sich entschlossen, ein Bad im Main zu nehmen. Und die Kinder plätscherten den ganzen Tag über im Wasser herum.

Der Bleiche Kapitän ging von seiner Buchbinderwerkstatt nach Hause zum Mittagessen. Das kleine, grüne Plüschhütchen verwegen auf einem Ohr, daß die andere blonde Kopfhälfte frei blieb, eilte er, die Lippen mürrisch nach außen gestülpt, mit langen Schritten dicht an den Häusern entlang, daß sein Ärmel die Mauern streifte, und schien mit den Fingerspitzen, mit denen er bei jedem Schritt die Hausmauern berührte, den Weg hinter sich zu schieben.

Hastig aß er sein Mittagbrot, sprang hinauf in seine Dachkammer und übte alle seine neu angeschafften Hanteln durch.

Von drei Pfund an aufwärts bis zu einer zweihundertachtzigpfündigen Scheibenhantel lagen in der Kammer des Bleichen Kapitäns in Reihen geordnet die Gewichte, daß sich die Balken bogen und die Decke unter der Kammer einzustürzen drohte.

Der Bleiche Kapitän hatte ein Buch gelesen: »Wie werde ich Athlet«.

Und von dem Tage an war er von Grund auf verändert, rauchte nicht mehr, trank nicht mehr, redete nur noch das Nötigste – er stemmte. Die Folge davon war ein schwerer Konflikt mit seinem Bruder, Benommen dem Wirt, der dunkel ahnte, daß er die Räuber als Kundschaft verlieren würde, wenn es ihnen einfiele, auch Athleten zu werden.

Der Bleiche Kapitän hob die Hanteln wieder auf das Gestell, denn die Mittagsstunde war vorüber. Tief aufatmend spannte er einen Zentimeter um seinen Brustkasten herum, notierte das Maß, kontrollierte den Muskel des Oberarms und konnte mit Freude feststellen, daß der Muskel seit einer Woche um eineinhalb Millimeter stärker geworden war. Nachdem er noch Unterarm- und Schenkelmuskel gemessen hatte, eilte er, ohne den Blick zu erheben, dicht an den Häusern entlang seiner Arbeitsstätte zu.

Auf der Domstraße traf er den Schreiber dabei an, wie er tief das Mädchen mit den braunen Zöpfen grüßte.

Der Schreiber ging gebeugt und hatte kreisrunde Flecken auf den eingefallenen Wangen.

»Das, was du damals gesagt hast, was man jeden Tag tun

dürfe, so oft wie man wolle ... das ist das Gefährlichste, was es überhaupt gibt auf der Welt«, sagte der Bleiche Kapitän. »Und was gar die Mädli anbelangt, mein Lieber, da sag ich dir: wenn du e Mädle nur ansiehst – dann kannst scho nimmer stemm – so schwächt dich das. Grüß Gott.« Das war des Bleichen Kapitäns letzter längerer Satz auf Jahre hinaus.

Die Räuber kamen gar nicht mehr zusammen.

Die Rote Wolke sang den ganzen Tag »Nach der Heimat möcht ich wieder, nach dem teuren Heimatort«, denn er war Mitglied des Jünglingsvereins »Frischer Bursch« geworden, der auch Theatervorstellungen gab. Das Stiftungsfest des Vereins stand nahe bevor, das Einweihungslied war wochenlang geprobt worden, und die Rote Wolke sang den ersten Tenor. Der König der Luft war eifriger Turner und trug sich mit der Idee, zusammen mit einigen jungen Anhängern, die Hanteln jonglieren und auf den Händen laufen konnten, eine Varietévorstellung zu geben, in einem Dorfe bei Würzburg. Falkenauge war aktives Mitglied der Angelgesellschaft »Walfisch« geworden.

Jeder ging seine eignen Wege. Groß jedoch war die Bewunderung der Räuber, als sie vernahmen, daß der Bleiche Kapitän einen Preis errungen hatte beim Vereinsstemmen des Athletenklubs »Muskel«, dessen Mitglied er war.

Die kleine, dicke Frau Vierkant stand seit einer Stunde in der Würzburger Bahnhofshalle und sah hinunter in den Perrondurchgang. Hin und wieder wischte sie sich über die Augen, und ein Lächeln des Glückes entstand in ihrem verhärmten Gesicht.

Als der Zug einlief, verschwand das Lächeln; in höchster Spannung der Erwartung und des Zweifels blickte sie hinunter in den Durchgang, durch den jetzt die angekommenen Reisenden eilten. Darunter ein schlanker junger Mann in hochmodernem, blauem Anzug und mit einer schwarz-weiß gestreiften Krawatte, die sich weit herauswölbte; sein dünnes

Spazierstöckchen mit blitzender Zinnkrücke hielt er unterm Arm, denn er zog eben braune Glacéhandschuhe über.

Mit einer Verbeugung nahm er seinen steifen Hut ab vor Frau Vierkant, streckte ihr die Hand hin und lächelte.

Sie reichte ihm zögernd die ihre, und plötzlich warf sie die Arme über den Kopf.

Jetzt erst hatte sie ihren Sohn Oldshatterhand erkannt; er war um mehr als einen Kopf größer geworden.

»Einen Gummimantel hast du dir gekauft?« fragte die Mutter erstaunt.

Sechstes Kapitel

Die Räuber waren zu Ehren des heimgekehrten Oldshatterhand in der Dachkammer des Bleichen Kapitäns versammelt.

Winnetou fehlte.

Die, welche den Rauchklub gegründet hatten, mußten ihre Pfeifen vor das Fenster legen, denn der Bleiche Kapitän sagte: »Rauch ... ist Gift ... für einen Athleten.«

Die Räuber saßen auf dem Bett. In der Ecke lehnte elegant Oldshatterhand. »Wie werde ich Athlet« lag aufgeschlagen auf dem Tisch.

»Hast feine Mädli kennegelernt, überall wo du warst?« fragte der fahle Schreiber.

Oldshatterhand wippte sich los von der Wand. »In Frankfurt ... da gibt's eine Gasse. Rosengasse heißt sie. Die ist so eng, daß man nebeneinander gar nicht durchgehen kann. Ganz grau sind die Häuser ... und dunkel und unheimlich ist es da ... Aber vor den Haustüren, so auf den Stufen, sitzen Mädchen, die Arme um die Knie geschlagen, so ... seht, so sitzen sie, in rosaseidenen, in violetten Hängekleidern und manche in Seide so rot wie Blut ... Und wenn du durch die Gasse gehst, sehen sie dich an, lächeln sie dich an, rufen sie dich ... und so halt.«

»Bist neigange mit so 'n Mädle?«

»Hi! hihiha!«

»Dann is aus mit der Kraft«, sagte still der Bleiche Kapitän. »Das kann man an dir merk.«

»Ich mach ja gar nix mit Mädli.«

»Wie ... du's machst, is ganz gleich. Wenn du überhaupt nur an so was denkst ... is dei Kraft schon beim Teufl.« Der Bleiche Kapitän griff dem Schreiber an den Oberarm. »Zieh mal dei Röckle aus«, schob dem Schreiber noch den Hemdärmel zur Schulter, befühlte das dünne Ärmchen und ließ es verächtlich sinken. »Oh, macht nur so weiter.«

»Gestern hab ich 'n Hecht gfange«, sagte Falkenauge. »Von anderthalb Pfund.«

»Kriegst vielleicht davo Kraft?«

»He?«

»Kraft! sag ich. Kraft is die Hauptsach auf der Welt! Jetzt will ich euch amal was zeig. Schaut amal alle zum Fenster naus.«

»So, jetzt.«

Einem weißen Riesenfrosch gleich, hockte der Bleiche Kapitän nackt über seiner Scheibenhantel zusammengekauert. Die Räuber hörten, wie er den Brustkasten voll Luft sog. Da schnellte der Körper in die Strecke, die zentnerschwere Hantel berührte die Kammerdecke. Der Kopf lag tief im Nacken. Eine Jünglingsstatue aus Silber, stand reglos der Bleiche Kapitän vom kalten Mondlicht getroffen. Das handgroße, zinnoberrote Tüchlein war vorgebunden.

Die Hantel knallte auf den Fußboden zurück ... ein dumpfes Krachen tönte von unten herauf. Die Decke der Wirtsstube war auf die Köpfe der Gäste gefallen.

Die Räuber umringten ihren Hauptmann und befühlten staunend seinen Körper. Der war hart wie Elfenbein.

Das Kreischen der Witwe Benommen näherte sich; sie riß die Türe auf und prallte zurück vor ihrem nackten Sohn. Mürrisch stülpte er ihr seine Unterlippe hin. Die Türe knallte ins Schloß.

Der Bleiche Kapitän rückte das zinnoberrote Tüchlein, das sich verschoben hatte, wieder in die Mitte und sagte hochdeutsch: »Jetzt mache ich euch einen Vorschlag. Wir gründen einen Athletenklub ... auf intelligenter Basis.«

»Was ist das? Basis?«

»... Basis ist schon richtig«, sagte der Bleiche Kapitän und legte die Faust auf »Wie werde ich Athlet«. »Den Namen hab ich schon. Wir nennen uns ›Klub für intelligente Leibeszucht‹. Jeden Abend kommen wir in meiner Kammer zusammen und stemmen ... natürlich nackt. Das ist von wegen der Transpiration ... Und das eine möcht ich euch noch sag: hütet euch vor den Weibern und ... vor dem andern, nun ja, ihr wißt schon, was ich mein.«

»Aber ich hab ja Singprob abends«, rief die Rote Wolke.

»Kriegst amend davo Kraft?«

»Kraft ... Nein. Überhaupt, was soll das heißen: ›Nach der Heimat möcht ich wieder.‹ Wenn ich mir's genau überleg ... ich war ja noch nit aus Würzburg draußen.«

»Gott, die mache sich ja lächerlich mit ihrem blödsinnigen Geplärr. Aber wenn ich Muskel hab, da weiß ich doch, was ich hab«, sagte der Bleiche Kapitän und griff zum Zentimeter, nahm die Maße von den Brustkästen und den Arm- und Schenkelmuskeln der begeisterten Räuber, die sich hastig entkleideten, und registrierte alles genau in sein Büchlein.

Der »Klub für intelligente Leibeszucht« war gegründet.

»Jetzt trinken wir ein paar Glas Bier unten bei dein Bruder.«

Verächtlich lächelnd blickte der Bleiche Kapitän den Schreiber an. »Wenn du ein Athlet werden willst, darfst du keinen Alkohol trinken. Höchstens manchmal, aber nur einen Schluck Bier. Rohes Hackfleisch mit Ei oder Beefsteak mußt freß, soviel du kannst.«

Die Räuber gingen hinunter in die Wirtsstube und saßen wieder auf dem alten Lederkanapee am runden Tisch neben der

Schenke. Jeder hatte einen Teller voll rohes Fleisch, mit Ei vermengt, vor sich.

Verstimmt blickte Benommen der Wirt nach den Milchgläsern auf dem Athletentisch.

Die schöne Kellnerin war immer noch da. Ihr Leib trat stark vor. Voller Freude sah sie auf die wiedervereinigten Räuber.

Das Gepolter in der Kegelbahn endete plötzlich. Ein schwarzhaariger Bursche schlich mit nach innen gerichteten Fußspitzen lautlos durch die Wirtsstube. Sein abgemagertes Gesicht war fleckig und ockergelb, und seine dunklen Augen glühten fiebrig. Erst kürzlich war er aus Hamburg, dem Ziel aller Würzburger Knaben, krank zurückgekehrt. Er setzte sich ans Fenster zu einem helläugigen, blonden Jüngling.

Der Kranke begleitete mit der Gitarre und sang die zweite Stimme, kaum hörbar und hohl aus dem Halse heraus, der andere die erste Stimme, rein und voller Hingabe. Es wurde still in der Stube.

»Auf, Matrosen, ohe!« sangen die beiden.

»Auf die wogende See.«

»Oo ... heee!« sang der Zurückgekehrte dunkel und düster.

»Schwarze Gedanken, sie wanken und fliehn,
Geschwind, wie der Sturm und Wind.«

An einem schönen Sommernachmittag stieg Oldshatterhand mit seiner Schwester und noch einem jungen Mädchen die vielen hundert Staffeln hinauf zum Würzburger »Käppele«, an der Leidensgeschichte Christi vorbei, welche, von der Gefangennahme bis zur Kreuzigung, in zwölf Stationen plastisch dargestellt, Sinnbild und Ausklang der frommen, gotischen Stadt Würzburg im Tale ist.

Bürger, Bauern aus der Umgegend, alte Weiber, Rosenkränze in die dürren Hände verschlungen, knieten auf den Stufen und bewegten die Lippen im Gebet. Viele Kranke waren darunter, Katarrhalische, Schwindsüchtige, welche Gesundheit erbeteten. Und kleine Kinder, die den Herrgott um Vergebung ihrer Sünden baten.

Früh um drei Uhr hatten sie das erste Vaterunser auf der untersten Stufe gebetet, waren kniend auf die zweite Stufe geklettert, auch diese abbetend, und weiter, Stufe für Stufe, bis zur ersten Station, wo drei Vaterunser gebetet werden mußten. Immer auf den Knien rutschend, beteten sie Stufe um Stufe, Station für Station hinter sich, bis gegen Abend das ersehnte Ziel, der Gipfel, wo Christus am hohen Kreuze hängt, endlich erreicht war und sie ohnmachtnahe am Kreuzesfuß zusammensanken.

Jedoch die frommen Mönche waren barmherzige Samariter, hatten eine Hausapotheke und halfen den Büßern wieder auf die Beine, auf daß sie doch noch dem Hochamt in der kleinen Kuppelkirche beiwohnen konnten. Und man sah nur verklärte Gesichter, denn die Büßer wußten, daß für den langen, bitterschweren Betgang auf den Knien durch Staub und Hitze der liebe Gott im Himmel ihre Bitte um Hilfe erfüllen werde.

Die beiden Geschwister und das Mädchen stiegen an den betenden Gläubigen vorbei, bis zum Marienfuß. Das Mädchen probierte ihren Fuß in die Höhlung, von der es hieß, daß die heilige Maria hier einen Augenblick gerastet habe, worauf ihr Fuß in den harten Stein wie in Butter eingesunken sei.

Sie lächelte Oldshatterhand zu und sprang weiter, legte den Finger an die Lippen und wies auf ein kniendes, uraltes Bauernweiblein, das sich vorsichtig umsah und, eine Stufe unterschlagend, gleich auf die nächste Stufe rutschte.

Die drei verhielten sich reglos und beobachteten, daß die Bäuerin den Vaterunser-Diebstahl unter größter Vorsicht noch öfter beging.

Vor der siebenten Station – ein nackter, muskulöser Landsknecht mit Speer und Schamtuch preßt dem verschimpfierten Jesus die Dornenkrone aufs Haupt – stellte die Schwester auf einen Stups Oldshatterhands hin die Freundin vor: »Lenchen Leisegang.«

Sie verneigte sich ernst. Sie war vögelchenzart, aschblond und hatte ihr schönes, hellgelbes Sonntagskleid an.

Helene, dachte Oldshatterhand, verglich sie mit einer jungen Birke und dachte darüber nach, ob er verliebt sei.

Sie waren auf dem »Käppele« angelangt. Rund um die Kirche herum klebten die Verkaufsbuden, wo Kerzen zu haben waren, nicht dicker und länger als ein Kinderfinger, bis zu Kerzen so dick wie ein Männerschenkel und zwei Meter hoch. Diese waren mit blutenden Muttergottesherzen aus Papier geschmückt. Wer Geld genug hatte, konnte eine solche Prächtige erhandeln und sie der Kirche opfern.

Es gab alle Sorten Rosenkränze, Limonade, Spieldosen, Weihrauchpyramidchen, Wachsstöcke, Nürnberger Lebkuchen, Christusse, Amulette, heilige Josephsringe aus Zinn für zehn Pfennige. Auch ein Schnäpschen war zu haben.

Langbärtige Mönche mit klappenden Sandalen schritten durch die verstaubte Menge.

Aus der gedrängt vollen Kirche tönte das silberne Klingeln der Ministranten. Alle Menschen fielen auf die Knie; das Gebetsgemurmel erklang.

Die Kerzenweiber schlugen das Kreuz mit der einen Hand, mit der andern nahmen sie den Kaufpreis entgegen und stritten sich verzweifelt mit den Bauern herum, welche die kleinen Kerzen nicht kaufen wollten, für die prächtigen Riesenkerzen nur den halben Preis boten, stundenlang feilschten, um sie dann zufrieden der heiligen Muttergottes darzubringen.

Die zwei Mädchen und Oldshatterhand standen vor einer Bude, wo an Schnüren kleine Arme hingen, Beine, Herzen, Ohren, Hände – aus Wachs, die man kaufen und seinem Schutzheiligen opfern mußte, damit das kranke Bein, das Ohr, das Herz gesund werde.

»Soll ich mir ein Wachsärmchen kaufen?« fragte die Schwester. Sie hatte einen vom Knochenfraß steif gebliebenen Arm. »Es könnt ja nix schad. Vielleicht hilft's.«

»Ich glaub nit, daß es was hilft«, meinte Oldshatterhand.

Das blonde Mädchen lachte ihn an, errötete und drehte sich fliegend auf dem Absatz herum.

»Ich kann von hier Wiesbaden sehn«, sagte neben ihr ein kleiner Junge zu seinem Kameraden.

»Wo? ... Wo denn?«

Er zeigte hinunter ins blaue Tal, durch das der sonnengoldene Main zog: »Siehst du nit ... wie's – baden ... im Fluß.«

»So ein dummer Kerl«, lachte Lenchen Leisegang ärgerlich. Sie hatte auch Wiesbaden gesucht.

Da trat die Menge, »Gelobt sei Jesus Christus« murmelnd, zur Seite. Neben einem hohen Mönch kam Winnetou geschritten in der weißen Ministrantenstola, das qualmende Weihrauchfaß schwingend.

Erfreut wollte Oldshatterhand ihn anrufen und schwieg betroffen, denn Winnetou senkte den Kopf und ging vorüber.

Die Mönche auf dem »Käppele« hatten einen Bernhardinerhund. Der lief täglich früh ohne Begleiter die vielen hundert Stufen hinunter und noch eine halbe Stunde weit durchs Mainviertel zum Weinwirt und Bäckermeister Schlauch, der erst kürzlich eine Muttergottes aus Gips gestiftet hatte, und holte einen Sack voll Morgensemmeln für die Mönche. Man erzählte sich, der Hund habe schon sieben Menschen das Leben gerettet. Es war ein großes, schönes Tier, dem ein Auge fehlte.

Der Wunsch, Wärter und Pfleger dieses von den Mönchen geliebten und verehrten Tieres zu werden, war der äußerliche Anlaß für Winnetou gewesen, sich den Mönchen zu nähern, nachdem die unverhoffte Güte der Mutter in ihrer Sterbestunde ihn gottesfürchtig gemacht hatte. Und von der Mystik des Klosters angezogen und gefesselt, hatte er späterhin auch manche Nacht bei den stillen Mönchen verbracht. Oft durfte er jetzt schon den kränkelnden Bruder Anastasius vertreten, in der kühlen Zelle hinter dem Barmherzigkeitsfenster sitzen und den armen Kindern aus der Stadt das durch ein Vaterunser erbetete Stück Klosteranisbrot reichen. Die Kinder kannten ihn schon, denn Winnetou schnitt tief in den Brotlaib hinein. Auch machte er sich nichts wissend, wenn sie am selben Tage zwei- oder gar dreimal kamen. Und war ein Lutherischer unter den Bittenden, der das katholische Vaterunser nur so ein bißchen mitbrummen konnte, dann ließ er auch das gelten.

Winnetous dunkle Augen im edlen Jünglingsgesicht waren von tiefer Bräune umschattet. Auf der Oberlippe hatte er vereinzeltstehende lange, schwarze Haare. Seit einiger Zeit lebte er ganz bei den Mönchen. Einen Beruf hatte er sonst nicht.

Die drei verließen den Kirchplatz und schritten durch einen Hohlweg, an Weinbergen vorbei.

Die Schwester hatte sich doch ein Wachsärmchen gekauft und es am Opferaltar aufgehängt. Vielleicht würde sich die Wunde an ihrem steifen Arm wenigstens schließen, meinte sie.

Die Wunde war wieder aufgebrochen vor einigen Jahren, als Herr Mager, der damals Lehrer der Mädchenklasse gewesen war, der Schwester mit dem Rohrstock sechs heftige Schläge auf die Hand gegeben hatte, obwohl er von dem kranken Arm unterrichtet gewesen war.

Man hatte ihm daraufhin die Mädchenklasse genommen und seinem nie ruhenden Rohrstock die Knabenklasse ausgeliefert. Aber die Wunde am Arm der Schwester hatte sich seither nicht wieder geschlossen, obgleich die Frau Vierkant auf den Rat einer weisen Alten hin ein Knochenstückchen, das bei der nötig gewordenen Operation aus dem Ellbogengelenk herausgeschnitten werden mußte, einem Straßenhund zu fressen gegeben hatte.

»Wird der Hund nur krank von dem Knochen, dann schließt sich wenigstens die Wunde«, hatte die weise Frau gesagt. »Stirbt er aber an dem Knochen, dann wird der steife Arm wieder beweglich wie jeder andere.«

Der Hund hatte das schlechte Knöchlein gefressen, war aber ganz gesund geblieben.

Versonnen schritt die Schwester neben den beiden her.

Da stieß Lenchen Leisegang einen Schrei aus. Sie hatte sich an einem Stacheldrahtzaun ein Loch in ihr Sonntagskleid gerissen und sah bekümmert drein.

»Das können Sie wieder schön zustopfen«, tröstete Oldshatterhand und fuhr nach einer Weile ernst fort: »Man muß eine Fußreise machen ... um die ganze Welt und alle Stacheldrahtzäune, die es überhaupt gibt, zerstören. Eine Zange muß man mitnehmen, die Drähte durchzwicken und die Zäune auf die Seite schaffen, ... daß sich kein Mensch mehr einen Triangel ins Kleid reißen kann. Stacheldrahtzäune sind doch hundsgemein und hinterlistig!«

Ein Bauer ging vorbei mit einem quiekenden Ferkel im Arm. Seine Bäuerin stolperte betend hinter ihm drein. Ein paar barfüßige Jungen, auf der Flucht vor dem Feldhüter, rannten die Bäuerin fast um. Ein ganz Kleiner warf die gestohlenen Äpfel weg, versuchte sich einen Dorn aus der Fußsohle zu ziehen, und hinkte heulend weiter.

Auf der Berghöhe erschien der Feldhüter und sein kleiner, weißer Spitzhund. »Haben Sie gesehen, wo die verdammten Lausbuben naus sind?«

»Da hinaus!« zeigte Oldshatterhand in die falsche Richtung.

Sie stiegen wieder stadtwärts, durch die Annaschlucht hinunter, eine noch vor wenigen Jahren verwildert gewesene Felsenbergschlucht, durch die eine starke Quelle ins Tal hinabgestürzt war. Der Würzburger Verschönerungsverein hatte nach langem Ringen mit der störrischen Natur aus dem Ganzen eine

Idylle geschaffen: kleine trübe Seechen mit zwei Dutzend Goldfischchen bevölkert; Brückchen aus krummen Birkenästen, noch mit der weißen Rinde, überspannten die gezähmte Quelle; Birkenholz-Aussichtshäuschen, Birkenholz-Aussichtsbänke, Wegweiser, Gedenk-, Erinnerungs- und viele Warnungstafeln aus Birkenholz verschönten die Landschaft.

Sie setzten sich auf eine Birkenholzbank, auf der zu lesen war: »Gestiftet von Herrn Kilian Nikodemus Anastasius Pimpf, Stadtpfarrer in Würzburg«.

»Ihr paßt gut zusammen«, sagte die Schwester überzeugt.

»Aber nein, jetzt so was.« Lenchen Leisegang war böse.

Da sah Oldshatterhand eine mächtige, blutrote Wolke, auf der ein silberner Engel stand, und erzählte das den zwei Mädchen. Auch daß die Wolke mit dem stillstehenden Engel jetzt fortschwebe. Darüber lachten sie laut miteinander.

»Hab ich dir's nit gleich gesagt, daß er dir gefallen wird«, sagte die Schwester.

Da rannte Lenchen Leisegang davon, und Oldshatterhand ging mit gesenktem Kopfe wie auf Stecknadeln glücklich neben seiner Schwester her.

»Es is halt e dumms Mädle. Sieht sie einer nur an auf der Straß, dann möcht sie glei durchs Pflaster in Erdbode neifahr ... Und du ... du bist auch ein dummer Kerl. Die ganze Zeit, solang du fort warst von Würzburg, ham wir jedn Tag von dir gesprochen. Und noch ehe sie dich gesehen hat, war sie schon so verliebt in dich ... Aber sooo. Wenn du jetzt nit so dumm wärst ...«

»Ich bin ja gar nit so dumm ... Hi! hihiha!«

Im Tannenwald im Tale stand Lenchen Leisegang hell vor einem Haselnußstrauch. Der Wald roch stark, und die Stämme, von der roten Abendsonne beschienen, waren Stangen aus Gold.

»Henkeln Sie ein bei mir«, sagte Oldshatterhand und verbeugte sich.

Sie tat es, mit einem prüfenden Blick von unten herauf auf die Schwester ... »Da!« Und stieß ihm ihren Feldblumenstrauß in die Hand.

So gingen sie nach Hause.

»Greif amal her!« brachte der König der Luft vor Kraftanstrengung gerade noch heraus und ließ Falkenauge seinen Oberarmmuskel befühlen. »Wie is er?«

»... Kolossal hart! Und meiner?« Falkenauge stand in Ausfall. Der König der Luft griff ihm an den Oberarmmuskel und sah dabei prüfend in den Himmel. »Also, wie Felsen! Also wahrhaftig! Also aber gehn wir.«

Sie schlenderten durch die vordere Fischergasse. Im Garten »Zur schönen Mainaussicht« standen flüsternde Weiber und still gewordene Kinder um einen aufgebahrten Sarg herum.

Die zwei drängten sich durch und wurden auch still.

Blütenweiß lag die blonde Wirtstochter im Sarg. Nur ihr Mund war rot und lächelte hold, wie wenn sie im Traume eine Kerze zerschnitte, um für die Tanzenden den Boden zu glätten.

Die Abendsonne warf rosigen Schein über sie, und die Vögel pfiffen im Kastanienbaum, unter dem das Fell des Bernhardinerhundes ausgebreitet war. Es hatte große enthaarte Stellen.

Die Kriechende Schlange saß auf dem Baume, im Laub versteckt, und zielte mit einer stacheligen Kastanie einer Alten auf den Scheitel, traf aber seiner toten Schwester ins Gesicht, so daß drei Blutströpfchen auf der Wange der Toten hervortraten. Speichelbläschen zwischen den Lippen, beobachtete er, wie es um den Sarg herum ganz still wurde.

Der rote Fischer ging grimmig an den Weibern vorbei in die Wirtsstube. Der blonde Sachse und das kleine, schöne Waisenmädchen saßen schon drinnen und tranken grünen Likör.

Diese drei waren seit langer Zeit die einzigen Gäste, denn die »Schöne Mainaussicht« war in Verruf geraten.

Der Pfarrer hatte von der Kanzel herunter seine Pfarrkinder gewarnt vor dieser Wirtschaft.

Der Fischer vernachlässigte den Fischfang; Tag und Nacht saß er bei der Wirtin. Niemand kaufte Fische von ihm – er hatte vergessen, am Gründonnerstag mitzuwallen.

Die Wirtin stand hinter dem Schanktisch und drückte ein Zuckerplätzchen in ihr verquollenes Gesicht, in dem der Mund gar nicht mehr zu sehen war.

»Da stehn sie um Sarg rum wie die Maulaffe! Jag sie doch zum Teufl!« schimpfte der Fischer und hob die Arme. »Heilige Maria und Joseph! so a Gaudi. Wer tot is, den beißt ke Floh mehr. Grad komm i vom Pfarrer; er hat gsagt: Ich will mir's noch überlegen ... Will der damische Hundsknoche 's tote Mädle nit begrab. No, i hab 'n mei Meinung mitgeteilt.«

»Aber wunderscheene liegt se im Sarche. Das kreift mir direkt an das Härze«, sagte der Sachse.

»Jau, Härze!«

Die Wirtin lief hinaus zum Sarg und versuchte noch einmal, die Hände der Toten zu falten. Die Hände waren aber schon steif.

Die Kriechende Schlange kletterte schnell und ungesehen vom Baum herunter, schlich in die Wirtsstube hinter den Schanktisch und stahl aus der Geldschublade eine Handvoll Nickelstücke.

Die Wirtin verjagte den Spatz, der immer wieder vom Kastanienbaum herunter auf das Hundefell plumpste und mit ein paar Haaren im Schnabel auf den Baum zurückflog, wo er sich sein Nest baute. Sie griff ins Fell, hatte die Hand voll Haare, schüttelte den Kopf und ging zurück in die Wirtsstube, während die tuschelnden Weiber die Köpfe zusammensteckten und auf die Tote deuteten, die jetzt zerfallen aussah im kalten Licht, denn die Sonne war untergesunken.

»Sie war heut scho dreimal bei unserm Herrn Pfarrer«, sagte

eine Alte, »aber er kommt nit.« Die Alte flüsterte der anderen noch etwas ins Ohr.

Da näherten sich scharrende Schritte und rasselnder Atem. Der großmächtige Pfarrer im Ornat kam die Treppe herauf, mit den Ministranten und dem hinkenden Flickschneider.

Der Duckmäuser reichte das wolkende Weihrauchfaß. Der Pfarrer schwang es über die Tote. »Vor der Pforte der Hölle bewahre ihre Seele. Dominus vobiscum. Et cum spiritu tuo.«

Die Weiber waren auf die Knie gesunken.

Unter der Wirtschaftstüre stand der rote Fischer mit der Mütze in der Hand.

Mit seinem Malgerät und einem angefangenen Bild eilte Oldshatterhand am Mainufer entlang, bis zu dem Weidenbusch am kleinen See, wo er damals zum Schreiber und zum Bleichen Kapitän gesagt hatte: Also ihr geht nit mit? Ihr habt die ganze Jahr her nur geloge?

Die Sonne stand hoch überm Wald, der die Weinberge umsäumt. Der Fluß glitt breit dahin. Es roch nach Wiese, Wasser und Weide, im ganzen Tal war kein Mensch, und der kleine See lag klar und blau, wie ein Auge der Erde.

Oldshatterhands Blick flog vom Weidenbusch zum Bild; er hatte kein Blättchen vergessen. Hier verstärkte er die Farbe, dort vertiefte er einen Schatten, und mit Sorgfalt und Begeisterung malte er den goldigen Rücken einer Hummel fertig, die gekrümmt an einem Blättchen hing.

Aber nur mit großer Angst wagte er an der Gestalt etwas zu verändern, die er sitzend unter den Busch gemalt hatte – ein Mädchen im Hemd, zum Baden bereit, dem das blonde Haar aufgelöst in den Schoß fiel.

Hoch am Himmel über dem Fluß zog ein Fischreiher gemessen seine Kreise, sauste unvermittelt mit ein paar Flügelschlägen davon; schnell hatte ihn die blaue Ferne genommen.

Als Oldshatterhand nach einer kurzen Weile aufs neue den Blick erhob, hing der Reiher schon wieder still aus Gold am blauen Himmel über dem Flusse.

»Hi! hihiha!« lachte Oldshatterhand sein kurzes, irrsinniges Lachen und malte in gotischer Druckschrift den Namen des blonden Mädchens unter das fertige Bild: »Helene Leisegang in ewiger Verehrung«, übermalte das Wort »Verehrung« wieder und schrieb anstatt dessen »in ewiger Liebe«.

»Oo… ha hööö…ö!« klang es langgezogen vom Fluß her. »Höö…ö«, warf das Echo zurück – drei barfüßige Schiffszieher mit nackten Oberkörpern, hintereinander gespannt und schräg gegen den Boden gestemmt, kamen am Ufer herauf. Auf dem äußersten Ende des Lastschiffes, das sich wie von selbst den Fluß langsam aufwärts bewegte, stand ein kleiner, weißer Spitz und bellte. Das klang aus der Ferne wie das Quaken eines Frosches.

Abends um acht Uhr stand Oldshatterhand in der Eichhornstraße und wartete auf Lenchen Leisegang. Wie jeden Tag seit zwei Monaten.

Ein warmer Regen ging nieder und schlug Männchen in den Lachen, in denen sich das Licht der Laternen brach.

Gegenüber, unter einem beleuchteten Muttergottesbildwerk, stand ein dicker Infanterieoffizier, der auch auf seine Dame wartete. Auf die sehr schöne, vollbusige Schwester des Glasermeisters Johann Jakob Streberle, die im selben Geschäft wie Lenchen Leisegang Näherin war.

Oldshatterhand hatte seinen Gummimantel an.

Er ging auf und ab und freute sich. Das Bild hielt er unter dem Mantel versteckt.

Plötzlich, wie wenn jemand »da!« sagt und die Gesellschaft aufhorcht, wurde es still – der Regen hatte geendet.

Lenchen Leisegang erschien unter der Haustüre, blickte mürrisch in den Himmel, lächelnd auf Oldshatterhand und stieg auf den Zehenspitzen durch die Regenlachen über die Straße.

Eine Abteilung Soldaten kam marschiert. »Augen rechts!« brüllte der Sergeant. Die Gemeinen hieben in die Regenlachen ein, daß der Dreck hoch aufspritzte und der eifrig abwinkende Offizier ängstlich seinen Mantel zusammennahm, währenddessen das schöne Fräulein Streberle mit wiegenden Hüftbewegungen auf ihn zuschritt.

»Brrr! Brrr!« Die Droschke hielt, das Paar stieg ein, und der Wagen wackelte davon auf dem holperigen Pflaster.

Wie immer am Uhrhäuschen, wo die Anlagen beginnen und die Laternen enden, verbeugte sich Oldshatterhand und sagte: »Bitte, henkeln Sie ein bei mir.«

»Jetzt so was«, erwiderte sie und tat es.

Da gab er ihr das Bild. Sein Herz klopfte rasend. »Es ist nichts Besonderes. Nichts. Ich hab's halt so gemalt«, sagte er gleichgültig.

»In eeewiger Liebe!« rief sie, laut lachend vor Verlegenheit. »In eeewiger Liebe. Aber nein, jetzt so was.«

Vor der Haustüre hielten sie sich bei den Händen und blickten zu Boden.

»Wäre es möglich, daß Sie mir einen Kuß geben?«

»Jetzt so was«, sagte sie und trat ins Haus.

Er ging ganz langsam weg.

»Adjöö!« rief sie und warf ihm eine Kußhand nach.

Er lief die dunkle Straße hinunter. Da zwang ihn ein neuartiges Gefühl, stehenzubleiben: Er sah den weißen Körper des Mädchens nackt vor sich, und die Sehnsucht, die bis jetzt nur in Träumen ihn bedrängt hatte, der Geliebten Körper mit der Hand anzugreifen, stieg zum ersten Male bewußt in ihm auf. Er wurde erregt, dachte sich in alles hinein, zitterte. Und rief stöhnend: »Ich muß sie –«, streckte aber die Hände abwehrend aus; Oldshatterhand hatte die Empfindungsfähigkeit plötzlich so vollkommen verloren, wie wenn sein Körper blutleer geworden wäre – es waren ihm eine Anzahl gemeine Bezeichnungen für die Liebessituation eingefallen, die auf das Mädchen anzuwenden sich sein ganzes Wesen sträubte. Angewidert von sich selbst, ging er weiter und flüsterte: »Mit *so* einem Mädchen ... mit *so* einem Mädchen tut man das nicht. Mit *so* einem tut man das nicht.« Da sah er die Hurengasse von Frankfurt, und plötzlich brüllte er: »Gemein! Ich bin gemein!«

Im Zimmer bei der Frau Vierkant saß die kolossale Braut des Schlossergesellen Faulbank steif auf dem Kanapee, als Oldshatterhand heimkam.

Draußen sangen Wind und Regen. Die Frau Vierkant mahlte Kaffee. Oldshatterhand begann an dem Bildnis zu arbeiten, welches er, als sein Hochzeitsgeschenk, von der Braut anfertigte.

»Frau Vierkant, ich sag Ihne, ich hab eine solche Angst davor. Ich hab's ihm schon gsagt ... ich tu's nit! Lieber heirat ich nit.«

»No, jetzt so dumm.« Frau Vierkant lachte. »Jetzt geht ihr acht Jahr mitnander. Dumms Mädle!«

»Ich tu's nit. Nie! Nie!« Die Braut riß die Augen auf. »Muß denn das sein?«

»Sie müssen stillsitzen«, sagte Oldshatterhand und punktierte mit der nadelscharfen Bleistiftspitze die unzähligen schwarzen Poren im Gesicht der Braut auf sein Blatt, mit peinlichster Genauigkeit. Bis die Braut, neugierig, was Oldshatterhand da steche, sich über die Zeichnung beugte und ärgerlich rief: »Jetzt so ein frecher Kerl! Das laß ich mir fei nit gfall.«

»Ich muß doch alles zeichnen, was da is«, verteidigte sich Oldshatterhand und schattierte aufs sorgfältigste den großen Pickel am linken Augenlid der Braut fertig, trank schnell seine Kaffeetasse leer und eilte zur Übungsstunde in den »Klub für intelligente Leibeszucht«.

Sein Gehirn hatte gar nicht aufgenommen, was die Schlosserbraut so sehr fürchtete. Nur die Worte hatte er gehört, aber vor Grauen diesen Gefühlen gegenüber den Worten ihren Sinn nicht gegeben. Viele Monate lang litt er an der Frage, ob er gemein sei, und brachte das blonde Mädchen nie mehr in Beziehung zur Liebessituation.

Die Räuber waren schon in der Kammer des Bleichen Kapitäns versammelt. Alle waren nackt, und jeder hatte ein handgroßes, zinnoberrotes Tüchlein vorgebunden.

Eine Nachtigall schlug im Kastanienbaum. Der Schreiber warf einen Dachziegel nach ihr. Sie störte bei der Arbeit.

Einer lag auf dem Bauche und drückte so den Körper auf und ab, der andere tat dasselbe rücklings. Der König der Luft kreiste zwei kleine Hanteln und mahlte mit den Zähnen. Die Rote Wolke stand auf den Händen, die Fußspitzen bei der Kammerdecke; das Blut lief ihm in den Kopf, er atmete schwer. Der Bleiche Kapitän, mit der Uhr in der Hand, kontrollierte die Zeit.

Der Schreiber stöhnte.

»Still!« rief der Bleiche Kapitän wütend.

Die Nachtigall schlug wieder im Kastanienbaum.

Schweigend übten die Räuber weiter. Alle waren mager und begeistert, und alle stellten sich möglichst immer so, daß die Hinterteile nicht zu sehen waren, denn die waren nicht mit roten Tüchlein verhängt.

Der Bleiche Kapitän sprach nur das Allernotwendigste. Ja, nein und grüß Gott. Seine Wangen waren schmal, und seine Brust war kolossal breit geworden. Er sah gefährlich aus, wenn er, die Arme athletenhaft im Bogen haltend, die Unterlippe vorgeschoben, ganz nahe an den Häusern hinstrich, das grüne Plüschhütchen verwegen auf dem Ohr.

»Hanna! Hanna!« rief eine Männerstimme im Wirtschaftsgarten. »Bier! Bier!« Und sogleich ertönte das keifende Schimpfen der Witwe Benommen mit der schönen Kellnerin.

Der Bleiche Kapitän kontrollierte die Maße der Räuber und notierte alles ins Büchlein.

Es stellte sich heraus, daß des Schreibers Oberarm um drei Millimeter an Umfang zugenommen hatte.

Am andern Morgen ging der Schreiber, voller Verachtung gegen Eleganz und Mädchen, die Arme athletenhaft vom Körper weghaltend, den Hut auf einem Ohr, ohne Halskragen ins Büro.

»Herr Widerschein ... das geht nicht«, sagte Herr Karfunkelstein, »Sie sind doch kein Stromer. So laufen die Tagediebe herum, die Strizzi, die Vierröhrenbrunnensteher ... Herr Widerschein, einmal habe ich Sie herausgerissen durch meine Verteidigung. Wenn Sie wieder in eine Patsche kommen, gelingt es mir vielleicht nicht noch einmal ... Einen Kragen müssen Sie anhaben im Büro.«

Da erschien der Schreiber wieder mit einem Halskragen, den er jedoch, wenn er das Büro verließ, in die Tasche steckte, um, den Hut verwegen auf dem Ohr, die Arme athletenhaft vom Körper weghaltend, den Heimweg anzutreten.

Oldshatterhand stand im Schatten des heiligen Totnan auf der alten Brücke und malte das sonnige Bild vor sich – das alte Rathaus und die Domstraße mit dem Dom, der sie abschließt.

Schon eine Weile sah ihm ein feingekleideter Herr mit am Kinn ausrasiertem, langem, weißem Bart bei der Arbeit zu. Er hatte ein Monokel vor dem Auge.

»Wollen Sie mir das Bildchen abgeben?« fragte der Fremde freundlich.

Oldshatterhand zitterten die Knie. Schwindlig vor Scham beugte er sich über seine Arbeit und brachte kein Wort hervor.

»Ich möchte das Bildchen gerne haben, zum Andenken an Würzburg.«

»Ich geb's Ihnen!«

»Und wieviel soll das Bildchen kosten?«

»Kosten?« – – –

Ein Bierwagen polterte während der langen Pause vorüber; der Kutscher beugte sich vor, um das Bild sehen zu können.

»Vielleicht … eine Mark?«

Der alte Herr lächelte, nahm aus seiner Brieftasche eine Visitenkarte und ein Scheckformular und füllte es aus. »Nehmen Sie das. Und malen Sie fest weiter. Das schöne Bildchen senden Sie mir ins Hotel Kronprinz, bitte.«

Vorsichtig sah Oldshatterhand sich um, ob niemand den Bilderhandel beobachtet hatte, und blickte dann dem Fremden nach, solange er ihn sehen konnte.

Als man ihm in der Bankfiliale drei Zwanzigmarkstücke gab, sah er wie ein Irrsinniger den Beamten an und konnte kein Glied rühren.

Sofort ging er in ein Papiergeschäft. »Packen Sie dieses Kunstwerk vorsichtig ein und bringen Sie es ins Hotel Kronprinz. Sie wissen doch – das vornehme Hotel am Residenzplatz. Dort geben Sie es ab, für Freiherrn von Habenberg. Mit einer Empfehlung von Michael Vierkant … Das bin ich. Sie müssen sehr vorsichtig sein, das Kunstwerk hat einen Wert von sechzig Mark.«

Geblendet von seinem Glück stand er auf der Straße. Die Vorstellungen seines künftigen Künstlerruhmes jagten, übergipfelten einander, bis ins Ungemessene.

Mit einer Zigarrenschachtel unterm Arm stieg er den Schloßberg hinauf und begann in den alten Schießgräben der Festung nach Blei zu graben, um gleich noch etwas dazuzuverdienen, denn die Idee, Geld zusammenzuraffen, um Künstler werden zu können, hatte in Oldshatterhand feste Form gewonnen.

Das Bleigraben war verboten, obgleich nur sehr wenig da zu finden war, denn vor vielleicht fünfzig Jahren war das letzte Mal hier geschossen worden, und viele Generationen Knaben hatten sich seitdem am Blei bereichert.

Er hatte aber doch schon ein paar Pfund plattgedrückte Flintenkugeln gefunden, als plötzlich ein Infanterieoffizier hinter einem Brombeerstrauch hervortrat. »Was machen Sie da!«

Oldshatterhand hätte sich gerne unsichtbar gemacht, denn der Offizier war der Geliebte von Fräulein Streberle, der schon manches Mal ein Lächeln nicht hatte unterdrücken können, wenn er Oldshatterhand in der Eichhornstraße hatte warten sehen.

»Ich? ... Ich grabe Angelwürmer.« Er hielt dem Offizier einen langen Wurm zur Ansicht hin.

»Ich weiß schon ... an die Würmer aus den Schießgräben beißen die Fische besonders gern an.«

»Ausgezeichnet!« lachte Oldshatterhand erleichtert.

Der Offizier legte grüßend die Hand an die Mütze und ging weiter.

Er selbst hatte vor zwanzig Jahren als Gymnasiast in den Schießgräben Blei gesucht und es beim Lumpenhändler Ei verkauft, der auch Oldshatterhands Abnehmer war und elf Pfennige für das Pfund gab, einen Pfennig mehr wie alle anderen Händler, und nie fragte, woher das Blei kam.

Herr Lumpenhändler Ei war ein vorurteilsloser Mann und reich. Und sein Sohn war Korpsstudent bei der feudalsten Würzburger Verbindung.

Um acht Uhr zog Oldshatterhand in der Eichhornstraße seinen Hut vor dem Offizier.

Als Lenchen Leisegang beim Uhrhäuschen Oldshatterhands Arm genommen hatte, sagte sie stockend: »Mein Vater soll einen Hilfsdiener bekommen ... weil er schon alt ist ... und nicht mehr allein alles tun kann ... Wenn Sie wollen, bitte ich meine Mutter, daß sie dem Vater sagt, er möge Sie nehmen.« Herr Leisegang war seit fünfundzwanzig Jahren Klinikdiener im Würzburger Juliusspital.

Oldshatterhand war sehr verlegen, sagte aber zu.

»... Sechzig Mark monatlich bekommen Sie und viele Trinkgelder.«

Entrüstet zog er seinen Arm aus dem ihren. »Ich nehme keine Trinkgelder!«

»Nein!« rief sie erfreut, weil er so stolz war.

Da spürte er ihre Lippen auf den seinen und sah ihr betroffen nach, wie sie durch die dunklen Anlagen davonsprang.

Oldshatterhand stand im Laboratorium der Klinik neben einem quittengelben Japaner. »Die Japanerinnen sind aber nicht schön. Gefallen Ihnen die deutschen Mädchen nicht auch unheimlich viel besser?«

Die Lippen des Japaners öffneten sich zu einem lautlosen Lächeln, so weit, daß seine festen Zahnreihen, zwischen denen stets eine Zigarette hing, und noch die zartrosa Zahnfleischbogen sichtbar wurden. »Mich gefallen die japanisen Mädsen viel besser. Sön, sön sind sie«, sagte er und goß aus einem Meßzylinder Urin durch die Filter.

Seit einem Jahre untersuchte der Japaner geräuschlos und mit größter Geduld die Urine des ganzen Spitals, rauchte unzählige Zigaretten dabei und wurde von dem berühmten Kliniker, Geheimrat von Leube, sehr geschätzt. Oldshatterhand schleppte für ihn bereitwilligst die Untersuchungsstoffe zusammen. »Es gibt aber doch kein einziges blondes Mädchen in Japan. Und deshalb verstehe ich nicht ... Warum sind die Japaner eigentlich alle so kohlschwarz?«

»Weil son die Säuglinge jede Woche rasiert werden, das ganze Kopf. Das macht swarze Haare. Der ist am sönsten, der danz swarz ist.«

Neben dem Japaner arbeitete ein Türke mit aufgeschwemmtem Gesicht. Oldshatterhand sah ihm eine Weile zu. »In der Türkei kann einer hundert Frauen haben?«

Der Türke lächelte.

»Und Treue gibt's in der Türkei überhaupt nicht?«

»Treue?« fragte der Türke und stieß einen Ballon voll Alkohol um. Er brachte nie etwas zustande, begann viel und beendete nichts. Aber Geheimrat von Leube liebte es, daß Ausländer in seinem Laboratorium arbeiteten.

Oldshatterhand wischte den verschütteten Alkohol auf. »Wenn aber jede Frau zehn Kinder bekommt, dann ist so ein Türke Vater von tausend Kindern? ... Tausend Kinder in einer Familie?«

Der Türke lachte, daß seine Hängewangen zuckten. »Deshalb haben auch fast alle Türken nur eine Frau. Nur wer ganz viel Geld hat, kann auch mehr Frauen haben ... Die Frauen sind kostbar und haben es gut bei uns ... Nicht so wie die deutschen Frauen.«

Herr Leisegang schritt durch das Laboratorium und blickte streng umher. Herr Leisegang war klein und hatte ein Holzbein, so daß man ihn schon von weitem kommen hörte.

Die Doktoren schielten ängstlich nach ihm hin und beugten sich interessiert über ihre Arbeiten. Oldshatterhand spülte eifrig Reagenzgläser.

Herr Leisegang war der Tyrann des ganzen Spitals. Der Herr Geheimrat hätte lieber seine Assistenzärzte weggeschickt als seinen treuen und geschickten Diener entlassen.

Oldshatterhand wurde es ungemütlich zumute bei dem Gedanken, Herr Leisegang könne erfahren, wer seine Tochter täglich nach Hause begleitet, denn es war im ganzen Spital bekannt, daß Herr Leisegang sich entschlossen hatte, sein Lenchen mit einem Assistenzarzt zu verheiraten. Daß dieser dann Geheimrat würde, dafür wollte Herr Leisegang schon sorgen.

Oldshatterhand mußte eine Kiste, die aus Rußland angekommen war, für Herrn Leisegang öffnen. Eine große Kiste, vielfach verschnürt und versiegelt. Obenauf lag Holzwolle, dann kam Heu, dann ein Leinwandbündel, in dem dick von Watte umpolstert ein kleines Fläschchen lag. – Eine russische Fürstin hatte ihren Urin an den berühmten Kliniker zur Untersuchung gesandt.

»Weg mit dem Mist! Her mit dem Stoff!« rief Herr Leisegang. »Da will ich aber doch gleich einmal sehen! ... Von einer Fürstin?« Er roch in das Fläschchen, hielt es gegen das Licht und goß eine Probe vom Inhalt ins Reagenzglas. »– – – Eiweiß hat die Fürstin nicht.« Er nahm noch eine Probe in ein zweites Reagenzglas. »– – – Jetzt so was! ... Belästigt das Weibsbild unsern Herrn Geheimrat ... Zucker hat sie auch nicht. Glaubt, weil sie eine Fürstin ist. Da muß ich aber doch gleich dem Herrn Geheimrat das Resultat mitteilen.« Erbost stelzte Herr Leisegang aus dem Laboratorium.

Aber der Herr Geheimrat schien anderer Meinung gewesen zu sein, denn eine Woche später traf die Fürstin in Würzburg ein, mit großem Gefolge. Sie war siebenundachtzig Jahre alt und mußte getragen werden.

Oldshatterhand bemühte sich um den weißen Foxterrier, der in einen engen Käfig eingesperrt war. Man hatte ihn mit Veitstanzgift geimpft. Seit Wochen drehte er sich im Kreis, schnell und unaufhörlich. Ein irrsinniger weißer Kreis.

Der Türke wollte eine Blutarbeit beginnen. Oldshatterhand ging ins Schlachthaus, um frisches Schweine- und Ochsenblut zu holen.

Die Schweineschlachthalle war nicht groß. Oldshatterhand stand neben dem Kessel, in dem das siedende Wasser dampfte.

Eine Partie Schweine wurde über die Schwelle hereingetrieben; sie tappten ängstlich grunzend, die Schnauze suchend am Boden. Die bei den Türpfosten stehenden Metzgerburschen ließen die schon erhobenen Holzklöpfel auf die Schweinestirnen niedersausen; es krachte, wie wenn ein Hund einen Knochen zerbeißt. Ein erstaunt anklagendes, aus voller Kraft kommendes Schreien durchschnitt Oldshatterhands Gehör und ebbte kläglich ab. Die Tiere taumelten, fielen, und noch lebenzuckend, von zwei Metzgerburschen geschwungen, platschten sie in den Kessel, hinein in das siedende Wasser. Denn nur so, noch auf der Schwelle vom Leben zum Tode, lassen sich die harten Schweineborsten leicht abschaben.

Die Leichen heraus aus dem Kessel, ein leise zischender Schnitt durch die ganze Gurgel, und das dampfende Blut sprudelte in den Meßzylinder, den der bebende Oldshatterhand bereithielt. So wollte es der Türke. Frisches Blut.

Als Oldshatterhand sich bewegte, schien es ihm, als hätte er Schuhe aus Blei an den Füßen. Ziehend ging er hinaus und hinüber in die Ochsenschlachthalle. Groß, hoch, aus Eisenkonstruktion.

Schlachtstand an Schlachtstand. Blutdampf erfüllte die Halle. Schreien, Fluchen, Rindergebrüll, hastende Metzger, welche Häute, Gedärme, tote Kälber schleppten.

»Ich möchte frisches Ochsenblut«, sagte Oldshatterhand zu einem jungen Metzgerburschen und sah ihm fragend und fremd ins blutverschmierte Gesicht, als er die Kriechende Schlange erkannte. »... Bist du jetzt Metzger?«

»Nein, Büffeljäger!« brüllte die kraftstrotzende Kriechende Schlange und hieb sein Messer in einen Ochsenschenkel.

Verwirrt sah sich Oldshatterhand in der dampfenden Schlachthalle um und blickte blöde auf die Kriechende Schlange zurück.

»Was schaust denn wie die Kuh, wenn's donnert!«

»... Blut soll ich holen.«

»Kannst a Faß voll hab!«

Die Kriechende Schlange und drei Metzgerburschen, mit Blutkörperchen in den verschwitzten Gesichtern, die Hemdärmel bis zu den Schultern aufgekrempelt, fesselten flink wie Teufel den Ochsen.

Die Schußvorrichtung über die Stirne geschnallt, ein leichter Schlag darauf mit dem Hammer, ein schwacher Laut, wie wenn ein Stein ins Wasser klatscht – der Ochse stand – schneller als ein Gedanke brach er zusammen. Die Kugel war ihm durchs Hirn gejagt, hinein in den Körper, durch das Herz.

Die Knie auf den Kopf, das Messer bis zum Heft in den Hals, ein Rißschnitt, und das Blut brach dick wie ein junger Baumstamm aus, überschwemmte den Schlachtstand, floß durch die Rinnen ab in den Kanal, durch den Kanal in den Main, wo Angler neben Angler steht und die Fische aus dem blutgefärbten Wasser schnellen.

Einer schnitt die Gelenke durch, ein anderer zog die Haut ab, die Kriechende Schlange schlitzte den Bauch auf, riß die dampfenden Gedärme heraus und stieß sie mit dem Fuß zur Seite.

Eisenhaken in die Vorderstümpfe, zu viert hoben sie fluchend den Ochsen. Da hing er, violette Adern über dem blutrünstigen Fleisch, die Augen verglast, den blauen Schlachtstempel auf dem Schenkel, in der Reihe neben den anderen. Drei Minuten hatte das Ganze gedauert.

Oldshatterhand sah erbittert die Kriechende Schlange an, der einem Kalb einen Tritt in die Weichen gab, daß es im Blut ausglitschte und in die Knie sank. Er wollte etwas rufen, schwieg aber betroffen und blickte auf den zierlich kleinen Herrn mit kühlbleichem Gesicht und glänzend schwarzem Spitzbart. Der Herr hatte einen schwarzen Anzug an, tadellos weiße Wäsche und trug eine goldene Brille auf der leicht gebogenen Nase. Der Schächter. In der Hand das meterlange, blitzende Messer, flach, breit, ohne Spitze, blickte er still auf die Metzgerburschen, die einen wild aufbrüllenden Ochsen fesselten, der am Boden lag.

»Fertig?«

Ruhig kniete er zum Kopf, den die Kriechende Schlange messergerecht gedreht hielt, das Maul und die angespannte Gurgel nach oben, legte das Messer an – ohne noch zu schneiden –, da klaffte der Hals; das Messer war bis zum Nacken durchgedrungen, das Blut überschwemmte den Schlachtstand.

Der Ochse stampfte, schleuderte die drei auf ihm knienden Metzger hin und her, stieß unbeschreibliche Stöhntöne aus, wobei immer neues Blut ausbrach, zuckte, zitterte – wohl fünf Minuten lang, und verröchelte.

Die Kriechende Schlange stach ihm die Augen aus; ein Zittern lief durch den ganzen Körper; der Ochse hob noch einmal schief den Kopf und ließ ihn verendend sinken. Die Metzger brüllten vor Lachen, weil die Kriechende Schlange die Ochsenaugen an die Wand schmetterte, daß sie klebenblieben und von der Wand herunter auf die Metzger stierten.

»Wa... wa... warum quä... quält ihr denn den Ochsen so?« fragte Oldshatterhand, vor Grauen wieder stotternd.

»'n Ochsen ... quäääälen? Du spinnst ja«, sagte die Kriechende Schlange lachend. »Und dann, das ist doch das jüdische Gesetz.«

»Aber warum hast du denn die A... Augen rausgestochen ... die A... Augen dort an der Wand ... an der Wand ... Er hat ... hat ja noch gelebt.«

»... A... A... A... Augen!« rief die Kriechende Schlange lachend, warf sich die blutrünstige Ochsenhaut über die Schulter und ließ Oldshatterhand stehen. Die Metzger schlugen sich auf die Schenkel vor Vergnügen.

Der zierliche Schächter war schon zum nächsten Ochsen gegangen, der für ihn bereitlag.

Ein kleines, weißgekleidetes Mädchen, mit einem Lämmchen aus Holz im Arm, trippelte zwischen den hastenden Metzgerburschen durch zu seinem Vater, dem Schächter. Der strich ihm übers Haar, küßte sein Kind, drehte es um und schob es weg.

Oldshatterhand drückte sich zur Seite; schwankende Ochsen mit angststierenden, wissenden Augen wurden hereingeführt, hereingezogen, brüllten dumpfklagend – nicht laut –, die schäumenden Mäuler in die Höhe gereckt.

Hinein in den Schlachtstand, gefesselt – drei Minuten später hingen sie ausgenommen, abgehäutet, die Stümpfe von sich streckend, die blauen Zungen bläkend, in der Reihe neben den anderen.

Oldshatterhand floh durch den Blutdampf hinaus – da schien die Sonne. Die Spatzen flatterten und schrien.

Er blieb stehen. Und dachte zurück – wie oft er am Schlachthaus vorbeigegangen war, Tiergebrüll gehört hatte, Metzgerwagen voll blutiger Schweine herausfahren und Ochsen hineinbringen gesehen hatte. Große Schafherden, zusammengedrängt. »Man geht vorüber.«

Er begann zu rennen, durch die verschneiten Anlagen, blieb stehen, den unbeschreiblichen Ton des Verröchelns im Ohr, und schmetterte plötzlich die Blutgläser in den Schnee. Gierig fraß der Schnee das Blut. Es sah aus, als wäre hier ein Mensch ermordet worden.

Die Hände in den Rocktaschen, die Schultern hochgezogen, ging er zurück ins Laboratorium. »Ich bringe kein Blut.«

»Ich muß aber Blut haben.«

»Häää! Ich bringe kein Blut«, wiederholte er hämisch und brüllte noch einmal, voller Wut Gesicht an Gesicht zum Türken tretend: »Kein Blut!«, wandte sich stracks um und ging weg. Durch den trichterförmigen Hörsaal; da stand Herr Leisegang und drehte die Kurbel vom Sauerstoffapparat, während ein Kranker, in der blau-weiß gestreiften Spitalskleidung, den Schlauch in den Mund hielt und mächtig ein- und ausatmete.

»Jessas! Jessas! Jessas!« rief Herr Leisegang und nahm den Schlauch selbst in den Mund. »Wie kann man sich so viechdumm anstellen. Jetzt drehen Sie einmal.«

In der Ecke standen die Frauen von der Hautkrankenabteilung für das Kolleg des Herrn Doktor Edelmut bereit und lachten.

»Ihr lacht? Ihr habt's nötig! Jetzt so was!« rief Herr Leisegang, und der glatzköpfige Herr Doktor Edelmut blickte empört zu den Mädchen hin.

Oldshatterhand war erschrocken stehengeblieben. – Unter den an Schminke gewöhnten, jetzt entschminkten, fleckigen und mit Geschwüren besetzten Gesichtern sah er das des kleinen, schönen Waisenmädchens, dessen sich der Inhaber der drei Häuschen angenommen hatte. Ihr feingeschwungener Mund war auch jetzt tiefrot. Die Lippen bildeten eine lasterhafte, wissende Mundlinie.

Seit sechs Wochen war das Kind Tag und Nacht mit den hautkranken Frauen zusammen auf der Abteilung. Sie blickte Oldshatterhand ungeniert lächelnd in die Augen.

Zorn und Scham darüber, daß ihn das Mädchen als Diener sah, machten ihm die Hände feucht. Er drückte sich an den Frauen vorbei, hinaus auf den Gang.

Da standen drei Prüfungskandidaten in Gehröcken, mit weißen Binden, und flüsterten miteinander wie in einem Sterbezimmer.

»Herr Vierkant, ist der Geheimrat guter Laune?« stotterte ein Großer, Dicker. »Hat er heute schon gelacht.«

Die drei Studenten umringten Oldshatterhand, der plötzlich mit seltsamem Pathos rief: »Er hat gelacht! ... Aber wir sind gemein! Ich sage, wir alle sind gemein! Alle! Er hat gelacht.«

Die Studenten sahen entsetzt auf ihn. Selbst seine Lippen waren erblaßt.

»Er hat gelacht?« flüsterte betroffen der Dicke.

Da riß Herr Leisegang die Türe auf: »Meine Herren, der Herr Geheimrat erwartet Sie«, und hinkte energisch voran.

Unaufgefordert ging Oldshatterhand am nächsten Tage ins Schlachthaus, hielt den Meßzylinder unter das noch zuckende Tier und brachte das Blut dem Türken. Der reichte ihm eine Mark.

»Ich nehme kein Geld dafür!«

Als Oldshatterhand am Abend das Haus des Bleichen Kapitäns betrat, stand die Wirtschaftstüre offen; er sah die hochschwangere, schöne Kellnerin, weiß wie ihre Schürze, an der Wand lehnen und sah, wie der Wirt, die kranken Augen wütend aufgerissen, das Bierfaß vom Schenktisch weg auf den Tisch in der Mitte der Wirtsstube schleuderte, daß die Platte zersplitterte und das Bier im Bogen zur Decke schoß. Die Witwe Benommen stand reglos, die Lippen eingekniffen, die dürren Hände vor dem Bauch gefaltet, in der Schenke. Der Bleiche Kapitän stand in der Ecke, beide Hände in den Hüften. Gäste waren keine in der Stube.

An einem Abend im Mai gingen die Räuber am Mainufer entlang, auf die Sandinsel zu, wo die Weiden um die kleinen Seen stehen.

Plötzlich stockte die erregte Unterhaltung. – Zwischen den Weiden hervor kamen Mädchen, paarweise hintereinander wandelnd. Sie waren mit Rosen und Nelken geschmückt. Still geworden, zog der Zug der Mädchen am Zug der Jünglinge vorüber und verschwand in den Weiden. Und gleich darauf ertönte aus dem Dunkel das helle Mädchengelächter. Die Räuber standen und horchten. Und ohne daß einer dazu aufforderte, kehrten sie geschlossen um und standen einige Minuten später am Eingang der Fischergasse, wo die Ampeln rosigen Schein auf das Pflaster herauswarfen.

»Wollen wir einmal durchgehen? durch die Fischergasse?« fragte Falkenauge endlich zögernd, weil die Räuber immer noch schweigend standen, eng zusammengedrängt, und in die Gasse hineinsahen.

»Ich geh nit mit durch«, sagte die Rote Wolke sofort und trat ein paar Schritte zurück.

Verlegen lächelnd sahen sie auf den Schreiber, der die Brust vorstreckte und sagte: »Ich geh allein durch, wenn ihr keine Schneid habt.«

Die Linke in die Hüfte gestemmt, mit der Rechten sein dünnes Stöckchen im Kreise herumwirbelnd, ging der Schreiber mit gleichgültigem Gesicht sehr schnell durch die Gasse und kehrte um.

Die Räuber sahen ihm entgegen, als er stöckchenwirbelnd wieder durch die Gasse zu ihnen zurückkehrte. »Das wär mir aber auch noch was«, sagte er heiser und redete so lange, bis sich alle, zu einem dunklen Grüppchen zusammengedrängt, durch die Gasse schoben, an den rosabeleuchteten Häuschen vorbei, aus denen kein Laut erklang.

Sie gingen zur Übungsstunde beim Bleichen Kapitän, der nicht dabei gewesen war.

In der Nacht lehnte Oldshatterhand allein an der Mauer gegenüber den drei Häuschen und starrte intensiv horchend auf die rosa Fensterausschnitte, preßte die Hand aufs Herz und trat ein.

Eine dunkle Alte öffnete ihm die Zimmertüre. Zuerst sah er nur den Nickelglanz des Büfetts und dann durch den Zigarettendampf hindurch drei Frauen in hellen Hängekleidern vom Kanapee aufstehen. Sie redeten noch weiter miteinander. Oldshatterhand hörte nichts; er sah Farben vor seinen Augen kreisen, abwechselnd giftgrün und dunkelrot. Die Frauen präsentierten sich und sahen verlegen einander an, weil Oldshatterhand sich nicht rührte und nicht sprach.

Die Älteste, deren mächtiger Busen in einen vielfarbig glitzernden Schuppenpanzer eingezwängt war, bewegte sich wie ein Mannequin vor Oldshatterhand und schnalzte dazu mit den Fingern.

Eine Rötlichblonde mit aufgeworfenem Schmollmund, die auf dem Kanapee sitzen geblieben war, fing Oldshatterhands rettungsuchenden Blick auf, erhob sich und fragte lächelnd: »Willst du mich, Kleiner?«, zog ihn, als er nicht antwortete, zur Türe hinaus und führte ihn in den ersten Stock hinauf.

In ein ganz kleines Zimmerchen, in dem sich nichts als ein geöffnetes weißes Bett und eine Ottomane mit einer türkischen Decke befand. Die rosa Ampel an der niederen Decke erleuchtete das Zimmerchen schwach.

Das Mädchen ließ das Hängekleid fallen und stand nackt vor Oldshatterhand. Gleichgültig ordnete sie mit beiden Händen etwas an ihren Haaren. Oldshatterhand sah auf die Haare in ihren Armhöhlen. Sein ganzer Körper zitterte vor Schwäche und übergroßer Angsterregung.

»Komm, gib das Geld. Wieviel gibst du mir? ... Fünf Mark?«

Er gab ihr das Geldstück.

Sie legte sich auf die Ottomane, stellte ein Bein auf und winkte ihn zu sich.

Langsam ging er zu ihr hin, sah auf sie hinunter.

Und als sie ihn angriff, mußte sie lachen. »Greife halt her ... Komm, greif her.« Sie nahm seine Hand und zog sie zu ihrem Körper ... mußte noch öfter lachen, tätschelte ihm die Wange und sagte endlich: »Da mußt du halt wieder fortgehen. Hast halt zuviel getrunken.«

Siebentes Kapitel

Benommen, der Amerikaner, war zurückgekommen. Ohne seine Familie vorher zu benachrichtigen.

Vorgebeugt saß er auf dem Stuhl vor der Witwe Benommen und ließ die langen, dürren Arme und Hände zwischen seinen Beinen baumeln.

Als seine Mutter ihn fragte, warum er nicht vorher geschrieben habe, sagte er apathisch: »Ich hatte keine Briefmarke.« Und rief plötzlich in unbegreiflicher Begeisterung: »Was denkst du! Das ist anders, da draußen in der Welt!«

Ganz abgerissen saß er vor der Mutter. Der Kohlenstaub lag noch auf seinem armseligen Anzug. Er hatte die Heimreise im Hochsommer als Hilfsheizer im Schiffsbauch mitgemacht. Und das schien ihn vollends zerstört zu haben. Blickte er einen an, wobei er die Kaumuskeln bewegte und die dünnen Lippen zusammenpreßte, dann konnte man die Entbehrungen seines langjährigen Aufenthaltes in Amerika von seinem völlig zerfallenen Gesicht deutlich ablesen.

Nie hatte er in seinem Fach als Ingenieur Stellung finden können. Als Schiffsauslader, Gelegenheitsarbeiter, Zeitungsverkäufer und zuletzt als Bäckergehilfe hatte er sich durchgeschlagen.

Die Blicke des ganzen Mainviertels waren auf die Familie Benommen gerichtet zu dieser Zeit.

Und die Familie Benommen war ehrgeizig.

Benommen der Wirt, dessen vom Vater ererbter Ehrgeiz es war, Unterlippe und Bauch verächtlich vorgeschoben hinter dem Schanktisch zu stehen und so und nicht anders sein Bier auszuschenken, fühlte sich schwer getroffen, da in seiner Familie etwas passiert war, was diese selbstbewußte Art, Bier zu schenken, nicht mehr ganz berechtigt erscheinen lassen konnte.

Und die Witwe Benommen, eine vermögende, gefürchtete und ob ihrer strengen Prinzipien hochgeachtete Bürgersfrau, empfand dadurch, daß ihr Sohn, der Stolz der Familie Benommen, zerrüttet und abgerissen wie ein Landstreicher in die Heimat zurückgekehrt war, ihr altes Geschäft, ihren toten Mann und ihre grauen Haare besudelt.

Aber wie einen Schuß mitten in seinen Charakter hinein empfand der Bleiche Kapitän die beschämende Rückkehr des Amerikaners. – Eine Woche vor dem Erscheinen des Amerikaners war er abends unbemerkt hinter einem Weidenbusch gestanden. Die Räuber saßen am kleinen See. Der Zug der Mädchen zog vorüber. Die Schöne mit den braunen Zöpfen warf einen Rosenstrauß mitten in den Räuberkreis hinein, die Räuber sprangen auf und den fliehenden Mädchen nach. Allen voran der Schreiber. Und nach einer Weile sah der Bleiche Kapitän Mädchen und Jünglinge vereinigt im Dunkel der Weiden verschwinden. Ein paar Stunden später saßen die Räuber in der Kneipe der Witwe Benommen und waren schon betrunken, als der

Bleiche Kapitän eintrat und wie ein Pfosten stand. »Ihr habt keinen Charakter!« stieß er hervor.

»Nun und du?« lachte der total betrunkene Schreiber mutig.

»... Ich? Ich hab Charakter! ... Ich allein von euch allen hab Charakter!« Und damit ging er, schloß die Türe leise und mit Kraft und lehnte von dem Tage an alle Annäherungsversuche der Räuber schroff ab. Eilte, wie in den letzten zwei Jahren, nahe an den Häusern entlang, sprach mit keinem Menschen und stemmte wie ein Besessener.

Der Bleiche Kapitän hatte bedingungslos an den Amerikaner geglaubt und war deshalb noch schroffer gegen ihn als Mutter und Bruder.

So etwas kann vorkommen, urteilten die wenigen Loyalen, nicht jeder hat Glück in Amerika.

»Jau, so a Gaudi, die Alte soll ihm a Paar neue Schuh käff und 'n Anzug ameß laß, dann is die Gschicht erledigt«, schrie der rote Fischer.

In jeder Familie könne so etwas vorkommen, aber nicht in der Familie Benommen, urteilten die Mutter und die zwei Brüder.

So war der Amerikaner seitens seiner Familie von Härte, Kälte und schweigender Verachtung umgeben.

Die Räuber jedoch fühlten sich unbewußt durch das Unglück des Amerikaners rehabilitiert. – Ihr Jugendsehnsuchtsland hatte sich schlecht benommen, war entlarvt, da nicht einmal der große Amerikaner zu seinem Rechte gekommen war. Ein guter, breiter, fester Boden wuchs den Räubern unter die Füße.

Bald war der Amerikaner neu gekleidet und fiel in der ersten Zeit niemandem besonders auf. Doch späterhin wurde sein Benehmen immer seltsamer, was jedoch anfangs nur die Familie Benommen bemerkte, denn der Amerikaner durfte wenig ausgehen.

Gegenüber dem Hause der Witwe Benommen stand das jahrhundertealte, einstöckige Häuschen des Spenglermeisters Hieronymus Griebe. Der Amerikaner stand am Fenster und sah darauf hinunter, vom Frühkaffee bis Mittagläuten, ohne sich zu rühren, und sagte, als seine Mutter die Suppenschüssel auf den Tisch stellte, er wolle das alte Häuschen wegreißen und einen sechzig Stock hohen Wolkenkratzer dafür hinbauen. Daran werde er etwas über fünf Millionen verdienen; das habe er heute morgen ausgerechnet. Worauf die Witwe Benommen in verächtlicher Wut stillschweigend die Suppenteller füllte. Der Ingenieur aber begann sofort, die Pläne zu zeichnen.

Erst als er gegen Abend mit Pickel und Schaufel an der Mauer des Spenglerhäuschens den Erdboden aufriß, um, wie er sagte, zu untersuchen, ob der Grund felsig genug sei für einen Wolkenkratzer, wogegen sich Herr Hieronymus Griebe zwar betroffen, aber auch energisch wehrte, erfuhren die Mainviertler von des Amerikaners sonderbarem Wesen.

Er war bartlos und mager. Saß er mit dem Bleichen Kapitän zusammen in einer Wirtschaft, dann verhielt er sich meistens ganz still, aber seine Augen schienen etwas Grauenvolles zu sehen, und manchmal rief er ganz unerwartet und verächtlich lächelnd: »Ha! Hinaus in die Welt!« mitten in die Unterhaltung hinein, worauf der Bleiche Kapitän augenblicklich aufstand und mit dem Ingenieur die Wirtschaft verließ. Und es schien den Zurückbleibenden, daß er den Amerikaner überhaupt nur deshalb mitbringe, um zu demonstrieren, daß gar nichts Auffälliges an ihm sei.

Der Bleiche Kapitän litt an seinem Stolze. Streng befahl er seinem Bruder, nichts zu reden, wenn er ihn mitnehme – und überhaupt keine verrückten Sachen zu machen, sonst könne er ihn einmal kennenlernen. Was aber ohne jeden Erfolg blieb – der Amerikaner benahm sich immer auffälliger. Die Wut des ehrgeizigen Kapitäns steigerte sich, und nur seine grenzenlose Verachtung hielt ihn noch ab, den Amerikaner zu schlagen.

Betroffen stand Oldshatterhand still, als er in der Nacht den Amerikaner am dunklen Flußufer sah. Der Ingenieur hielt eine lange Papierrolle im Arm, saß in tiefer Kniebeuge und machte so, beidfüßig abspringend, genau abgemessene Sprünge nach links, nach rechts und vorwärts, am Ufer entlang.

Oldshatterhand quälte der Gedanke: Gegen das, was den Amerikaner zwingt, diese grausigen Sprünge zu machen, ist man so machtlos wie gegen das Erdbeben. Und plötzlich hatte er die Vision eines Bebens – die Erde spaltete sich, riß dunkle Riesenmäuler auf, die kleinen Menschen mußten Sprünge machen, aber die Mäuler mehrten sich, wurden breiter und zwangen die Fliehenden, immer tollere Rettungssprünge zu machen. Und weil das so komisch aussah, lachte Oldshatterhand sein kurzes, irrsinniges Lachen. In sich hineinkichernd trat er zum Amerikaner.

Der blieb in Kniebeuge hocken. »Sie müssen erst einmal hinaus in die Welt ... La Plata! Brasilien! Ha! ... Wohin ich jetzt bald gehe. Überallhin! Brasilien! ... Ihnen will ich's zeigen, kommen Sie.«

»Hi! hihiha!«

Der Amerikaner packte Oldshatterhand am Arm, zog ihn unter eine Laterne und rollte das große Papier auf.

Darauf war eine gigantische Brücke gezeichnet, aus Eisenkonstruktion. Eine riesenhafte nackte Frau lag rücklings darunter, und ihre auseinandergespreizten aufgestellten mächtigen Beine bildeten die Pfeiler. Nackte, dicke Weiber, in lasterhaften Stellungen, stürzten von oben herab; andere wurden von einem über die Brücke jagenden Eisenbahnzug zermalmt.

»Dort!« schrie wild der Amerikaner und deutete auf die alte Mainbrücke mit den zwölf schwarzragenden Sandsteinheiligen. »Die reiße ich weg! ... Herunter mit den Heiligen! *Meine* Brücke baue ich hin! Morgen fange ich an. Der größte Brückenbauer der Welt bin *ich*! Weißt du das?«

»Ja! Ja!« heulte Oldshatterhand auf, und die Tränen brachen ihm aus den Augen. »Hi! hihiha!« lachte Oldshatterhand, und der Amerikaner brüllte vor Begeisterung. Da wehrte Oldshatterhand wimmernd ab, griff ins Leere und stürzte bewußtlos zusammen.

Der Amerikaner setzte sich neben ihn auf den Erdboden, das Kinn auf die Knie gestützt. »Du paßt nicht hinaus in die Welt. Du nicht ... Du paßt nicht hinaus in die Welt«, sagte er und lächelte immerzu.

Noch am selbigen Abend traf der säbelbeinige Polizeiwachtmeister den Amerikaner dabei an, wie er keuchend am Fuße des Brückenbogens mit den Händen die Erde herauswühlte. Schimpfend packte er den Amerikaner am Rockkragen, und mit gezogenem Säbel führte er den sich wütend Wehrenden zur Wache.

Am andern Tage brachte Benommen der Wirt den Amerikaner in die Kreisirrenanstalt, und zwar in die erste Klasse, wo jeder Tag zwanzig Mark kostete. So hatte es die Witwe Benommen gewollt und auch durchgesetzt, obgleich der Wirt sich energisch gegen die erste Klasse gewehrt und seiner Mutter schlagend vorgerechnet hatte, daß, wenn der Kranke nur noch neun Jahre lebe, das gesamte Vermögen der Familie Benommen beim Teufel sei. »Mein Heiner soll's gut haben«, hatte die Mutter geantwortet.

Der Amerikaner starb vier Wochen nach seiner Einlieferung in die Irrenanstalt.

Von dem Tage an, da der Amerikaner in die Irrenanstalt gebracht worden war, hatte sich der Bleiche Kapitän in einer für die Räuber ganz unbegreiflichen Weise verändert. Unvermittelt war er leichtlebig und liebenswürdig geworden. Und die Räuber atmeten auf, wie früher nach Schluß der Schulstunde.

Oldshatterhand, der Schreiber und die Rote Wolke begegneten dem Bleichen Kapitän auf dem Schloßberg und wunderten sich und wurden verlegen, denn diesmal ging der Hauptmann nicht vorüber, sondern trat auf sie zu, streckte ihnen freundschaftlich die Hand hin und lächelte heiter. »Nun, was macht ihr? ... Prachtvolles Wetter heute. Herrgott dividomini, aber eine Hitz! Ich mein, ich müßt ein Faß Bier allein aussaufen.« Er lachte schallend.

Der Schreiber errötete vor Staunen, aber die Freude, daß der Bleiche Kapitän überhaupt wieder mit ihm sprach, ergriff ihn so sehr, daß er im reinsten Hochdeutsch sprach: »Eine ungeheure Hitze. Da hast du recht, Oskar.«

»Herrgott, wie ich mich fühl, einen Baum könnt ich ausreiß.« Er haschte einen Lindenast, schwang sich hinauf und schüttelte voller Freude die alte Linde.

Sie gingen gleich Bier trinken. Der Bleiche Kapitän bezahlte einen Liter nach dem andern und setzte seinen Stolz darein, den Krug mit einem Zug immer bis zur Hälfte zu leeren. »Weiß der Teufel, so eine Hitz!« rief er und sog den Schaum von der Oberlippe wie ein schnurrbärtiger Alter.

»Trinkst du jetzt wieder?« fragte der Schreiber.

»Gott, natürlich. Warum denn nit?«

Die Rote Wolke stellte die Fußspitze zurück, hob die Hand – aber das Shakespearesche Trinkzitat fiel ihm nicht ein. Sein Mund blieb begeistert offenstehen.

Der Bleiche Kapitän war ganz verändert. Nie mehr eilte er barsch an den Häusern entlang, sondern schritt in der Mitte der Straße, schwenkte sein Plüschhütchen, wenn er einem Bekannten begegnete, unterhielt sich gerne, lachte krachend und benahm sich ganz wie jeder andere junge, fröhliche Mensch, der keine Sorgen hat und einen gesunden Körper. Deshalb stemmte er jedoch nicht weniger eifrig als vorher. Er ließ auch späterhin die Krüge auf seine Rechnung füllen und tat, wie wenn er lange und viel trinke, trank aber nur einen kleinen Schluck, hieb den Krug auf den Tisch zurück und brüllte: »Sauft!«

Doch nur anfangs war seine Lustigkeit so übertrieben. Späterhin fand er feine Übergänge und war plötzlich kein Mensch mehr, dessen barsche Verschlossenheit und sonderbares Wesen jemand auf den Gedanken bringen konnte – er sei ebenso nicht ganz richtig im Kopf wie Benommen der Amerikaner.

Bald verschwand seine Angst, daß man auch ihn für irrsinnig halten könne, vollkommen; die Anfälle von krampfhafter Lustigkeit blieben ganz aus. Verschlossen und sonderbar gab sich der Bleiche Kapitän auch nicht mehr. Er war ein nicht zu stiller und nicht zu ausgelassener junger Mann geworden, mit kleinen Sorgen, wie sie jeder andere Mensch in seinem Alter und seinen Verhältnissen hat, und fühlte sich wohl wie nie vorher in seinem Leben. Er hatte sein eigentliches, von der Natur gewolltes Wesen gefunden.

Der Bleiche Kapitän verschwand in der Masse, unterschied sich durch nichts mehr von ihr.

In dieser Zeit – er war zwanzig Jahre alt geworden – begann er die kleine, dicke Tochter des Weinwirts und Bäckermeisters Schlauch zu umkreisen. Sie hatte ein rundes Vollmondgesicht, mehlweiß, und Negerlippen wie der Bleiche Kapitän.

Fräulein Schlauch saß hinter dem Auslagefenster und verkaufte Brotlaibe, lächelte, wenn er vorbeiging, und er lächelte zurück. Das war der Anfang.

Und die Witwe Benommen sah ruhig zu. Sie hatte die Vermögensverhältnisse der Familie Schlauch studiert und war befriedigt. Vor ein paar Jahren hatte Herr Schlauch sein altes Häuschen wegreißen lassen und an dessen Stelle ein neues Backsteinhaus gebaut, das leider nur drei Meter breit, dafür aber vier Stock hoch war, so daß es, zwischen den zwei niederen, aber wuchtigen Patrizierhäusern in die Höhe schießend, ganz gut für ein zierliches Wolkenkratzerchen gelten konnte. Erst kürzlich hatte Herr Schlauch der Kirche drei männerschenkeldicke Prachtkerzen gestiftet. Sein Geschäft ging ausgezeichnet. Alles das und noch mehr wußte die Witwe Benommen und war befriedigt.

Ganz unverwundet war Benommen der Wirt an der durch den Amerikaner über die Familie gekommenen Schande vorbeigeglitten, und das kam von der ersten Klasse. Nach wie vor durfte er ruhig, Bauch und Unterlippe verächtlich vorgeschoben, sein Bier ausschenken, denn wenn es ihm passend erschien, konnte er von der ersten Klasse sprechen, wo jeder Tag zwanzig Mark kostet.

Die Witwe Benommen schien infolge des Unglücks weicher und menschlicher geworden zu sein; sie lächelte der schönen Kellnerin hin und wieder freundlich zu, was zwar noch recht selten vorkam, jedoch mit Freude und Dankbarkeit entgegengenommen wurde, um so mehr, als die Kellnerin einen Sohn geboren hatte. Der Enkel hatte die verächtlich nach außen gestülpten Benommenschen Lippen.

Die Sache stand jetzt so, daß der Wirt seiner schönen Kellnerin manchmal die Hand auf die Schulter legte, in Gegenwart der Mutter, und aufmunternd sagte: »No, Hanna, wie geht's Ihne denn? Esse Sie doch was.« So daß der Schande bringende Amerikaner alles in allem eigentlich günstig und entladend auf die ganze Familie gewirkt hatte.

Durch ein neues Ereignis geriet die traurige Begebenheit schnell in den Hintergrund. – Zum fassungslosen Schrecken des Vorstandes vom »Verein Christlicher Junger Männer« und zum Staunen der Räuber war eines Tages der Duckmäuser aus Würzburg verschwunden.

Jahrelang wußte kein Mensch, wo er war.

Herr Leisegang hatte sein Holzbein abgeschnallt und neben sich auf den Stuhl gelegt. Seine Frau stellte eine große Schüssel voll Sauerkraut vor ihn hin, das mit schon zurechtgeschnittenen Schweinefleischbissen garniert war.

»Das Fleisch ist natürlich wieder zu fett«, sagte Herr Leisegang, nahm sein Holzbein in beide Hände und klopfte damit wütend auf den Tisch. Bis seine Frau hereinkam. »Wo ist meine Desinfektionsvase?«

Frau Leisegang drehte die Augen verzweifelt zur Zimmerdecke und brachte eine Blumenvase aus grünem Kristallglas. Herr Leisegang schnellte das Asbestdeckelchen herunter und tauchte Messer und Gabel in die desinfizierende Flüssigkeit. Dann erst begann er zu essen.

Im Haushalt des Herrn Leisegang wurde alles desinfiziert. Auch die Geldstücke.

Frau Leisegang setzte sich wieder in die Küche und arbeitete an einer Lumpendecke. Sie arbeitete schon ein paar Jahre daran, denn die Decke mußte sehr groß werden, um das zweischläfrige Ehebett im Schlafzimmer schmücken zu können, und es fehlte immer an Fleckchen, weil man warten mußte, bis neue Abfälle gesammelt waren. Herr Leisegang hatte sich so eine vielfarbige Decke gewünscht.

Seine Frau nähte schon eine halbe Stunde, ohne gestört zu werden, worauf sie endlich verwundert hinein zu ihrem Mann ging. Der saß in seinem Lehnsessel wie vorher und sah geradeaus, sonderbar friedlich, so daß auch Frau Leisegang froh lächelte, weil es so schön still in der Stube war. Aber plötzlich stieß sie einen sich überschlagenden Kehlton aus. Herr Leisegang war tot. Die Sauerkrautschüssel war noch warm, jedoch leer.

Frau Leisegang stand vor ihrem Mann und sann darüber nach, weshalb er so friedlich aussehe. So zufrieden, wie sie ihn in ihrer siebenunddreißigjährigen Ehe niemals gesehen hatte. Sein Holzbein hatte Herr Leisegang quer vor sich auf den Tisch gelegt.

Ein neuer Diener kam in die Klinik, und der brauchte keine Hilfe.

Oldshatterhand war jetzt viel mit der Roten Wolke zusammen, nachdem er vergebens versucht hatte, die Freundschaft mit Winnetou zu erneuern, der täglich zu den Mönchen aufs »Käppele« ging.

Er half der Roten Wolke Rüben stecken, Salat pflanzen und zeichnete in der Vesperpause Blumen ab, während die Rote Wolke Rollen studierte. »Schauspielkunst ist eine göttliche Kunst. Was täten die größten Dichter, Schiller und Goethe, mit ihren Tragödien, wenn's keine Schauspieler gäbe.« Das wiederholte die Rote Wolke täglich.

An einem Abend hatte er wieder in »Wilhelm Tell« im Stadttheater statiert, die ganze Nacht den Wilhelm Tell studiert und stand früh um fünf Uhr auf dem Kartoffelacker, von der eben aufgehenden Sonne beschienen. »Durch diese hohle Gasse muß er kommen«, rief er und wies mit der Hacke die tiefe Ackerfurche entlang, an deren anderem Ende seine alte Tante kniete, schwitzend mit den Händen grub und den Kopf schüttelte über ihren Neffen, der begeistert die Furche entlang rief: »Es führt kein anderer Weg nach Küßnacht. Hier vollend ich's, die Gelegenheit ist günstig.«

Nach einem Spaziergang mit der schönen Lehrerstochter, seiner Liebsten, schrieb die Rote Wolke an den berühmten Schauspieler Konrad Drauer in München und fragte an, ob er ihn besuchen und sich von ihm prüfen lassen dürfe.

Am Abend des selbigen Tages saß der rote Fischer auf der Kaimauer, mit den Beinen wasserwärts, den Kopf in beide Hände gestützt, und sah traurig hinunter in den Fluß.

Als Oldshatterhand ihn fragte, ob er den Wertschelch* ein bißchen nehmen dürfe, nickte der Fischer nur, ohne aufzusehen. Und als Oldshatterhand auf der Ruderbank saß, rief der Fischer plötzlich: »Brauch i denn no 'n Schelch! ... I brauch ken Schelch mehr ... Häng 'n nachher drübe am Stadtufer a.«

* Ein von einem Mann leicht zu regierender Kahn, der dazu benutzt wird, um Fahrgäste überzusetzen.

»… Warum denn am Stadtufer?«

»Weil i ’n dann rüberfahr muß … Auf die Weis komm i wenigstens wieder amal in mein Schelch.«

Die Rote Wolke und seine Liebste gingen auf der Kaimauer – flußabwärts. Die Lehrerstochter hatte ein sanftgerundetes, pfirsichfarbenes Gesicht. Die Art, wie sie ihre kleinen, festen Brüste vorstreckte, ließ das junge Mädchen lieblich und naiv erscheinen. Sie trug einen schwankenden Florentinerhut.

Der Schreiber und seine Liebste gingen auf der Kaimauer – flußaufwärts. Das Mädchen mit den braunen Zöpfen sah ängstlich und verwirrt drein. Der Schreiber hatte ein erhitztes Gesicht. Sie kamen von der Sandinsel, wo die Weiden stehen.

Beim roten Fischer trafen die zwei Paare zusammen. »Ich rudere euch ein wenig herum«, sagte Oldshatterhand, der im schaukelnden Schelch saß.

Sie stiegen ein. Und Oldshatterhand ruderte in die Mitte des Flusses. Der rote Fischer hatte den Kopf nicht erhoben.

Der Schelch war schmal und sehr lang. Der Schreiber und seine Liebste befanden sich halbliegend an dem einen äußersten geschnäbelten Ende, das zweite Liebespaar lag eng beieinander am entgegengesetzten. Oldshatterhand saß genau in der Mitte und ruderte langsam.

Es war dunkel geworden. Hier und dort leuchteten kleine Laternchen an den ruhenden Schiffen; das Singen der Kinder, die am Ufer spielten, klang herüber; ein Fischer ließ langsam und lautlos sein Netz ins Wasser sinken.

»Kunst ist heilig«, sagte die Rote Wolke gedämpft.

Oldshatterhand horchte auf die melodische Stimme des Mädchens. »Wir werden ›Romeo und Julia‹ zusammen spielen«, sagte sie und sah der Roten Wolke sanft in die Augen.

»Julia«, erwiderte die Rote Wolke verhalten.

»Und du bist Romeo.«

»Da ist doch nix dabei«, flüsterte der Schreiber heftig. »Ich weiß nit, warum du so eine Furcht davor hast.«

Das Mädchen rückte ängstlich weg vom Schreiber. Oldshatterhand sah ihr erschrockenes, weißes Gesicht aus der Dunkelheit schimmern und dachte an Lenchen Leisegang.

»Ach, wie schön wäre es, immer so weiter zu fahren ... immerzu«, hörte Oldshatterhand hinter sich das Mädchen flüstern.

»Mit der Geliebten dahinzugleiten. Ooooooh.«

Und sah vor sich den Schreiber heftiger die Liebste bedrängen, die hastig sich ihm entzog, daß das Schiff gefährlich zu schaukeln begann.

»Daß wir heiraten, will sie ... Ich soll heiraten«, sagte Oldshatterhand leise vor sich hin und ließ in Gedanken an Lenchen Leisegang die Ruder los. »Ich will doch ... ich muß doch erst *etwas* werden. Vielleicht berühmt.«

Der Schelch trieb langsam flußabwärts. Ein Fisch schnellte aus dem Wasser und fiel zurück.

Hinter sich hörte er die Rote Wolke sagen: »Die Kunst. Die Kunst ... Tempel.«

»Das dürfen alle wissen, sieh, ich liebe dich«, sagte das Mädchen.

»Rudre ans Ufer!« schrie der Schreiber wütend. Das Mädchen saß von ihm abgerückt steif auf dem Querbrettchen.

Oldshatterhand ruderte zum Stadtufer hinüber und machte den Schelch fest.

Sie stiegen aus. Der Schreiber wirbelte sein dünnes Stöckchen im Kreise herum; das Mädchen ging mit gesenktem Kopfe einige Schritte seitwärts neben ihm her.

»Auf der grünen Wiese hab ich sie gefragt, ob sie sich auch ließe!« schrie ein Bursche den zwei Liebespaaren zu. Er saß auf der Wasserschale des Vierröhrenbrunnens, zusammen mit noch einem halben Dutzend Burschen, die der Arbeit aus dem Wege gingen und der Schrecken und Auswuchs der Stadt waren. Die

Würzburger »Strizzi«, von denen jeder sein im Griff festes, langes Messer in der Hintertasche trug. Sie lebten beschäftigungslos in den Tag und in die Jahre hinein, außerhalb jeder Verpflichtung gegen die bürgerliche Gesellschaft, stahlen, wo sie ohne Anstrengung konnten, und ließen keinen Menschen am Brunnen vorübergehen, ohne eine Bemerkung zu machen. Verlorene Existenzen, die alle schon gesessen hatten.

»Laß sie doch«, sagte Oldshatterhand schnell und zog den Schreiber weg, der wütend stehengeblieben war, weil ihm einer der Burschen nachrief: »Hast dei Menschle zünfti zammghaut?« Die weiteren Bemerkungen gingen unter im Gelächter. Alle pfiffen durch die Finger. Der Schutzmann trat von einem Bein auf das andere und ab in eine Seitengasse.

»Ich muß jetzt jemand abhol«, sagte Oldshatterhand auf der Brücke und sah bedrückt auf die Liebespaare, die jetzt beide einträchtig vor ihm gingen.

Und als Oldshatterhand sich auf dem Wege zu Lenchen Leisegang befand, blieb er plötzlich stehen, wandte sich um und ging langsam nach Hause.

Beim Vierröhrenbrunnen trat die Kriechende Schlange auf ihn zu. »Weil ich im Schlachthaus A... A... A... A... Auge gsagt hab, brauchst no lang nit zornig zu sein.«

»Du darfst mir nachmachen, soviel du willst«, sagte Oldshatterhand und lächelte ruhig die Kriechende Schlange an. Nach einer Pause fuhr er nachdenklich fort: »Ich glaube, es geht halt nicht anders, als daß es auch solche Menschen gibt, wie du einer bist ... Verstehst du das?«

»... Nein, das versteh ich nit.«

»... Ich glaub, du bist ganz unschuldig daran ... kannst nix dafür. Verstehst du?«

»Ich weiß nit, was du da redst.«

»Ja, es ist sicher so«, sagte Oldshatterhand nachdenklich und ging.

Die Kriechende Schlange zog eine Dose hervor.

»Laß mi amal schnupf!« rief einer der Vierröhrenbrunnensteher.

»Wer ist denn das?« fragte ein anderer.

»Metzger ist er ... Da geh doch her.«

Die Kriechende Schlange setzte sich zu den Burschen auf die Brunnenschale und hielt die Tabaksdose herum.

Und Oldshatterhand dachte darüber nach, weshalb er während des kurzen Gespräches mit der Kriechenden Schlange das Gefühl gehabt hatte, nicht er spreche, sondern der rätselhafte Fremde, der ihn auf der Höhe bei Würzburg geküßt hatte.

Wenn man von Aschaffenburg, Matthias Grünewalds, des größten deutschen Malers, Geburtsstadt, den Main aufwärts wandert, zweigt die Straße scharf vom Fluß ab und führt in den dunklen Spessart hinein. Stundenlang wandert man durch den Eichenwald, hat auf einer Höhe das unabsehbare gewellte Waldmeer vor sich liegen, sieht stille Waldtäler, von Forellenbächen durchzogen, und es begegnet einem stundenlang kein Mensch. Ein Hirsch tritt auf die Waldlichtung heraus, hebt das Geweih und bricht weg, sobald er den Wanderer erblickt. Rehe äsen auf den Abhängen. Amseln singen. Spechte hämmern. Große dunkle Klöße bewegen sich am Waldboden, vom aufgewühlten dunklen Waldboden kaum zu unterscheiden – plötzlich bricht das Wildsaurudel krachend durch das Gebüsch davon, daß die Erde zittert; und einen Atemzug lang schweigen alle Vögel. Eine Amsel beginnt wieder zu pfeifen, und sie scheint das einzige Lebewesen zu sein, so groß kann unvermittelt die Stille dieses Hochwaldes sein.

In dieser Einsamkeit, abseits der Straße, steht ein zerfallendes graues Haus. Türen und Fensterscheiben fehlen, lange Gräser spielen auf dem Dache.

Die wenigen Bewohner des Spessarts erzählen noch heute von

einem Wirt, dem vor langen Jahren das Haus gehört hatte – er habe die Reisenden, die bei ihm einkehrten, ermordet und beraubt und sei dafür in Würzburg am »Letzten Hieb« gehängt worden.

In diesem Hause wohnten einen ganzen Sommer lang der Kunstmaler Franziskus Grünwiesler und sein Freund Oldshatterhand.

»Dieses Haus gehört niemand«, hatte Franziskus Grünwieslers weißbärtiger Onkel gesagt, welcher Bürgermeister des nächsten, drei Wegstunden vom grauen Haus entfernt liegenden Spessartdorfes war. »Und es wagt sich auch keiner in die Nähe.«

Franziskus Grünwiesler malte den ganzen Tag. Er war ein zufriedener, bedürfnisloser Mensch. Er half Oldshatterhand über Stimmungsstürze weg, von denen dieser oft und plötzlich heimgesucht wurde, gab ihm unaufdringlich maltechnische Ratschläge und teilte mit Oldshatterhand das wenige, was er selbst besaß.

Oldshatterhand arbeitete den ganzen Sommer lang sehr wenig, denn die maltechnischen Schwierigkeiten hinderten ihn immer wieder, zu schaffen, was er ersehnte, weil es für ihn als Anfänger eine noch zu große Aufgabe war. Das Resultat waren Tage der Verzweiflung nach Minuten übergroßer Begeisterung.

Er las viel in der Romantikerbibliothek, die Grünwiesler gehörte, und oft ging er in aller Frühe zum Gänsehirten, der die Gänse von allen Ortschaften des Spessarts hütete, schon sechzig Jahre lang. Eine Herde von tausend Gänsen und mehr. Einmal im Jahre trieb der Hirt die Gänse heim, wenn sie fett waren. Dann bekam er junge, magere mit in den Wald. Der Hirt war ein achtzigjähriger bartloser Zwerg mit einem gewaltigen Buckel. Mittags teilte er sein Essen mit Oldshatterhand, Schwarzbrot und geräucherten Speck; die tausend Gänse steckten die Köpfe nach rückwärts ins Gefieder und schliefen, und der Zwerg begann, selbsterfundene Geschichten zu erzählen, über die Oldshatterhand oft lachen mußte, daß es von Stamm zu Stamm krachte und die Gänse hier und dort blitzschnell die Köpfe hoben, ein wenig schnatterten und weiterschliefen. Wenn Oldshatterhand sagte, das sei zu stark gelogen, dann sagte der Zwerg ruhig, alles sei wahr.

Ein Mädchen war eines Tages ins graue Haus gekommen und hatte um Unterkunft gebeten für die Nacht. Sie sagte nicht, woher sie kam und wohin sie wolle. Es fragte sie auch niemand. Sie blieb.

Franziskus Grünwiesler grundierte seine Malleinwand selbst. Er hatte einen großen Vorrat Rohleinwand liegen. Das Mädchen hatte nichts anzuziehen. »Das ist die weichste«, sagte Grünwiesler und schleuderte eine Rolle Leinwand auf, die wie Seide glänzte.

Abends hatte sie das schnell geschneiderte Kleid aus Rohleinwand schon an.

Grünwiesler trug sich mit der Idee, Blumen auf das Kleid zu malen. »Blaue Herbstzeitlosen würden sich vielleicht ganz gut machen«, sagte er zu Oldshatterhand und zeigte auf die blauen Glockenblumen, die schon hier und dort zwischen den abgefallenen Blättern hervorsahen. »Und eine einzige große Lilie, vorne herauf.«

Oldshatterhand hatte das Mädchen am Waldsee liegen sehen, im Moos. Und war nach einer Weile wieder fortgeschlichen, denn ihr Rohleinwandkleid hatte über einem Eichenast gehangen.

Den ganzen Tag lag das Mädchen nackt am Waldsee. Sie arbeitete gar nichts. Sie ruhte nur. Es schien, als müßte sie viele Jahre lang ausruhen von den vergangenen Jahren. Nur ihr eigenes Zimmer hielt sie sauber. Für die beiden im Haus tat sie nichts.

»Ihr schenkt ja auch niemand etwas«, sagte Oldshatterhand

zu Grünwiesler. »Das Haus gehört ja niemand … Nicht einmal Türen hat's.«

Vom Wald trat man ins Haus und auf der anderen Seite wieder hinaus in den Wald. Und saß man auf dem flachen, dickbemoosten Dache, auf dem die langen Gräser spielten und sogar drei Maulwurfshügel schwollen, dann schien es, als säße man auf dem Waldboden, so war das Haus mit dem Wald verwachsen.

»Wie wär's, wenn ich ihr Zimmer mit kleinen Engeln ausmalen würde, sie bleibt ja doch auf immer da«, sagte Grünwiesler vor dem Schlafengehen.

»Wenn sie's erlaubt«, erwiderte Oldshatterhand; er hatte einen eleganten Schaukelstuhl gezimmert und ihn ihr ins Zimmer gestellt, während sie am Waldsee gelegen war. Und der Zwerg brachte ihr ein Säckchen voll Bucheckern. Die schmeckten nach Nuß und Olive.

Das Mädchen hatte feste, schmale Hüften. Ihr Kleid hatte sie noch einmal umgeändert, den Halsausschnitt rund und den Rock sehr eng gemacht. So sah Oldshatterhand sie zum Waldsee gehen und wäre gerne mit ihr gegangen, blieb aber zögernd stehen und ging zum Hirten.

Grünwiesler saß schon seit dem frühen Morgen malend im Waldtal. An ihm vorbei plätscherte ein Bach in vielen Windungen durch die Wiese.

Der Landbriefträger trat aus dem Walde heraus und zu Grünwiesler, verglich, auf seinen Knotenstock gestützt, eine Weile Bild und Motiv und reichte Grünwiesler einen Brief. »Von wem mag jetzt der sein?« fragte der Briefträger. »Da ist ja gleich was draufgemalt.«

Grünwiesler errötete – er selbst war aufs Kuvert gezeichnet, vor Oldshatterhand auf den Knien liegend, mit anbetender Gebärde.

»No, von wem is jetzt der Brief?«

»Von meinem Freund Immermann.«

»Der is gewiß auch so ein Maler?«

Da Grünwiesler nicht antwortete, sagte der Briefträger: »No, dann grüß Ihne Gott«, und ging.

Versteht sich doch von selbst – angenehm sei es ihm gerade nicht, daß Grünwiesler mit Oldshatterhand verkehre, der ein ungebildeter, ja für Grünwiesler direkt gefährlicher Mensch sei – schrieb Immermann. – Ob Grünwiesler denn wirklich so naiv sei und glaube, daß dieser Emporkömmling ihn nicht ganz einfach nur ausnütze. Das Bürschchen könne man nicht nur so mir nichts dir nichts nehmen, wie es sich gebe. Nebenbei wisse man ja auch, aus was für einer Familie Oldshatterhand komme. Auf keinen Fall natürlich dulde er, Immermann, daß in seinem Kreise Oldshatterhand verkehre. Und als Freund könne er von Grünwiesler soviel Einsicht verlangen. »Nicht, daß mir besonders viel daran liegt«, schloß der Brief, »im Gegenteil, aber immerhin wundert es mich, daß Du mit diesem Vierkant den Sommer im Spessart verbracht hast, anstatt mit mir. Wenn Dir an meinem Kreise noch etwas gelegen ist, dann komme. Ich male Studien auf dem Schleehof bei Würzburg.«

Grünwiesler schob die Lippen nachdenklich vor, steckte den Brief in die Brusttasche, packte sein Malgerät zusammen und trat sofort den Heimweg an.

Im Hause gingen sie einige Stunden lang aneinander vorbei.

»Wie ist das?« fragte Oldshatterhand endlich und stellte sein angefangenes Bild auf die Staffelei.

»Die Perspektive stimmt nicht, wie gewöhnlich bei dir.«

»Dann erklär mir's doch, woran's liegt.«

»Ja, stimmt eben nicht … Wenn du von oben siehst, verkürzen sich die Linien. Das bringst du halt noch nicht heraus.«

»Du kannst nichts erklären!« schrie Oldshatterhand erregt. »Erklär doch! Erklär doch!«

Schnell eingeschüchtert stand Grünwiesler vor dem Bild.

Oldshatterhand schüttelte die Hände zornig gegen sein Bild hin. »Zeig mir doch! Herrgott, kannst du mir denn nicht zeigen, wieso das falsch ist.«

Grünwiesler wollte mit der Zeichenkohle das Bild korrigieren.

»Laß! Hineinarbeiten sollst du doch nicht! Zeigen! Zeigen!«

»Ich hab dir's doch schon so oft gezeigt, das mit der Perspektive«, sagte Grünwiesler ängstlich und stotterte verwirrt: »Es gibt auch noch eine Luftperspektive und eine Farbenperspektive ... Ich zeig dir's schon.«

»Ach was! Aber wie ... aber wie du mir's zeigst! ... Daß es kein Mensch verstehn kann. Du bist ... du bist wirklich saudumm!«

Ganz unvermittelt schlug Grünwieslers Gutmütigkeit um in rachsüchtige Wut, die an Irresein grenzte; er verlor den Atem, ein dünner, pfeifender Ton entfloh seinem Munde; aber wie schon oft in diesem Sommer, wenn Oldshatterhand machtlos den technischen Schwierigkeiten gegenübergestanden und über alles Maß hinaus ungerecht geworden war, drehte die Wut Grünwieslers sich nach innen, und in Angst vor seinem aufbrausenden Schüler sagte er stockend: »Quäl mich nicht ... Warum quälst du mich? Es braucht halt alles seine Zeit.« Nur ein gefährliches Flimmern war in seinen Augen zurückgeblieben, wie Irre es haben, die jahrelang sich kujonieren lassen und eines Tages in einem Rachsuchtsanfall den Wärter erdrosseln.

Das Mädchen ging vorüber und in ihr Zimmer.

Oldshatterhand wurde sofort ruhig. »Ich packe es schon noch«, sagte er und lächelte Grünwiesler an. »Für mich ist nichts zu schwer ... Soll ich Tee kochen?«

»Oh, das wär lieb von dir«, sagte Grünwiesler erleichtert, sah vor sich hin, in die Ecke, auf Oldshatterhand. »... Du, ich hab einen Brief bekommen von Immermann.«

»Was schreibt denn der?« fragte Oldshatterhand mit

gemachter Gleichgültigkeit und setzte die Teekanne wieder ab, ohne einzugießen.

»... Nichts Besonderes ... Den Tee hast du fein gemacht ... Ich geh übrigens diese Woche noch zu ihm.«

»Dein Bild ist doch nicht fertig ... Und überhaupt.«

»Nein«, sagte Grünwiesler und schob die Lippen schief lächelnd vor, wodurch beim rechten Mundwinkel ein kleines, schwarzes Löchlein entstand, als ob die Oberlippe zu breit wäre. »Ich muß ihn wieder einmal sehen ... Er ist ein sehr bedeutender Mensch.«

»Pf«, machte Oldshatterhand verächtlich. »... Zeig mir einmal den Brief.«

»Den Brief? ... Ich hab ihn zerrissen ... Weißt, in den Bach hab ich ihn geworfen.«

»Du hast den Brief noch!« fuhr Oldshatterhand auf. »... Immermann hat wieder schlecht über mich geschrieben.«

»Nei – – – n«, sagte Grünwiesler langgezogen, wie wenn er das Mißtrauen Oldshatterhands bedauerte.

»Sei nur still! ... Ich weiß schon.«

»Ich will dir einmal was sagen: Immermann spricht über niemand etwas Schlechtes ... Nur was wahr ist, sagt er ... oder was er denkt ... So ist Immermann nicht.«

»Du lügst! Ich seh dir's an.«

»Wiesoooo«, erwiderte er traurig singend.

»Du lügst einfach!«

Da blickte Grünwiesler Oldshatterhand fest in die Augen. »Wenn du's wissen willst ... Immermann hat sogar nur Gutes über dich geschrieben ... Schschschenk mir noch einen Tee ein!« rief er kameradschaftlich. »Den hast du fein gemacht.«

Oldshatterhand schob die Teekanne Grünwiesler hin. »Ich kenn den Immermann schon ... Der will unter uns der Erste sein ... der Hauptmann ... Eifersüchtig ist er auf mich, weil du nicht mit ihm bist und ich nicht nach seiner Pfeife tanze ... Aber dem werd ich's noch zeigen, wer mehr ist. Ich werde der Größte von allen!

»Also, jetzt sind wir wieder gut miteinander«, sagte Grünwiesler fröhlich und streckte Oldshatterhand die Rechte hin. »Singen wir jetzt ... ›In einem kühlen Grunde‹?«

Sie sangen zweistimmig »In einem kühlen Grunde«. Und am Schluß sagte Grünwiesler: »Zu dem Lied malt Immermann eine Bilderserie. Zu jeder Strophe ein Bild. Die werden sicher wunderbar ... So ein Tee ist halt doch was Feines.« Er sah ihm in die Augen. »... *Das* war a Teele.«

Als sie schon am Boden auf den Matratzen lagen, dachte Oldshatterhand in steigender Begeisterung seinen zukünftigen Ruhm herbei. »Was Immermann malt, das ist nichts. Man muß groß werden ... Wie Michelangelo! Sonst hat's keinen Sinn.«

»Mnja«, sagte Grünwiesler im Halbschlaf.

»Du glaubst's nicht? Ich werde einen Palast haben«, rief er frohlockend. »Prinzen werden zu mir kommen.« Und als er die tiefen Atemzüge des Schlafenden hörte, dachte er allein weiter.

Franziskus Grünwiesler und Oldshatterhand waren von früh bis nacht durch den Spessart gewandert und noch einen ganzen Tag lang, in der Richtung nach Würzburg.

Sie standen auf einer Höhe und sahen zurück. Grünwiesler kniff die Augen zusammen und deckte mit der Hand den Vordergrund weg. Seine Nase rollte sich aufwärts und bekam Runzeln vor saugendem Sehen.

Der Main zog seinen weiten Bogen um den Spessart herum und teilte ihm Dörfer und Burgruinen zu; die untersinkende, schwungradgroße Sonne berührte die Baumkronen und verwandelte den herbstlichen Laubwald in ein schweres Goldgebilde, worin die Tannenschläge gleich fernen Frühlingshoffnungen ruhten.

Wie ein tief durchlebtes Jahr lag der Wald vor den beiden, und darüber die Atmosphäre spielte wunderbar in zarten Farben.

»Komm, gehn wir«, sagte Grünwiesler, streckte fröhlich die Brust heraus und wandte sich zur entgegengesetzten Richtung, wo die sonnenlose Landschaft in tiefer, blauer Abendstille lag.

Als sei ihm durch die Augen hinein in seinem Leben schon viel zuviel in die Seele gekommen, sah Oldshatterhand gequält zur Seite und hatte den Wunsch, niederzusitzen und zu warten, bis alle schwere, unerklärliche Traurigkeit in ihm sich löse. Eine steile Falte, von der Nasenwurzel bis zum Haaransatz, bildete sich auf seiner Stirne. »Wenn ich jetzt rasend zornig sein könnte!« Grünwiesler sah erschrocken auf. »Ich könnte ja hinterher abbitten ... Ich möchte wissen, woher überhaupt die Tränen kommen. Sie verdunkeln die Augen, rollen herunter, und immer neue rollen nach ... Fünf Jahre lang hab ich nicht geweint.« Er sah Grünwiesler an, der seinen Kopf schulterwärts geneigt hielt und auf Oldshatterhand blickte, wie ein Kanarienvogel auf das Salatblatt.

»Wo sind die Tränen, die ich nicht geweint hab? Das ist doch unbegreiflich. Irgendwo müssen doch die vielen nicht geweinten Tränen sein ... Vielleicht verdunkeln sie alles in einem ... Ach!« atmete er tief aus und lachte plötzlich, lang und laut, in großer Befreiung.

Froh geworden, schritt er neben Grünwiesler auf der weißen Landstraße hin, an deren ferner Biegung das zinnoberrote Dach eines neuen Bauernhäuschens in der Sonne glühte.

Als sie bei dem kleinen Neubau angekommen waren, der ganz anders aussah, als beide ihn sich aus der Ferne vorgestellt hatten, sagte Oldshatterhand: »Jetzt ist das Mädchen ganz allein im Haus.« – Und was wird sie im Winter machen, dachte er, wenn Schnee liegt und wenn's kalt ist? – »Es ist ja kein Ofen im Haus.«

»Nein«, sagte Grünwiesler nachdenklich, »Türen hat das Haus nicht.«

Auf der Höhe vor Würzburg liegt ein großer Gutshof. Der rothaarige Kunstmaler Christinus Immermann, Sohn des verstorbenen Häusermaklers Herrn Fürchtegott Immermann, saß neben dem Misthaufen, streute Brotkrumen unter die Hühner und zeichnete sie in den verschiedensten Stellungen ab. Die meisten Brocken schnappte der Hahn weg, der herrisch zwischen seine Hühner fuhr und sich hoheitsvoll aufrichtete, als ob er diesen Brocken gar nicht gewollt hätte, wenn einmal ein Huhn ihm zuvorgekommen war. Ein junges, rabenschwarzes Fohlen, nicht höher als ein großer Hund, wälzte sich in der Sonne am Boden, streckte die dünnen Beine in den Himmel, stand plötzlich und rannte mit komischen Sprüngen zum Hoftor hinaus, durch das der junge jockeiähnliche Gutsherr hereinkam, begleitet von einem kleinen Herrn in Röhrenstiefeln und Jagdjoppe.

»Herr Tierarzt Amrhein«, stellte der Gutsbesitzer vor. »Und das ist mein lieber Freund Immermann.«

Immermann legte dem Gutsbesitzer die Hand auf die Schulter. Das Fohlen kam hereingerast, stoppte, stieg in die Höhe, drehte sich auf den Hinterbeinen und tollte wieder hinaus. Die große, üppige Hausmagd mit verklebten Augen schüttete aus einem Eimer Wasser in großem Bogen auf den Düngerhaufen, sah schüchtern den Maler an, der die Lippen verzog und tat, wie wenn er die Magd nicht sähe. Zögernd ging sie zurück ins Haus. Sie war schwanger.

»Lassen Sie den Eber heraus!« rief der Gutsbesitzer ihr nach. »Bringen Sie reines, warmes Wasser. Und der Knecht soll kommen.«

Oldshatterhand und Grünwiesler kamen in den Hof zu Immermann. Grünwiesler sah den Maler mit dem bittenden

Kanarienvogelblick an und errötete unaufhörlich. Oldshatterhand ärgerte sich über den geringschätzigen Gesichtsausdruck von Immermann.

»Wie geht's mit deiner Gesundheit?« fragte Grünwiesler ängstlich.

»Wie es einem Herzkranken gehen kann.«

Immermann hatte bläuliche Lippen. Grünwiesler sah betrübt drein. Oldshatterhand war wütend, weil er glaubte, Immermann prahle nur mit seiner Herzkrankheit.

Der Maler schüttelte Grünwiesler die Hand.

Oldshatterhand hielt die seine auch hin. Immermann sah ihn an, zuckte die Schultern und reichte ihm nur den Zeigefinger, den Oldshatterhand, überrumpelt und verwirrt, schüttelte, worauf Immermann die Lippen verzog.

In dem Gefühl des Ausgeschlossenseins sah Oldshatterhand den Maler hilflos an, und als der Maler sich gleichgültig von ihm weg Grünwiesler zudrehte, dachte Oldshatterhand: Ich hätte kaltlächelnd sagen sollen – einer ist mir zu wenig, geben Sie mir die andern vier Finger auch dazu. Oldshatterhand legte die Hand in die Hüfte und lächelte ironisch – einen Finger? Wer wird so geizig sein. Viele schlagfertige Erwiderungen fielen ihm ein; er hatte ganz vergessen, daß es jetzt zu spät war, und als er sich dessen bewußt wurde, saß der Haß in seinen Augen. Immermann hatte Oldshatterhand die Gedanken vom Gesicht abgelesen und quittierte mit ironischem Lippenverziehen.

»Meinen Brief hast du bekommen? ... Wirklich, es freut mich, daß du da bist«, sagte er und drehte Oldshatterhand ostentativ den Rücken zu. Grünwiesler sah beglückt auf. Sie sprachen über eine Hühnerstudie, ohne sich um Oldshatterhand zu kümmern, der grußlos fortgehen wollte und sich haßte, weil er stehenblieb.

Die blonde Gutsherrin erschien am Parterrefenster und sah interessiert auf die Gruppe, die um den Eber herumstand.

Knecht und Magd hielten ihn fest; der kleine Arzt besah ein blitzendes Messerchen.

Der Eber stieß einen langanhaltenden, schneidenden Ton aus. Der Arzt stand auf, lachte und warf etwas Blutiges auf den Misthaufen, das der Jagdhund beroch, aber nicht fraß. Alle Hühner stürzten darauf los, bildeten, auf- und übereinandersteigend, einen flatternden Kreis und verließen interesselos den Düngerhaufen wieder.

Die Gutsherrin sah, langsam errötend, Immermann an, der die Lippen verzog, wie vorher bei der Dienstmagd. Der jetzt beruhigt grunzende Eber wurde in den Stall geschoben.

Der Gutsbesitzer trat zu Immermann, der ihm die Hand auf die Schulter legte. Die blonde Frau trat vorsichtig leise vom Fenster zurück und sah dabei auf Immermann. Sie hatte schwarze Augenbrauen über den blauen Augen.

»In einem Monat können wir ihn schlachten, das heißt, ein *Er* ist das ja jetzt eigentlich nicht mehr. Bis dahin ist sein Fleisch eßbar. Sie sind eingeladen«, sagte der Gutsbesitzer zu Immermann.

Die Magd eilte vorbei und sah verlegen auf Immermann. Die Gutsherrin trat wieder vor ans Fenster und fragte ihren Mann: »Nun, ist der Tierarzt denn noch nicht da?«

»Ach, das ist ja schon lang vorüber.«

Immermann verzog die Lippen.

Der Gutshof lag nah am Tannenwald. Die zwei Maler und Oldshatterhand gingen am Saum entlang. Oldshatterhand war bedrückt. Warum bin ich ungerecht, da er doch wirklich herzkrank ist, sagte er zu sich. Ich bin gemein.

Grünwiesler erzählte begeistert von dem Mädchen, das ins Spessarthaus gekommen war.

»Eine Tippelschickse«, sagte Immermann kurz. Grünwiesler schwieg betroffen.

Und Oldshatterhand hatte das Empfinden, als hätte man ihm

ins Herz gezwickt. Gleich darauf aber fühlte er sich sehr erleichtert. Er prahlt vielleicht doch nur mit seiner Herzkrankheit, dachte er und wunderte sich, daß er nicht mehr bedrückt war, obwohl Immermann weiter schlecht von dem Mädchen sprach.

»Diese Weiber haben keine Ausweispapiere.«

»Ausweispapiere! Man braucht keine!« sagte Oldshatterhand laut.

»Und wenn du dir etwas geholt hättest bei der Schickse? Was dann?« sagte Immermann zu Grünwiesler, als ob Oldshatterhand gar nicht da wäre.

Oldshatterhand wurde wütend, wollte das Mädchen verteidigen und brachte kein Wort hervor.

Immermann verzog die Lippen. »Da habe ich es schon etwas ungefährlicher. Die eine ist schwanger, und die Gutsherrin – – – gefällt sie dir?« Er lächelte Grünwiesler breit an. »Ich habe übrigens wieder ein Märchengedicht geschrieben ... Weißt du, ich glaube, ich bin Romantiker.«

»Sie sind ein gemeiner Dreckkerl!« schrie Oldshatterhand plötzlich. »... Und mit Ihrer Herzkrankheit scheinen Sie doch nur zu prahlen.« Flammend wandte er sich um und schlug allein den Weg nach Würzburg ein. Grünwiesler neigte den Kopf schulterwärts und sah ihm erstaunt mit seinem Kanarienvogelblick nach.

»Du siehst, mit so einem plebejischen Lausejungen kann man nicht verkehren«, sagte Immermann gleichgültig, seinen Zorn verbergend.

»Das seh ich jetzt selbst ein ... Aber es kann einem leid tun. Wir haben schöne Stunden miteinander verlebt.«

»Meinethalben ... Du kannst ja tun, was du willst.«

»Nein, nein!« rief Grünwiesler ängstlich. »... Ich meinte ja nur so ... Ich hätt nur gern erst noch seinen Akt gezeichnet. Er hat einen wunderschönen Akt ... Aber gequält hat er mich ja auch.«

»Weil du ein gutmütiger ... fast hätte ich gesagt – Tölpel bist. Bei sich lacht er natürlich über dich, nachdem er dich ausgenützt hat.«

»... Du meinst, er hält mich für einen Tölpel?«

»Was denn?«

»Schluß! Dann aber Schluß!« schrie Grünwiesler in plötzlicher höchster Wut.

»Talent hat er ja ... Gott, Talent haben viele. Aber daß ein Subjekt mit dieser Gesinnung nicht in unsern Kreis gehört, das wirst doch auch du einsehen.«

»Christinus ... mir ist jetzt alles klar. Den ganzen Sommer hat er von mir gelebt, hat mich ausgenützt. Aber ich kenn ihn jetzt.«

»Verstehst du, wenn ich mir einen Kreis lieber Menschen gebildet habe, dann lasse ich so jemand eben nicht herein ... Gott, wir wollen ganz einfach nicht. Und damit fertig ... Aber lassen wir uns doch die Stimmung nicht länger verderben.«

»Du hast recht.«

»Gehen wir ein bißchen tiefer in den Wald hinein, dann rezitiere ich dir mein neues lyrisches Gedicht.«

»Oh, das wäre wunderbar«, sagte Grünwiesler und legte Immermann die Hand auf die Schulter. So verschwanden sie zwischen den Tannenstämmen.

»Ich werde das Gedicht auch malen ... Ein zartes Mägdlein kommt drin vor, einsames Waldesrauschen und ein romantischer Ritter ... Siehst du das Bild?«

»Oh, das ist wunderbar.«

Sie setzten sich ins Moos. Ein Specht hämmerte neben ihnen am Tannenstamm.

»Pst ... dort«, flüsterte Grünwiesler.

Immermann begann sein Gedicht herzusagen, zuerst flüsternd, dann lauter. Entzückt horchte er auf seine Stimme und mußte aufstehen. Die Arme ausgebreitet, sprach er stark und hingegeben die letzte Strophe.

Grünwiesler lauschte; die Worte wurden ihm zu Bildern. Gepackt sah er zu Immermann empor.

»Siehst du die Kompositionen?«

»Oh, sie sind wunderbar ... Zu so etwas fehlt's mir an Phantasie«, sagte er traurig.

»Tom der Reimer saß am Bach!« rief Immermann begeistert.

Viele Wege und Pfade, die zu den Weinbergen oder daran vorbei führten, waren schon gesperrt, denn die Trauben begannen gelb zu werden. Oldshatterhand sah auf das kleine, graue Männlein, das reglos am Waldsaum stand. Es hatte ein Messinghorn an der Seite hängen.

»Ist das wahr«, fragte er den Weinbergshüter, »daß Sie den Buben, die sich ein paar Trauben holen, Pfeffer und Salz in die Waden schießen?«

Der Alte zwinkerte ihm pfiffig zu und klopfte auf sein Messinghorn. »Früher han i's ton. Jetzt blas i. Dann bricht glei's ganze Dorf auf und umstellt 'n Wenger*. Jetzt erwischn wir die Bubn immer.«

»Ach nein!« rief Oldshatterhand erschrocken und ging weiter, bis zum Gemüsegarten der Roten Wolke, der etwas abseits vom Gärtnerhäuschen lag und von einer gerade beschnittenen, dichten Buchsbaumhecke eingezäunt war.

Hinter der Hecke blieb er stehen, blickte in den Garten und horchte.

Das junge, schöne Lehrerstöchterchen stand bei der Roten Wolke und einem rotbäckigen Jüngling. Der sagte: »Bis übermorgen könnt ihr die zwei Hauptrollen studiert haben von meinem Stück«, und reichte der Roten Wolke sein Manuskript.

»Des Stadttürmers Klärchen und der Zigeunerhauptmann. Tragödie in fünf Akten«, las die Rote Wolke vor.

* Weinberg

Der Wald warf seinen langen abendlichen Schatten bis zum

Ziehbrunnen des Gemüsegartens. Die Rote Wolke schlug das Manuskript auf, begann die Brunnenkurbel zu drehen, stellte die Fußspitze zurück und rezitierte:

»Entflieh mit mir,
Klärchen, wie rein du.
Durch Sturm und Nacht, ha! reiten wir,
Klärchen, was weinst du.
Zur Steppe weit, wir stürmen hin,
Mein treuer Stamm erwartet die Königin.«

Die Brunnenkette knarrte, der Kübel erschien.

Die Lehrerstochter schüttete das Wasser in die Gießkanne und goß das Blaukrautbeet, sah den Dichter an, die Rote Wolke, und sagte verschämt: »Es lebe die Kunst und die Liebe!«

Achtes Kapitel

Im Oberlichtsaal der Königlichen Akademie der bildenden Künste von München waren an den Wänden die Arbeiten der jungen Maler aufgehängt, die sich der Aufnahmeprüfung unterzogen hatten. Kein Mensch war im Saal; nur die Prüfungsarbeit, ein flachgequetschter Negerkopf mit grellem Augenweiß, grinste in ein paar hundert Exemplaren in die Leere.

Der alte Pedell mit grauem Petrusbart öffnete die Flügeltüren und ließ die Prüfungskandidaten eintreten, eine Schar Jünglinge, meist in kurzen Sammethosen und mit langen Haaren. Sie sollten selbst sehen, ob sie aufgenommen waren. Ein Kreis auf der Arbeit bedeutete – Prüfung bestanden, ein Kreuz – durchgefallen.

Ein junger Maler mit scharfem Kardinalgesicht lief allen voran bis in die Saalmitte. Sein Blick irrte suchend herum, wobei sein Körper hin und her zuckte, wie wenn er einen scharfen

Kampf mit einem gefährlichen Gegner zu bestehen hätte. Plötzlich stürzte er zu seinem Negerkopf.

Die anderen quollen, ängstlich zusammengedrängt, durch die Tür und strahlten auseinander. Keiner konnte seine Arbeit gleich finden, weil auf den ersten Anblick hin die still grinsenden Negerköpfe voneinander nicht zu unterscheiden waren.

Verklärte Gesichter. Freudige Ausrufe. – Augen, die fassungslos, empört oder traurig auf die Kreuze blickten.

Oldshatterhand, der am Türpfosten stehengeblieben war, ging jetzt mit gleichgültigem Gesicht an den Arbeiten entlang, sagte zu jemand: »Diese Arbeit ist sehr gut, sehr gut«, blickte sich gelangweilt um, ob ihn niemand beobachte. Plötzlich schnellte er vorwärts und stand verzaubert vor seinem Negerkopf, lachte einem Engländer mit eckigem Schädel ins Gesicht und deutete auf den Kreis, der seinen Neger zierte.

Oldshatterhand war in die Königliche Akademie der bildenden Künste aufgenommen worden.

Glücklich eilte er nach Hause, stieß seine Kammertüre auf und prallte zurück; denn er hatte vergessen, wie kompliziert der Eintritt in die Kammer war. Die durch die Möbel verstellte Kammertüre war nur zu einem schmalen Spalt zu öffnen. Vorsichtig versuchte er es noch einmal, zwängte sich durch, wobei er aufs Bett steigen mußte, schlängelte sich, wieder vom Bett heruntersteigend, um die Türkante herum und konnte die Türe jetzt schließen, sich aufs Bett setzen, und saß damit zugleich auch vor dem Tisch. Darauf lag ein Brief von der Mutter. Die Mutter schrieb, Lenchen Leisegang habe ein Verhältnis angefangen mit einem Artillerie-Sergeanten. »So?« sagte Oldshatterhand, »so?«, und sein Gaumen wurde trocken. »Artillerie-Sergeant ... Artillerie-Sergeant? Da ist sie doch viel zu zierlich dazu.« Seine Augen lasen weiter. Der berühmte Maler Franz Lenbach sei ja jetzt gestorben, schrieb die Mutter. Sie glaube fest, daß er, Oldshatterhand, an des Verstorbenen Stelle treten werde. Der Herr Lenbach sei auch nur als Maurerlehrling zu Fuß in München eingewandert und sei doch der größte Maler geworden.

Im Hof heulte der Herbstwind, knallte einen Fensterflügel auf und warf ein Mädchenlachen in Oldshatterhands Kammer, welcher mit Kraft und Trotz Lenchen Leisegang hinter sich schob und der glänzenden Zukunft nachsann, die seine Mutter ihm prophezeit hatte. Dazu verzehrte er ein Stückchen Limburger Käse.

Der Wind heulte in die Höhe, zerriß das Mädchenlachen und die Phonographentöne, die sich jedoch hartnäckig gegen den Wind behaupteten, der jäh abbrach, aus dem Hofloch entfloh und sich selber nachjagend pfeifend in der Ferne verklang.

Oldshatterhand stieg aufs Bett, klinkte die Türe auf, zwängte sich durch und hinaus und ging in die Schackgalerie.

Die Bilder von Schwind, Feuerbach, Böcklin gefielen ihm zwar sehr gut, aber er hatte doch noch ganz anderes erwartet. Vor der Venus von Giorgione, einer Kopie von Lenbach, blieb er lange stehen und freute sich, daß er hier als Erwachsener sein und eine nackte Frau ansehen durfte, ohne daß es ihm jemand verwehren konnte. Er sah nur die schöne, nackte Frau, den Busen, den runden Leib. Und mußte den Blick senken, weil er an Stelle der Venus unversehens die Rötlichblonde sah, die in der Fischergasse nackt vor ihm auf der Ottomane gelegen war. Traumhaft wechselte diese Erscheinung mit dem Mädchen aus dem Spessart. Und unter flutendem Wohlgefühl am ganzen Körper flossen Oldshatterhand die zwei Mädchen in eines zusammen.

Geflüster war um ihn her. Ein Maler mit doppelsohligen Schuhen machte manchmal ein paar Schritte. Das knallte wie in einem Kellergewölbe. »Lenbätsch«, sagte ein Engländer im Vorbeigehen zu seiner Begleiterin.

Eine Malerin mit Sandalen ging sehr schnell von Bild zu Bild; ihre Brüste schwankten im korsettlosen Kleid. Vor jedem Bild hob sie die Hand zu den Augen, nickte oder schüttelte den Kopf und ging weiter.

Ihre heißen Augen, mit Wimpern, die bis über die schwarzen, zusammengewachsenen Brauen in die Höhe schlugen, bildeten einen sinnlichen Kontrast zu ihrem sanften Madonnengesicht und dem sehr kleinen Mund, rund und rot wie eine Kirsche.

Vor Oldshatterhand blieb sie stehen. Er blickte sie geistesabwesend an, weil er den Konflikt noch nicht gelöst hatte, den ihm sein Kunstgewissen verursachte: ob seine sinnlichen Gefühle vor der Venus von Giorgione berechtigt oder gemein seien.

»Chiaa, das ist scheene«, sang die Malerin und sah ihm tief in die Augen. Er nickte eifrig. »So allains mit der wahren Kottnatur. So hin zu Kottes Allnatur.« Sie spreizte die kurzen Finger der Venus entgegen, wandte sich zu Oldshatterhand, daß ihre Brustspitzen ihn berührten, und hielt ihn lange mit den Augen fest. »Sie habe ich kleich ergannt. Chiaa, wir verstehen uns. Gommen Sie.« Sie begann zu erzählen, von ihrem freien Leben, von Christus und Nietzsche, als den einzigen Menschen. Denen fühle sie sich verwandt, sie müsse auch leiden für die Menschheit. Und sprach weiter von ihrer Familie und schloß damit, daß ihre Mutter ein kleines, dummes, bürgerliches Mädchen sei und ihr Vater ein charakterloser Schwächling. »Gommen Sie mit in mein Atelier. *Sie* verstehen mich. Wie ich das fiehle. Ich habe einen Menschen kefunden. Einen Menschen.« Sie nahm ihn bei der Hand und führte ihn hinaus.

Das Atelier war groß. Kastanien lagen am Boden umher. Kastanienketten hingen an den Wänden, die mit Rupfen bespannt waren. Eine mit Rupfen überzogene Seifenkiste gab eine Kommode ab. Auch die Ottomane, das einzige Möbelstück, war mit Rupfen überzogen. Oldshatterhand setzte sich darauf. Ohne erkennbaren Grund lachte die Malerin, voll und tief aus der Brust heraus. Sie bog und wand sich vor Lachen, zog dabei ihr Rupfenkleid über den Kopf und stand nackt vor Oldshatterhand. Bis auf einen semmelgelben, blaugeblumten Überwurf aus dünner Seide, der ihr nicht bis zu den Knien reichte.

Oldshatterhand sah zu ihr hin, wußte nicht, warum sie lachte, und fragte ratlos: »Tragen Sie kein Hemd?«

Unvermittelt wurde sie tiefernst, trat dicht vor den sitzenden Oldshatterhand, schlug den Überwurf vorne auseinander und drückte Oldshatterhands Kopf an ihren bloßen Leib.

Automatisch legte er die Arme um ihren nackten Rücken herum, atmete, und sein Mund küßte. Plötzlich sah er die alte Brücke von Würzburg mit den zwölf Heiligen, drückte den Mädchenleib weg von sich, starrte auf Würzburg und glaubte, den Geruch der Fischergasse zu riechen, empfand Ekelgefühl und stand auf.

In rätselhafter, tiefer Traurigkeit blickte das Mädchen ihn an und hielt den Überwurf vorne zusammen.

Oldshatterhand war zur Türe geflüchtet. »Ich muß nach Hause. Meine Wirtin und ich wollen zusammen die Möbel umstellen in meiner Kammer, weil's ein wenig eng da ist.«

Da ging eine sonderbare Veränderung mit dem Mädchen vor; es war, wie wenn ein nackter Mensch vom heißen Sommer plötzlich in den Winter träte und den Temperaturwechsel angespannt und aufgereckt ertrage. Sie trat zur Wand, hing sich eine Kastanienkette um den Hals und sagte, scharf pausierend: »Ich! ... Christus! ... Hölderlin! ... und Nietzsche ... Uns trifft die unsichtbare Faust der Welt ... immerdar.«

Grauen erfüllte Oldshatterhand; erschüttert sah er das Mädchen an.

Da lachte sie wieder das gesund klingende Lachen, daß ihr kräftiger Körper unter der Seide zuckte, und Oldshatterhand lächelte, lachte, lachte laut, in ungeheurer Befreiung, wie damals auf der Spessarthöhe. Und plötzlich erinnerte er sich einer

Szene aus seiner Jugend – sah sich und andere Kinder im Kreise auf dem Schloßbergrasen sitzen und um die Wette krachende Äpfel essen.

Während der folgenden Tage dachte Oldshatterhand immer wieder an das Mädchen im Spessart, sah sie zum Waldsee gehen; aber sie hatte nicht das Kleid aus Rohleinwand an, das Franziskus Grünwiesler mit blauen Herbstzeitlosen hatte bemalen wollen, sondern einen blaugeblumten Überwurf aus semmelgelber Seide, der ihr nicht bis zu den Knien reichte.

In der Nacht träumte er – das Spessartmädchen stand mitten auf dem Waldsee; der Mond sank vom Himmel herunter und lag auf ihrem Scheitel. Sie hielt den Überwurf vorne auseinander und begann langsam, senkrecht ins Wasser zu sinken, immer tiefer, bis nur noch der Überwurf auf dem See lag. Die Mondscheibe schwebte wieder in die Höhe.

Am Morgen ging er sofort zur Malerin, klopfte vergebens an ihre Türe und fragte beim Weggehen die Portiersfrau, die den Hausflur kehrte, nach dem Mädchen. Die Frau sah auf: »Dö is do gestern ins Irrnhaus kemma.« Und kehrte weiter. Oldshatterhand blieb stehen, sah ihr zu und dachte angestrengt die Szene im Atelier zurück. »Daran bin ich nicht schuld ... Das kann doch nicht sein«, sagte er für sich. Und die Frau erwiderte, die Schuhe könne Oldshatterhand schon abputzen, bevor er ein Haus beträte.

Langsam ging er fort. »Ich muß die Möbel ja wirklich umstellen. Das Bett wird sonst schmutzig ... Ich hab sie nicht angelogen.« Er blieb stehen. »Sonst wär ich doch nicht wiedergekommen.«

Als er nach Hause kam, stellte er mit Hilfe seiner Wirtin die Möbel um, so daß er beim Eintritt in die Kammer nur unterm Tisch durchkriechen mußte. Das Bett stand jetzt am Fenster, was wieder den Nachteil hatte, daß Oldshatterhand nachts fror, denn der Winter war plötzlich gekommen, und das Fenster schloß schlecht. Die Kammer kostete eine Mark fünfzig Pfennige mit Frühstück, für die Woche.

Bald waren die Wände der Kammer mit Studienköpfen Oldshatterhands tapeziert. Sonst stand nur das Bett und der Tisch darin, auf dem, neben der alten, großen Pistole aus dem »Zimmer«, ein Totenschädel stand, der ungeheuer zu lachen schien, weil ihm die vorderen Zähne fehlten. Auch von allen Wänden herunter lachte der oft abgezeichnete Schädel, so daß, wenn Oldshatterhand in hellen Nächten erwachte, die Kammer von lautlosem Gelächter erfüllt war.

Kartoffelklöße, zwanzig Stück auf einmal, sandte die Frau Vierkant regelmäßig ihrem Sohn. Die brauchte er nur in kochendes Wasser zu legen und konnte sich noch einen Mitesser einladen, denn ein Kloß war so groß wie ein Säuglingskopf. Die Schwester legte manchmal einen Taler bei. Aber von den neunzig Mark, die Oldshatterhand sich als Klinikdiener und von jenem Bildverkauf in Würzburg erspart hatte, waren ihm doch nur noch vierzig Mark geblieben. Und seine Wangen waren in den fünf Münchener Monaten schmal geworden. Er war jedoch überzeugt, daß er bei großer Sparsamkeit studieren könne mit dem Gelde, und hatte aus Angst, etwas hergeben zu müssen, auch seiner Mutter nichts davon gesagt.

Da eine junge Dame, die zum Kloßessen gekommen war, sich beim Unterm-Tisch-Durchkrabbeln eine Beule an die Stirne gestoßen hatte und er den Besuch dieser Dame noch öfter erwarten konnte, nahm er das zum Anlaß, die zu teure Wohnung zu kündigen, um sich eine billigere und vielleicht etwas komfortablere zu mieten.

Die zwei Goldstücke in seinem Zugbeutel wollte er nicht wechseln lassen. Da ihm aber die Schwester wieder einen Taler in Aussicht gestellt hatte, rief er die Wirtin und sagte: »Ich ziehe aus. Bezahlen kann ich Sie erst am Montag. Aber ich lasse Ihnen alle meine Studien zum Pfand.« Er zeigte im Kreise herum und blickte die Frau voller Staunen an, weil sie wegwerfend sagte: »Entweder zahln S', oder Ihr Kofferl bleibt do. Auf Eahnere Buiderln pfeif i … Dö san ka Fünferl wert.«

Da blieb er wohnen, söhnte sich auch wieder aus mit der Wirtin, die ja doch nichts verstand. Und auch die junge Dame ließ sich durch den komplizierten Eintritt in die Kammer nicht abschrecken, wiederzukommen.

Oldshatterhand stand wieder vor dem kleinen Künstlercafé und sah durch das Fenster hinein. Alles darinnen schien ihm wunderschön zu sein. Die Polsterbänke waren mit rotem Sammet überzogen, die Messinglüster funkelten. Er sah seinen langbärtigen Professor sitzen mit dem großen Schädel und den bekannten Dichterhumoristen mit gutmütigem Bulldoggengesicht und dem Monokel vor dem Auge. Sie saßen leblos einander gegenüber und starrten auf das Schachbrett. Neben den beiden stand der kleine Zeichenlehrer, die hohe Pelzmütze auf dem Kopf, die dem Kellner, der mit der Kognakflasche steif gebeugt vor ihm stand, nur bis zur Uhrkette reichte. Der Zeichenlehrer trank Kognak aus einem Wasserglas. Sein Pelzmantel ließ nur die Schuhspitzen sehen. Oldshatterhand hörte das hohle Lachen des Zeichenlehrers: »Ho! ho! ho!«, der das leere Wasserglas aufs neue zum Kellner emporhielt.

Oldshatterhand staunte die jungen Künstler an, die kühn in das Café eintraten, und erschrak, weil er einen Augenblick lang daran gedacht hatte, es auch zu wagen, in das Café zu gehen, wo die berühmten Leute sitzen. Aber er hatte Angst, daß vielleicht der Besitzer auf ihn zutreten und sagen würde: »Bitte, was wollen denn Sie hier?« oder dem Kellner winken würde, um ihn unauffällig wieder hinausführen zu lassen.

Traurig ging er langsam weiter. Große Schneeflocken fielen und wurden sofort vom Straßenschmutz gefressen.

Vor dem Fenster des zweiten Raumes blieb er wieder stehen.

Mitten aus dem Gästegewühl heraus fühlte er die Augen eines Mannes mit scharfem Gesicht auf sich gerichtet und empfand Erinnerungsqual, wie wenn ihm ein Wort entfallen wäre. Da nickte ihm der Mann zu, und Oldshatterhand hatte wieder das Gefühl, als ob ihn ein Gespenst berührt hätte, denn er erkannte den rätselhaften Fremden, der auf der Höhe von Würzburg zu ihm gesagt hatte: »Ich denke darüber nach, warum eine junge Blüte vom Baume fallen muß, noch bevor sie zur Frucht wird, während eine andere neben ihr zur Frucht reifen darf.« Den Fremden, auf dessen ihm unbegreiflichen Einfluß hin Oldshatterhand nicht mehr nach dem Wilden Westen gewollt hatte.

Willenlos, wie wenn sein Wille in dem Fremden, der im Café saß, verkörpert wäre, trat Oldshatterhand ein, und die Wirkung auf ihn war beängstigend und so grausig, daß er in der Mitte neben dem stellenweise glühenden Ofen stehenblieb. Als wäre von einem verborgenen elektrischen Kraftzentrum aus ein Leitungsdraht an jeden einzelnen Gast angeschlossen, zuckten die eigentümlich gekleideten Menschen abgehackt und heftig, fuhren von den Polsterbänken aus den halb liegenden Stellungen empor, warfen die Arme in die Höhe, die Köpfe in den Nacken und wieder vor, spreizten die Finger und stießen dazu, wie hundert verschiedenartige Tiere durcheinanderschreiend, krächzende, zischende, fremdsprachige Laute aus, von denen Oldshatterhand nichts verstand. Dazwischen fanden sie Zeit, blitzschnell die Zigarette in den Mund zu stecken, um sofort wieder weiterzuschreien, die Arme seitwärts, zu Boden, zur Decke zu stoßen. Andere neben ihnen saßen, die Köpfe aufgestützt, reglos und blickten düster vor sich hin.

Der dürftig gekleidete Oldshatterhand trat auf den Fremden zu, der einer blonden Dame zum Abschied die Hand küßte.

»Michael Vierkant«, stellte der Fremde vor. Oldshatterhand schlug die Augen fragend auf zu der schönen Dame, weil sie auch ihm die Hand zum Kusse reichte, beugte sich tief hinab und berührte zum erstenmal in seinem Leben mit den Lippen die Hand einer Frau.

»Und Sie wissen ja selbst«, beendete die Dame das Gespräch, »daß es gefährlich ist, sein Leben lang konsequent in einer Linie zu gehen. Denn nebenher und kreuz und quer laufen Millionen Wege des Lebens, und an manchen Überschneidungen lauern für den Immerkonsequenten der Irrsinn und der Untergang. Aber leben Sie wohl, bis dahin«, schloß sie scherzend und ging.

Oldshatterhand setzte sich.

»Das Fleisch deines Frauenaktes müßte blau sein oder mehr violettgrün«, sagte nebenan ein Künstler mit zusammengedrücktem, kleinem Schädel, aus dem die Kartoffelnase wie eine Frage heraussprang, zu seinem Freund, dessen Gesicht mit geplatzten Äderchen übersät war, und deutete auf das Ölgemälde, das an der Wand lehnte. »Und der Hintergrund müßte natürlich mit der Körperfarbe des Aktes gemalt sein, der Akt wieder mehr mit der Farbe des Hintergrundes ... dann, ja dann wäre die Synthese erreicht. Auf die Synthese kommt's an. Synthese ist alles.«

»Aaaber«, erwiderte der Maler und sah prüfend auf sein Bild, »die Synthese liegt ja schon in der Komposition, insofern der Nabel der Mittelpunkt des ganzen Bildes ist und damit zugleich als Symbol für die Geburt der Liebe gilt ... Vom Nabel aus laufen lauter Dreiecke weg, lauter Dreiecke, wie du siehst, nach allen Seiten, deren Spitzen sich alle im Nabel treffen. *Das* ist Synthese!«

»Jiaa, aber die Gefühlssynthese des Unterbewußten. Wo bleibt die? Wenn du aus der linken Brust einen Blutstrom laufen läßt – das Blut ist übrigens nicht leichenhaft genug – und einen im Moment des Sterbens ihr aus der Hand gefallenen Dolch zu den Füßen der nackten Frau malst ... ich bitte dich, das ist doch eine Symbolik der Frühprimitiven. Längst überwundene Standpunkte. Malst du dagegen eine verblühte rote Rose anstatt des Dolches, dann, ja dann hättest du für jeden differenzierten Beschauer die Symbolik der Liebe in ihrer ganzen erschütternden Tragik gemalt, der Liebe, an der die Frau zugrunde gegangen ist, und damit zugleich die unterbewußte Gefühlssynthese des Weibes ... Auch müßtest du der Frau die Füße abschneiden, um die masochistische Tendenz ihrer Liebe zu betonen. Womit dann zugleich der männliche Sadismus versinnbildlicht und somit die gewaltige Gefühlssynthese der Liebesbeziehungen unserer Zeit zwischen Mann und Weib klassisch-psychologisch dargestellt wäre.« Er zog den Stuhl neben Oldshatterhand weg und legte seine Füße darauf.

Der Maler schüttete ein Tellerchen voll Preißelbeerkompott in sein Glas Milch, rührte das Ganze um und hielt es gegen das Licht. Es glich in der Farbe genau seiner mit unzähligen violetten Äderchen besetzten, käsigen Gesichtshaut. Er goß sich die Preißelbeermilch in den Magen, sah auf sein Bild und wandte sich erregt zu seinem Freund.

»Was meinte die Dame mit den Millionen Wegen des Lebens?« fragte Oldshatterhand den Fremden, der ihn gerührt ansah, wie man eine Jugendphotographie von sich betrachtet.

»Die Dame meint, man muß Kompromisse machen im Leben, sonst kommt man unter die Räder.«

Oldshatterhand errötete heftig und schnell und fühlte sich gedemütigt, weil er nicht wußte, was das Wort Kompromiß bedeutet. Danach zu fragen, brachte er nicht über sich.

»Ein Schuster hat im vornehmsten Viertel sein Geschäft«, erklärte der Fremde, »die Herrschaften, die feinen Damen, die da wohnen, wollen nur elegante, ganz leichte Schuhe. Aber der Schuster sagt ihnen immer wieder – ich mache nur feste Stiefel mit Doppelsohlen, nur die halten etwas aus, bleibt konsequent und macht lieber bankrott als leichte Schuhe.«

»Ah da!« rief Oldshatterhand und sprach mit den Händen

mit. »Mechaniker Tritt arbeitet ein Vierteljahr lang an einem seiner elektrischen Türschlösser, auf die er stolz ist. Der Bezahlung nach müßte er so ein Schloß aber in einer Woche fertig haben.«

»Und macht natürlich bankrott. Ja, daß man das nicht darf, meinte die Dame.«

»Ja ... aber der Herr Tritt heiratet ja dann immer wieder eine Frau mit Geld.«

»Und macht seine elektrischen Türschlösser weiter?«

»Ja.«

»Das ist ein Lebenskünstler.«

»Der Herr Tritt ist aber gar kein ... kein Lebenskünstler, sondern er ist ein hundsgemeiner Lump.«

»So ein ganz klein bißchen gemein ist jeder Lebenskünstler. Und wer keiner ist, wird an sein Kreuz genagelt ... Es gibt unendlich viele verschiedenartige Kreuze, und an allen hängen Menschen daran.«

Da erbleichte Oldshatterhand bis in die Lippen; zurückweichend sah er den Fremden an, denn er glaubte, sich selbst lachen zu hören. »Hi! hihiha!« hatte der Fremde das irrsinnige Lachen Oldshatterhands gelacht. Und ganz nahe hergebeugt, mit dem langen Zeigefinger deutend, flüsterte er jetzt: »Aber es gibt ein Kreuz in grauer, teuflischer Einsamkeit. An diesem furchtbaren Kreuz hängt *der* krummgenagelte Mensch, der nicht mehr rachsüchtig sein, sich nicht mehr wehren kann und will, weil er weiß, daß alle, die ihm Böses antun, daß auch der brutalste Mörder nur ein armer Lump und ohne Schuld ist. Weil man ja auch ihn so lange gepeinigt, gedemütigt, geschlagen hat, bis er ein bösartiges, gefährliches Tier wurde ... Der Mensch, der das weiß und danach handelt, der hängt an dem schaurigsten Kreuz, auf dem schaurigsten, einsamsten Gipfel. Denn ihn quälen alle, weil sie fühlen, daß er nicht zurückschlägt.«

»Das ist Jesus Christus«, sagte Oldshatterhand ganz langsam.

»Höre einmal, du.« Der Fremde faßte Oldshatterhand an die

Schulter; seine Stirne wurde tiefrot und sprang vor. »Es gibt viele Christusse.«

»... Nur einen hat's gegeben.«

»Nein, nein! Immer leben Christusse, aber man kennt sie nicht.« Die Stirn des Fremden wurde sichtbar weiß; er richtete sich auf. »Ober, sehen Sie nach, ob der Brief jetzt gekommen ist.« Der Kellner eckte von Tisch zu Tisch.

»Laaaa«, sang ein Gast laut und langgezogen und breitete dabei langsam die Arme aus. »G-Dur, verstehen Sie«, schloß er brüllend.

Der zuckerkranke Wirt saß reglos an seinem Platz neben dem Büfett. Nur manchmal gab er dem Ober mit dem Augenlid ein Zeichen. So saß er seit dreißig Jahren. Sein Gesicht war aus Wachs, und die schwarze Haut unter seinen Augen sank faltenbildend übereinander.

Gäste wechselten die Plätze und besuchten sich. Ein Trupp neuer Gäste schob sich durchs Lokal.

Hälse reckten sich, alle nach einer Ecke hin, Adamsäpfel stachen hervor; fächerartig schob sich eine Anzahl Gäste auf einen langen Italiener zu, der eine Zeichnung hochhielt.

Auch der Wirt wandte langsam wie eine Jahresuhr den Kopf und sah wieder vor sich hin.

»Ich kannte zwei Maler«, der Fremde saß bequem zurückgelehnt, »sie waren beide ganz arm, sehr begabt und ungeheuer kunstbegeistert ... Der eine hat sich in Paris erschossen ... Der andere malt jetzt Postkarten in Berlin – Schweinchen, die ein Auto lenken, und Feldhasen mit Stulpenstiefeln, Säbel und Helm, die vor einem Postenhäuschen stehen und das Gewehr präsentieren vor einem loyal dankenden Feldhasen in Generalsuniform ... Dieser Maler lebt zufrieden, es geht ihm gut, denn er verdient mit seinen Postkarten genug Geld ... Selten wird ein Mensch geboren, der sein Leben lang nie ein Kompromiß schließt.«

»Ich werde niemals Schweinchen malen, die ein Auto lenken.«

»Nein, Sie nicht«, sagte der Fremde im selben Tonfall, in dem er damals auf der Höhe von Würzburg gesagt hatte: »Nein, Sie sind nicht schwach.«

»Da erschieße ich mich lieber auch.« Oldshatterhand warf den Kopf in den Nacken. »Das glauben Sie nicht? ... Da kennen Sie mich nicht«, schloß er geringschätzig.

»Doch ... ich kenne mich.«

»... Und dann, überhaupt, ich räche mich.« Oldshatterhands zusammengepreßte Lippen wurden ein Strich. »Der Lehrer Mager hat mich einmal ins Gesicht geschlagen mit dem Rohrstock, immerzu, bis ich am Boden lag. Weil ich meinen Schulfreund nicht auf dem Stuhl festgehalten habe, für ihn. Bis ich am Boden lag. Wenn er jetzt da wäre, der Lehrer ... hier an dem Tisch, wenn er säße.«

»... Vielleicht ist der Lehrer so, lebt so, geht so in dieser Stadt herum, weil es die Atmosphäre der Stadt anders nicht zuläßt ... Der Katholizismus, die Klöster, Mönche und Priester, die engen Kurven der Gassen mit den feuchten Schatten, die gotischen Kirchen, die hohen, grauen Mauern, aus denen unvermittelt gotische Fratzenbildwerke springen, all dies zusammen wirkt auf den Menschen von Jugend an ... So eine Stadt bringt Böse hervor, die schon als siebenjährige Kinder Sünden beichten mußten. Verblödete, religiös Irrsinnige, Ehrgeizige, bucklig Geborene, heimliche Mörder, Krüppel, Asketen, Kinderschänder ... auch Künstler. Und Menschen wie den Lehrer Mager ... Daß der Herr Mager von Ihnen verlangt, Sie sollen Ihren Freund zur Züchtigung auf dem Stuhl festhalten, ist, wie Sie sagen, gemein.«

»Gemein habe ich nicht gesagt.«

»Nun gut, aber es ist so ... Und doch hat vielleicht nur die Stadt den Herrn Mager zu so einem harten Lumpen gemacht, zu einer Strafmaschine. Er rächt sich dafür, daß ihm die Stadt und das Leben seine Seele verkrampft und verdunkelt haben, an seinen Schülern ... Er selbst ist ganz unschuldig.«

»Glauben Sie?« fragte Oldshatterhand tief betroffen.

»Halt!« brüllte da der Fremde entsetzt. »Nein, nein, nein! Rächen Sie sich! Wehren Sie sich! Prügeln Sie! Mit dem Rohrstock ins Gesicht! Bis er am Boden liegt!« Der Fremde beobachtete Oldshatterhand angstvoll und scharf, und als er sah, daß dessen Mund wieder hart wurde, schloß er, er lachte sogar, und es klang überzeugend: »Das braucht Sie gar nicht zu kümmern, was ich da von der Stadt gesagt habe ... Das habe ich nur so gesagt. Ein Gespräch. Man muß sich natürlich wehren, den Herrn Mager beim Ohr nehmen und sagen: Herr Mager, Sie sind ein Lump! Ein Lump sind Sie!« Der Fremde sah Oldshatterhand fest an und lange, und als Oldshatterhand endlich nickte, nickte der Fremde auch.

»Du empfindest nicht mathematisch«, sprang die wütende Stimme des Malers aus dem Fremdsprachengetöse heraus. »Lege einen Zirkel an, mit der Spitze in den Nabel meines Frauenaktes, und du wirst sehen, daß die Drei- und Vierecke, die Ovale und Diagonale als Synthese mathematisch genau zum Nabel stimmen. Womit natürlich auch vollkommen die Gefühlssynthese des Weibes, der Liebe und aller menschlichen Beziehungen überhaupt – klassisch, psychologisch dargestellt sind.«

Der Kellner trat an den Tisch.

Das zusammengedrückte Gesicht des Künstlers war stolz und höhnisch geworden. »Klassisch-psychologisch?«

Der Maler errötete. »Ja, so sagtest vorhin du ... Verstehst du, mathematisch ist das so: Ich besitze eine Million, der Zinsfuß – – –«

»Möchten Sie nicht bezahlen? Ich übergebe jetzt«, sagte der Kellner zum Maler und hieb seine Serviette unter den Arm.

»Übergeben Sie meine Schuld dem andern Ober.«

»Das ist gegen mein Prinzip.«

»Dann kreditieren Sie mir bis morgen.«

»Ich brauche aber mein Geld. Das ist doch logisch.«

»Sie bekommen morgen das Doppelte von mir.«

Der Kellner zählte an den Fingern ab: »Vergangene Woche sagten Sie das Doppelte, am Freitag das Doppelte vom Doppelten, gestern wieder das Doppelte, heute noch einmal ... Wer soll das ausrechnen. Von versprochenen Verdopplungen kann ich nicht leben ... Das ist doch logisch. Und dann habe ich drei Kinder und ein Weib. Das ist doch logisch.« Er breitete überzeugend die Arme aus und ging.

»Sie hätten nicht heiraten, sich nicht verdoppeln sollen, dann könnten Sie mehr kreditieren. Das ist doch logisch«, rief ihm der Maler nach. »Also, mathematisch gesehen, ist die Sache so – ich besitze eine Million ... vierprozentig verzinst, bekomme ich vierzigtausend Mark jährlich. Da hast du die Synthese des Geldes, die zugleich alle Qual, Not und alles Elend des Nichtgeldhabens, das heißt ... die Gefühlssynthese des Geldes in sich schließt ... Ein Beweis also, daß man mit mathematisch genauen Dreiecken und Diagonalen sehr wohl auch die Gefühlssynthese des Weibes berechnen und darstellen kann«, schloß der Maler, packte sein Bild und verließ das Café.

»War das der Architekturplan zu einem Backsteinhaus?« fragte Oldshatterhand den Fremden.

»Nein, das war ein Frauenakt!«

»Die furchtbare Tragik des modernen Menschen ... ist das möblierte Zimmer!« rief ein junger Herr, der allein Billard spielte, hartstimmig einem anderen zu. Er trug eine Lodenpelerine, nur mit dem obersten Knopf gehalten und über die Schultern zurückgeschlagen, so daß sie ihm lang und schmal am Rücken hinunterhing, wie ein Prinzenmantel. Oldshatterhand sah ihm schon eine Weile interessiert zu und fragte endlich, warum der Herr seine Pelerine nicht abnehme beim Spiel.

»So spielt er schon vier Monate lang, täglich, den ganzen Winter. Er hat ein Loch in der Hose.«

»Ein Loch? ... Wissen Sie, ich werde dem Herrn Mager doch lieber ... nur aus dem Wege gehen, wenn ich ihn wieder einmal sehe auf der alten Brücke.«

»Sooo?« fragte der Fremde und sah erbleichend starr auf Oldshatterhand wie auf sein Schicksal.

»Ja, da steht er immer und sieht auf das beleuchtete Zifferblatt.«

Im Café hatte Oldshatterhand mit einem ganz neuartigen Genuß und unterdrücktem Staunen dem Fremden folgen können, und jetzt, da er durch das Schneewasser allein nach Hause watete, verstand er nichts mehr von dem, was der Fremde gesagt hatte. Sosehr er sich anstrengte, allein konnte er nicht denken. Das kam ihm sonderbar und unbegreiflich vor. Die ganze Atmosphäre des Cafés lastete unerträglich auf ihm, wie früher eine Hausaufgabe schwerer Rechnungen, von denen er von vorneherein gewußt hatte, daß er sie nicht lösen könne, und die er nach einer Angstnacht am andern Morgen ungelöst dem Herrn Mager in der Schule vorlegen mußte, um dafür Hohn und Hiebe zu bekommen. Aber trotz den unausbleiblichen Demütigungen, denen er seiner Unbildung wegen sich ausgesetzt fühlte, wußte er, daß er das Café wieder aufsuchen müsse, so gewiß wie die Nacht dem Tage folgt. Mit seinen Nerven hatte er das Unbekannte gefühlt, das einen ungebildeten Provinzler von einem Menschen trennt, der in diesem Café verkehrt. Wie wenn er das Unbekannte mit einer körperlichen Kraftanstrengung überwältigen könnte, wollte er sofort zurückgehen und sich mit Brust und Fäusten dagegenstemmen. Da nistete sich ihm unversehens der Zweifel an seiner Fähigkeit ins Gehirn. – Ich bin dumm. Ich bin nichts. Der Lehrer Mager hat mich in der Schule monatelang gar nicht aufgerufen, hat zu der ganzen Klasse gesagt – von mir komme doch nichts. Der Mechaniker Tritt hat mich geprügelt. Der Vater hat mich täglich geprügelt. Der Schreiber hat über mich gelacht. Der Bleiche Kapitän hat zehnmal mehr Charakter als ich. Immer waren alle kräftiger und geachteter als ich. Immer und überall war ich hintendran. Wie habe ich nur denken können, daß aus so einem schwächlichen, verachteten, verprügelten, durch und durch lächerlichen Kerl ein Künstler werden könne.

Ein Schlucken zerrte in seiner Kehle. Aber seine Augen blieben trocken.

Vor einem Schaufenster, hinter dem Ölgemälde hingen, blieb er stehen, sah gedankenlos auf das große Bild in der Mitte, das eine Kreuzabnahme darstellte, wurde interessierter, beugte sich vor und packte plötzlich den Herrn neben sich am Ärmel. »Das linke Bein ist viel zu lang. Sehen Sie? Sehr verzeichnet.« Auf das betaute Fenster zeichnete er mit dem Finger – Schenkel, Knie und Wade. »So muß das sein! So!«

»Sie sind Maler. Sie müssen das wissen. Jetzt sehe ich den Fehler auch.«

»Nicht wahr!« Vorsichtig reckte Oldshatterhand sich auf, um zu kontrollieren, ob er größer sei als der Herr. Der Herr war kleiner.

Erleichtert schritt Oldshatterhand weiter, sah einer vornehmen Dame ins Gesicht und zog tief den Hut. Seine Augen glänzten. Er kannte die Dame gar nicht, die stehenblieb und dem blassen jungen Mann fragend nachsah, der, die Fäuste geballt, eilends vorwärts stürzte.

Sofort wollte Oldshatterhand das Bild für die Preisaufgabe der Akademie beginnen. »Märchen« war als Thema gestellt. Die mannshohe Leinwand stand schon in der Kammer.

Er trat ein und prallte zurück – ein Soldat saß auf dem Bett, in Luftschifferuniform, und sah auf die Frauenakte an den Wänden.

»Aber also und, also, das hast alles du gemalt?«

»Alles ich ... Und du? Du bist Soldat?«

»Ja also und, ich hab mich freiwillig zum Luftschifferbataillon gemeldet«, sagte der König der Luft. »Hab aber immer noch keinen Ballon zu sehen bekommen. Also was sagst du da dazu? Und in diesen vier Wochen ham sie mich überhaupt noch gar nit aus der Kasern herausgelassen ... Also weißt du, die vom zweiten Jahrgang sagen, mit hinauffliegen, das gibt's überhaupt nit. Höchstens einen Strick dürfe man halten, von einem lumpigen Fesselballon, so groß wie ein Waschkessel. Also so eine Saubande. Wegen so einem Blödsinn hab ich mich nit freiwillig dazu gemeldet ... Aber also und, jetzt muß ich gleich gehen, zurück in die Kasern. Sonst krieg ich Arrest.« Er kroch unterm Tisch durch. »Am Sonntag über acht Tag hab ich Ausgang. Falkenauge, der Bleiche Kapitän, der Schreiber und alle anderen lassen dich grüßen. Und übernächsten Sonntag kommen sie alle nach München, weil der Bleiche Kapitän ein Preisstemmen mitmacht in Nürnberg. Und also dann kommen sie auch nach München und besuchen dich. Und also auch mich.« Der König der Luft deutete auf einen Mädchenakt. »Lassen die sich so ohne Kleider anguck?«

»Ja.«

»Also da verreckst ... So ein Bild möcht ich auch hab.«

Oldshatterhand gab ihm die Zeichnung.

»... Also ganz nackt. Ja aber also und, jetzt muß ich schleunigst gehn. Also grüß Gott. Am Sonntag. Sie kommen alle zu dir her. Und ich komm auch daher.«

Auf dem Tisch lag ein Brief von Franziskus Grünwiesler. Grünwiesler klagte, daß er in dem kleinen Pfaffennest in Lohr am Main hocken müsse, bei seiner Tante, weil die ihm zwar Essen und Wohnung gebe, aber kein Geld mehr. Obwohl er doch so dringend wie irgendeiner nach München gehöre, um Akt zu zeichnen und die alten Meister in den Galerien zu studieren. Gerade jetzt, da er eine große Komposition begonnen habe, die er ohne Modell, das in dem Nest ohne Revolution nicht zu haben sei, nicht beendigen könne. So komme er nicht vorwärts. Er sei ganz verzweifelt. Die Tante befinde sich mit Haut und Haaren in den Klauen der Pfaffen, von denen den ganzen Tag über einer bei ihr hocke, wenn sie nicht ihrerseits bei den Pfaffen oder in der Kirche sei. Er träume von Tonsuren und von Kutten, die durch der Tante Garten schlichen. Sie habe ihr Vermögen dem Kloster vermacht. Er, Grünwiesler, solle nur sechstausend Mark in Obligationen bekommen, nach dem Tode der Tante. Aber dann nütze ihm das Geld auch nichts mehr.

Grünwiesler schien den Brief nicht gleich abgesandt zu haben, denn der Brief hatte einen mit Bleistift geschriebenen Nachsatz. »– Ich habe die für mich bestimmten sechstausend Mark in Obligationen, die in der Truhe der Tante lagen, an mich genommen. Lebe in schrecklichster Angst, denn ich bin überzeugt, meine Tante zeigt mich an, wenn sie entdeckt, was ich getan habe. Ich bitte Dich, bitte Dich dringend, gib mir einen Rat. Was soll ich tun! Sende mir Deine Photographie, ich will das Gesicht eines Freundes sehen. Dein lebenslänglicher Freund, Franziskus Grünwiesler.

Sende mir diesen Brief umgehend zurück.« Dieser Satz war dreimal unterstrichen.

Grünwiesler hatte mit Oldshatterhand sein Geld geteilt, hatte ihm gezeigt, daß Blau und Gelb Grün gibt, ihm mit unendlicher Geduld die technischen Schwierigkeiten überwinden helfen und es Oldshatterhand ermöglicht, aus den alten Verhältnissen herauszukommen, so daß er vorwärtskommen konnte, wenn ihm nicht die Ausdauer fehlte.

Durch die Erlebnisse dieses Tages und durch Grünwieslers Brief sehr erregt, schrieb Oldshatterhand einen langen, wirren Brief voller Hingabe und Begeisterung und schloß: »Stelle Dich vor Deine Tante hin, mit dem Revolver in der Hand. Gestehe ihr alles und sage: ›Wenn Du mich anzeigst, erschieße ich mich vor Deinen Augen.‹«

Er trug den Brief sofort zur Post.

Mit dem Gefühl, sein Körper strebe, wachse, eilte er in seine Kammer zurück und begann das Bild für die Preisaufgabe. Der Entwurf wurde eine düstere, dunkle Gasse, mit unwirklicher Helligkeit darin.

Den Brief Grünwieslers aber hatte Oldshatterhand vergessen, mit zurückzusenden.

Oldshatterhand stand auf dem Perron des Münchener Hauptbahnhofs und blickte hinaus in die blaue Helle, wo wie ein schwarzer Wurm der Nürnberger Zug gekrochen kam, in dem die Räuber saßen.

Die Freundin Oldshatterhands, in einem in der hohen Taille gefaßten weißen Pikeekleid, lachte, weil die Erregung Oldshatterhands sich auch ihr mitteilte. Sie hatte japanische Augen, einen kopfgroßen Rosenstrauß vor der Brust und hieß Sofie Meinhalt.

Die schwitzende Lokomotive stand. Der Dampf zischte aus. »Tyrannei! Acht ... Stunden ... Tag ... die Ruh, die Republik!« endete der Gesang der Räuber.

»Hohaho!« rief der Schreiber aus dem Coupéfenster, und hinter ihm der Bleiche Kapitän streckte seinen silbernen Preisbecher hinaus. »Den siebenunddreißigsten Preis hab ich!« Die Fremden lächelten.

Mit Ränzchen bepackt, sprangen sie auf den Perron, lachten und wurden ganz still, als ihnen die schöne Dame mit den japanischen Augen die Hand reichte.

Die Räuber hatten zwei Mädchen mitgebracht, die Liebste des Schreibers und Käthchen Schlauch, die Braut des Bleichen Kapitäns. Ihr Hut war flach wie ein Korbdeckel und mit künstlichen Tannenzapfen geschmückt. Die Liebste des Schreibers trug ihre braunen Zöpfe dreimal um den Kopf herumgelegt. Ihre Augen standen etwas vor.

»Donnerwetter! Das ist ein Bahnhof.« Falkenauge sah empor zur Eisenkonstruktion. Alle standen und staunten empor.

Auf dem Bahnhofsplatz nickten die beiden Mädchen sich einander zu, und jede zog einen zerknüllten Schleier hervor.

»Und wenn's jemand in Würzburg erfährt, daß ihr diese Fetzen getragen habt, dann ist der Teufel los, und die ganze Stadt sieht euch über die Nase an«, schimpfte der Bleiche Kapitän und stülpte die Lippen nach außen.

»Da geh mal her, Käthl«, rief der Schreiber und band dem grimassenschneidenden Fräulein Schlauch den Schleier fest am Tannenzapfenhut. »So, Käthl, jetzt bist du eine feine Dame.«

»Die wollen ins Hofbräuhaus«, schmollte des Schreibers Liebste, »ich will aber erst ins Kaufhaus. Und Hutgeschäfte will ich sehen, alle Hutgeschäfte.« Und mit einem Blick von unten herauf zu Sofie Meinhalt schloß sie: »Ich bin doch Modistin.«

Sie standen immer noch auf dem Platz. »Wo ist denn die große Hofbäckerei? Mein Vater hat gesagt, die müßte ich ansehen.«

»Das is jetzt Nebensache«, sagte der Bleiche Kapitän zu seiner Braut. »Aber daß hier die Leute genauso herumlaufen wie in Würzburg, das wundert mich. Ich hab gemeint, hier in München hätten sie alle Volkstrachten an ... so Gebirglerstrachten. Seht einmal die, die hat einen alten Kartoffelsack an.« Die Malerin in Sandalen und Rupfenreformkleid ging, Brust voran, mit Männerschritten weiter. Ihr langer, giftgrüner Schleier flatterte hinterher. Die Mädchen kicherten. Alle sahen ihr nach.

»Hoppla!« Im letzten Augenblick hatte der strahlende Oldshatterhand die Rote Wolke vor dem Auto zurückgerissen.

Die Mädchen durften voran kriechen, in die Kammer Oldshatterhands.

An der Wand hingen zwei lebensgroße Akte, ein Männer- und ein Frauenakt. Die Mädchen sahen zum Fenster hinaus, in die Ecken, zu Boden, von unten herauf auf die Räuber, die verlegen nach der nackten Frau schielten.

»Liesl, bist du auch so schön wie die«, sagte der Schreiber in die Stille. Die Modistin wandte sich zornig um und kroch aufheulend zur Türe hinaus. Sofie Meinhalt ging ihr sofort nach, und gleich darauf drückte auch Fräulein Schlauch sich zur Türe hinaus.

»Warum hältst du aber auch dei Maul nit. Du weißt doch, wie Mädli sind.«

»Hohaho!« Der Schreiber war verlegen.

Des Bleichen Kapitäns Lippen rollten wieder freundlich nach innen. »Aber das hätt ich in meinem ganzen Leben nit geglaubt, daß du solche Sachen malen kannst.«

Falkenauge besah sich ganz nahe das Bein der Frau.

»Mit Kohle gezeichnet, was?« fragte die Rote Wolke. »Hast du's fixiert?«

»Ja.«

»Das hab ich mir gedacht.«

Die Räuber standen still um den Frauenakt herum.

Sofie Meinhalt trat ein. »Ihr müßt jetzt hinausgehen. Die Mädchen wollen sich waschen.« Die Modistin wischte sich lächelnd die Tränen von den Augen.

Die Räuber gingen den Gang vor bis zum Fenster und saßen auf den Treppenstufen beisammen wie im Festungsgraben.

»Warum ist denn die Kriechende Schlange nicht mitgekommen?« fragte Oldshatterhand.

»Die Kriechende Schlange? ... Mein Lieber, mit dem kannst nimmer verkehr. Was glaubst denn! Der steht am Vierröhrenbrunnen. Weißt ... ein Vierröhrenbrunnensteher.«

»Ooooh«, sagte Oldshatterhand betroffen. Er redete den ganzen Tag fast nichts mehr.

Von unten stürmte jemand herauf, stieß die Kammertüre auf und prallte vor den durchdringenden Mädchenschreien zurück. »Also und hoppla! ... Also so eine Dummheit!« Der König der Luft ging nach vorne und begrüßte die Räuber. Sein Kopf schoß vor. Die tiefe Falte war da. »Also wie lang brauchen denn die Schneegäns noch. Bis zwölf Uhr hab ich nur Ausgang. Also da verreckst ... waschen, am hellen Tag. Was sagt ihr dazu?«

Auf der Straße ging Sofie Meinhalt voraus, Arm in Arm mit den Mädchen.

Drei Rekruten schritten auf der anderen Seite der Straße vorbei. »Jetzt paßt auf!« zischte der König der Luft und funkelte die Rekruten an, die plötzlich stramm marschierten, mit Augen links zum König der Luft, der die Hand leger zur Mütze nahm. Da das Luftschifferbataillon die den Unteroffizierszeichen ähnlichen Gardelitzen trägt, starrte der König der Luft alle Rekruten an, bis sie, halb im Zweifel, es doch für geraten hielten, Ehrenbezeugung zu machen.

Die Mädchen wollten nach dem Essen Kaffee trinken; Oldshatterhand führte die Räuber in das kleine Künstlercafé. Fräulein Schlauch hatte ihren Schleier wieder vorgebunden.

Beim Eintritt zuckte der König der Luft vor einem eiligst abwinkenden Infanterieleutnant zusammen und marschierte stramm an ihm vorbei, die genagelten Kanonenstiefel auf das Linoleum knallend. Die bleichen Gäste fuhren erschrocken auf.

Wie in eine Schaubude schoben die Räuber sich im Trupp durch das Café, saßen still zusammengedrängt beim Fenster und blickten eine Weile betroffen auf die sonderbaren Gestalten. Da mußte Sofie Meinhalt lächeln, worauf alle Räuber in ein brüllendes Gelächter ausbrachen, daß die Gäste fragend und entsetzt in die Höhe schnellten, während der König der Luft die Räuber drohend anfunkelte und, das Kinn zur Tischplatte geduckt, zum Offizier hinwies, der jedoch gutmütig lächelnd ruhig in seiner Zeitung weiterlas.

Der einsame Billardspieler, mit der Lodenpelerine lang und schmal am Rücken, sandte kalte Blicke zum Räubertisch.

Die Modistin sah mit runden Augen auf eine junge Malerin,

die nebenan auf der Polsterbank halb lag, eine Pferdedecke um die Schultern, Absinth trank und durch die Nase rauchte.

Wortlos reichte Fräulein Schlauch eine zierliche Münchener Semmel dem Bleichen Kapitän, der staunend den Kopf schüttelte und sie verächtlich wieder zurücklegte ins Körbchen. »Davon verzehr ich dreißig Stück und weiß dann noch nit amal, ob ich nur geträumt hab.«

Der Fremde trat ein, schüttelte dem Infanterieoffizier die Hand, sprach ein paar Worte mit ihm und kam an den Räubertisch. Er begrüßte Oldshatterhand, der seine Freunde vorstellte; zuerst die Mädchen, die aufstanden. Der Fremde setzte sich an den Tisch dazu.

Sprachlos geworden, blickten die Räuber auf ein weißblondes Mädchen in einem Kamelhaarsweater, barfüßig in Sandalen, das auf die Malerin mit der Pferdedecke zukam, gefolgt von einem zwei Meter langen, ungeheuer dünnen Jüngling in einem Mantel aus braunem Kanapeestoff. Der Mantel fiel ihm bis zu den Füßen und war vorne mit einer Sicherheitsnadel zugesteckt. Der Lange hielt die schmalen Schultern so hochgezogen, daß sie im langen Lockenhaar verschwanden, und trug eine große Rundgläserbrille mit Kautschuk gefaßt. Neben dem König der Luft fiel er apathisch auf die Polsterbank.

»Aber und, also da verreckst, der hat einen Fingerring am kleinen Zeh.«

Der Lange wandte langsam den Kopf, streckte seinen besandalten Fuß den Räubern hin, daß sie den kaffeelöffelgroßen, weinroten Stein an seiner Zehe betrachten konnten, wandte sich weg, sagte monoton: »Proleten«, und drehte sich eine Zigarette.

»Also und ... was hat er gsagt?«

»Liebe beschmutzt nie! Ich kann meinen Körper geben, wem ich will«, rief erregt das weißblonde Mädchen. »Mein Vater ist ein Trottel!«

Des Langen Kopf sank in den Nacken, seine zu kurze

Oberlippe verschwand unter der Nase, daß das ganze Zahnfleisch sichtbar wurde; so lachte er lange und lautlos, nur seine Schultern bebten leise.

Unter der Pferdedecke stiegen zwei weiße Angorakatzen hervor und auf die Modistin zu, die erschrocken aufschrie. Der Pelerinenherr warf einen kurzen Blick auf die Modistin, sah erst interessiert dem Totlaufen der Billardkugel zu und richtete sich streng auf. »Bitte sehr! Sie sind hier nicht in einer Menagerie!«

Der Bleiche Kapitän stülpte die Lippen nach außen.

»Also und, wart, bis der Leutnant fort is.«

»Ich weiß ja nit, wie Sie darüber denken«, wandte der Bleiche Kapitän sich an den Fremden, »aber wenn die Leut da Katzen mit in die Wirtschaft nehmen, daß so a Mädle erschrickt, und das Knochengerüst dort schreit auch noch: ›Menagerie!‹ – da sagen Sie einmal selbst, ob ich diesem Gespenst nit das Kreuz einschlagen soll. Überhaupt, wenn bei uns a Mädle sagt: ›Mein Vater ist ein Trottel‹, kriegt sie eine Maulschelle.«

»Also und, wart, bis der Leutnant fort is.«

Des Langen Schultern bebten. Er stand auf und zog seinen Kanapeemantel aus. Sein Kopf verschwand vollkommen zwischen den emporgezogenen Schultern; die Hände gleich Seehundflossen hochgenommen, machte er mit schauerlichen Körperverrenkungen ein paar Bauchtanzbewegungen. Sein Gesicht blieb ernst. Die Räuber stupsten einander. Des Schreibers Gesicht lief blaurot an. Seine Augen glotzten vor Anstrengung; er hielt die Faust vor den Mund, pfutzte und lachte endlich krachend los. Der Lange setzte sich.

»Mein Leibraseur gibt dir Kredit«, sagte die Blonde zum Langen. »Du mußt dich unbedingt täglich am ganzen Körper rasieren und erst dann massieren lassen, ebenso wie ich. Das macht den Körper tanzgeschmeidig.«

Der Leutnant grüßte den Fremden und ging.

»Also und, aber jetzt geben wir dem ein wenig Menagerie.«

Der Pelerinenherr nahm den Billardstock quer vor den Leib. »Wissen Sie denn überhaupt, daß es in Süddeutschland gärt? Im Westen. Der Osten rührt sich. Das Rheinland ... Eine geheime Verbindung. Keiner weiß von der Existenz des anderen. Aber fluidisch kennen sie sich alle. Ich habe die imponderablen Fäden in der Hand! Ich!« Die Blonde nickte. »Was sagen Sie dazu – die Eroberung Indiens durch preußische Truppen? ... Hach«, winkte er ab und spielte weiter.

Die Blonde legte sich die Angorakatzen um den Hals. »Ich muß noch einen Absinth trinken, mein Hals empfindet die Elektrizität der Katzen noch nicht.«

Der Lange warf drei Stück Zucker in sein Glas Bier und stellte fünf langstielige Rosen und einen Strohhalm hinein.

Hier und dort zeichneten Gäste die Gäste ab. Der Pikkolo stand am Ecktisch, einen Fuß elegant über den anderen geschlagen, und zeichnete die Blonde mit den Katzen auf die Marmorplatte.

Die Blonde machte mit den Händen hastige Klaviergriffe; ihre Augen öffneten sich starr. »Ich denke in Oktaven – ganz schnell, ganz schnell! Bis zurück, da ich ein Kind war ... Jetzt sehe ich meine Mutter durch den Sommergarten gehen«, flüsterte sie zart, »und mein weißes Kleidchen von der Wäscheleine nehmen ... Da war ich drei Jahre alt.« Sie wachte auf. Der Lange strich ihr beruhigend-zärtlich über die Hände.

Der Fremde reichte dem König der Luft Feuer. »Sind Sie schon oft mit hinaufgeflogen?«

»Hn? ... Also und, das hab ich auch geglaubt.« Er stand auf, streckte das Bein waagerecht aus und begann den Kanonenstiefel zu kreisen. »Also seit fünf Wochen Fußdrehen ... Oder Ausschwärmen. Man rennt, was man kann, bis der Unteroffizier schreit ... Halt! Dann steht man und gafft die Kasernenhofmauern an ... Oder Kopfrollen.« Der König der Luft rollte den Kopf. Die Zähne mahlten. Die tiefe Falte war da. Des Langen

Schultern bebten vor lautlosem Lachen; er ließ den Lockenkopf zum Strohhalm fallen und sog, die Augen geschlossen, vom Zuckerrosenbier.

Plötzlich stand die Sächsin am Tisch. »Ach ja, müllern Sie auch? Das macht den Körper gesund. Ich komme eben aus dem Irrenhaus.«

»Also und, aber das Essen ist ausgezeichnet«, fing der König der Luft noch einmal an. »Sooo ein Trumm Fleisch. Und Kartoffeln, soviel man will ... Alles, was recht ist.«

»Ich esse aber nur Salat, schon seit fünf Jahren. Das ist gesund. Greifen Sie mal her.« Die Sächsin streckte zur Probe ihre festen Brüste heraus. Der Bleiche Kapitän griff ihr errötend an den Oberarm. »Gar nit schlecht«, gab er freundlich zu. Der König der Luft prüfte auch und nickte beifallend. »Also und, was machen wir denn jetzt mit dem da, von wegen der Menagerie?« Alle blickten auf den Billardspieler.

»Wenn wir noch rechtzeitig in den Zirkus kommen wollen, müssen wir aber sofort gehen«, sagte der Fremde und stand auf.

Nach der Zirkusvorstellung wurden Fräulein Schlauch und die Liebste des Schreibers in ein Hotel gebracht. Die Räuber verabschiedeten sich vor der Türe. Denn sie schliefen in einem anderen Hotel.

Am folgenden Morgen kam der Bleiche Kapitän, kurz bevor der Zug nach Würzburg abging, allein zu Oldshatterhand. Er war verlegen. »Weißt du denn eigentlich, daß ich der siebzehnte Meisterschaftsathlet von Unterfranken bin?«

»Wie meinst du das? Siebzehnter?«

»Nun, ich bin eben der siebzehnstärkste Mann von Unterfranken und Aschaffenburg.« Er entkleidete sich.

Oldshatterhand betrachtete als Maler den Bleichen Kapitän. Die Beine waren ein wenig zu lang, ein wenig zu dünn und ein wenig O-geformt und schienen den kolossalen Oberkörper, weiß und hart wie Elfenbein, kaum tragen zu können.

Mit dem Gefühl, er sei in diesem Augenblick nicht mehr Oldshatterhand – sondern der Fremde, sagte Oldshatterhand bestimmt, mit einem neuartigen Lächeln im Gesicht: »Du mußt der erststärkste Mann von Unterfranken werden«, und empfand erschauernd die Distanz zwischen dem nackten Jüngling und sich.

Nach einigen Wochen kam ein begeisterter Brief aus Würzburg. Der Bleiche Kapitän war der fünfzehnte Meisterschaftsathlet von Unterfranken geworden.

Die Rote Wolke war nicht mit den Räubern in die Heimatstadt zurückgereist. Aufgeregt stand er bei Oldshatterhand in der Kammer und rezitierte den Faustmonolog. Denn noch am selbigen Tage wollte er zu Konrad Drauer gehen und ihm vorsprechen.

Die Rote Wolke stapfte durch den verschneiten Englischen Garten. Seine Lippen bewegten sich. Er blieb stehen, rezitierte laut und agierte mit den Armen. Freude und Entschlossenheit erfüllten ihn, da er seine Jugendjahre so gut zum Lernen der klassischen Dramen benutzt hatte.

»Der Herr Hofschauspieler ist jetzt nicht zu sprechen.«

»Ich habe schon an ihn geschrieben! Sagen Sie nur, Theobald Kletterer ist da.«

»Aber Sie haben doch die Equipage vom Herrn Hofschauspieler vor dem Hause stehen sehen. Er kann jetzt keinen Besuch empfangen. Hat keine Zeit.«

»Soooo ... Hofschauspieler ist der große Künstler ... Ich bin extra von Würzburg mit hierhergefahren. Es ist eine Entscheidung fürs ganze Leben.« Er hob die Arme.

Der Diener lächelte, kam gleich wieder zurück und ließ die Rote Wolke eintreten.

»Herr Hofschauspieler, mein Name ist Theobald Kletterer. Theobald Kletterer aus Würzburg.«

»Ja, und?« Konrad Drauer stand in den Frack eingezwängt, hob die Augenbrauen und sah auf die Uhr.

»Die Schauspielkunst ist eine göttliche Kunst. Sie gottbegnadeter Künstler dürfen ihr dienen. Der göttlichsten Muse.«

»Sie sind Gärtner? Nicht wahr?«

»Ja. Aber jetzt will ich Ihnen den Faustmonolog sprechen, Herr Hofschauspieler. Daß ich es gut kann ... weiß ich. Sie sollen mir nur sagen, ob man es überhaupt besser machen kann als ich.« Hingegeben stieß er die Arme nach rückwärts und begann.

»Halt! Halt! Meine Venus.«

Die Rote Wolke zuckte herum und starrte die marmorne Venus an, die auf ihrem Sockel schwankte.

Konrad Drauer beobachtete sprungbereit die langsam ausbaumelnde Venus, schnitt die Spitze einer schwarzen Zigarre ab und faßte die Rote Wolke am Rockknopf: »Sie sind zu klein für die Bühne. Viel zu klein.«

Der Mund stand offen, rund und schwarz wie ein Mauseloch.

»Aber Sie sind Gärtner. Wieviel verdienen Sie denn als Gärtner?«

»Meine Tante hat eine Gärtnerei und ein kleines Häuschen, was ich einmal erben soll.«

»Erben Sie! Erben Sie, mein Lieber! Glauben Sie mir, das ist ausgezeichnet ... Sie sind Gärtner. Bleiben Sie Gärtner. Sie haben Ihr Auskommen. Hunderte Schauspieler, Tausende hungern, verkommen. Es ist ein Elend ... Aber jetzt muß ich gehen. Ich bin zum Dejeuner eingeladen. Grüß Sie Gott, Herr Kletterer. Keine Zeit mehr. Grüß Gott.«

Die Rote Wolke wanderte zurück durch den Schnee, zog die Uhr und begann zu rennen. In zwanzig Minuten ging ein Zug ab nach Würzburg. Es regnete stärker, mit Frühjahrshagel vermischt.

Er rannte durch die Regenseen der Kauffingerstraße, daß der Schneeschmutz spritzte, und konnte gerade noch ins Coupé steigen, worauf der Zug sich in Bewegung setzte. Und die Rote Wolke wußte nicht, ob der salzige Geschmack auf seiner Zunge vom Regen, vom Schweiß oder von Tränen kam.

Neuntes Kapitel

Oldshatterhand und der Fremde standen in der Höhe auf dem Kirchplatz von Basel und sahen hinunter auf die Stadt und den Rhein.

Ein langer, schmaler Schelch mit dem Schiffer schoß sehr schnell, vom schmutzig-gelben Hochwasser stark abgetrieben, über den reißenden Strom.

»Er ist gar nicht so kitschig, wie ihn Dichter und Maler den Deutschen dargestellt haben«, sagte der Fremde in Gedanken.

»Wer?«

»Der Rhein.«

»Aber hier steht man genauso und sieht hinunter wie auf dem Würzburger ›Käppele‹. Nur ist dort alles kleiner. Der Rhein sieht gefährlich aus … Der Main ist lieblich.«

»Gedankenvoll und ruhig«, sagte der Fremde. Er hatte Oldshatterhand zu einer Italienreise eingeladen.

Sie wandten sich um. Die alten Kastanien auf dem Kirchplatz hatten schon braune, harzglänzende Knospen. Zusammengesunkener Altschnee lag noch in den Ecken. Das Gebirge lag weißglühend unter der Sonne.

Sie traten in die Kirche und kamen mitten in die Predigt.

»Gott ist überall!« rief der Pastor und schlug auf die Kanzel. »Gehet hinaus in die Natur, und ihr werdet Gott schauen. Im Wald, in den Wiesen, im Bach, in den Blümlein, im Gestein.« Seine Stimme war leiser und weich geworden und schwoll jetzt wieder an: »Aber auch zu mir müßt ihr kommen! Denn ich kann euch mit Gottes Hilfe den Bach und Wiesen zeigen und

Blumen, auch wenn draußen alles schläft unterm Schnee ... Kommet. In der Natur ist Gott!«

»Gott ist die Natur ... wenn er sagt, muß er sein Pfarrhaus verlassen«, flüsterte der Fremde.

Der Pastor schlug die Bibel auf. Die Basler in der Kirche schliefen.

»In Würzburg reden die Priester anders in den Kirchen«, sagte Oldshatterhand mit Staunen, als sie wieder auf dem Kirchplatz standen. »Ganz, ganz anders.«

»Ja.«

»Der Pastor hat schöne Sachen gesagt.«

In den verschneiten sonnigen Tälern hing noch der Morgendunst. Den beiden im D-Zug sprangen die Telegraphenstangen und schwarzen Häuserflächen entgegen und vorbei. Aber die Gebirgsketten der Alpen standen still.

»Das Meer!« rief Oldshatterhand und schnellte mit einem Satz zum Fenster.

»Nein, das ist der Bodensee.«

»Nicht das Meer?« So ein großes Wasser hatte Oldshatterhand noch nicht gesehen.

Der Zug fuhr vom Schneetal ins Dunkel, hinein in die Nacht. – Die Luft im Tunnel war muffig vom alten Rauch. Dieser Tunnel kam Oldshatterhand unwahrscheinlich lang vor, viel länger als die vorherigen. Da wurde es heller – und hell, und der Zug sauste mitten in den Frühling hinein. Kein Schnee mehr. Blumen standen im Geleisegraben, und an den dunkelfelsigen Abhängen blühten die Pfirsichbäumchen rosa. Rückwärts stieg der weiße Montblanc in die Höhe und höher und verschwand im weißen Himmel.

Oldshatterhand errötete immer wieder, weil er des unverhofften Frühlings wegen froh war und es nicht verbergen konnte, und sah auf die fremden italienischen Häuschen, bemoost und zerfallend, mit flachen Dächern.

Plötzlich stand ein Mann mit einem Stelzfuß unter der Durchgangstüre und sang den Gästen der zweiten und dritten Klasse zur Gitarre. Er geriet in Schweiß und sammelte dann.

»Auf der Messe in Würzburg war jedes Jahr ein verunglückter Bergwerksknappe und ließ ein kleines Kohlenbergwerkchen sehen. Der sah genauso aus wie dieser Mann ... Er hatte auch einen Stelzfuß und sammelte. Sprach aber selten ein Wort.«

Der Zug hatte gehalten und begann wieder zu fahren. Kleine Italiener, Jungen und Mädchen, rannten barfuß auf dem mit Schuttsteinen bedeckten Bahndamm neben dem Zug her und warfen Blumensträußchen durch die Coupéfenster, in der Erwartung, ein Geldstück dafür zu erhaschen.

Der Zug fuhr schneller, die Kinder rannten schneller, achteten der von den spitzen Steinen verursachten Schmerzen nicht und schleuderten ihre Blumensträußchen, schon ohne Hoffnung, dem schwarzen Zug an die Seite. Da flog ein Geldstück hinaus; alle stürzten sich darauf und bildeten einen bewegten Haufen Hosen, brauner Fäuste und Füße, als der Zug schon verschwunden war.

Vereinzelte Vorstadthäuser von Genua flogen vorbei.

»Was ist das?«

»Das Meer.«

»Das Meer?« Betroffen blickte Oldshatterhand auf den drohenden grünen Wasserstreifen, der so schmal war, daß er manchmal von den flatternden Hemden und Windeln, die aus den Fenstern hingen, verdeckt wurde. Die schmale und doch unabsehbare Weite des Wasserstreifens machte Oldshatterhand stumm. Der Zug fuhr langsamer weiter.

Da standen im Hafen unzählige Schiffsmasten gereckt und gespreizt in die Luft, und das Meer wurde Oldshatterhand zum Meer.

Hoch oben trotzte das Fort, und von ihm weg den Berg hinunter, bis zum schiffgefüllten Hafen, lag in der Sonne die mächtige weiße Stadt Genua.

Ein barfüßiger Italienerjunge mit einem Pack Zeitungen unterm Arm schritt auf dem Perron am staubigen Zug entlang und sang: »Co...rri...ere della Sera! Corriere della Sera! Corriere della Sera!«

»Das klingt wie ein schönes Lied«, sagte Oldshatterhand und lächelte, weil ein Dutzend Gepäckträger kindlich vorgebeugt standen und mit dem Zeigefinger auf ihre Brust deuteten: »Si, Signore? Si, Signore? ...«

Sie fuhren in einer offenen Droschke, die ein rot und weiß gestreifter Riesensonnenschirm überdachte, durch die vom Korso belebte Hauptstraße, bis zu einem der alten Paläste.

Als sie das hohe Bogenportal betraten, wo die von der Decke hängende große Ampel schon brannte, obwohl es noch hell war, reichte der Portier dem Fremden ein Telegramm.

»Ich muß noch heute weiterreisen. Tief hinunter nach Spanien. Zu meinem Freund.«

Außer der alten Frau mit dem Schlüsselbund, dem Koch und dem Portier war Oldshatterhand allein im stillen Palast. Er bewohnte einen gewaltigen Salon, und an dem vergoldeten, zwei Meter breiten Himmelbett im Schlafzimmer hingen schwere Portieren. Manchmal hörte er den Schlüsselbund klingen und verklingen.

Im Garten auf das Meer hinaus blühten die Magnolienbäume. Und die Sirenen erklangen unaufhörlich aus dem nahen Hafen.

Oldshatterhand dürfe im Palast wohnen, solange er Lust habe. Den ganzen Sommer über, auch wenn der Fremde nicht mehr zurückkehren könne.

Am dritten Tage saß Oldshatterhand wieder auf der Taurolle im sonnigen Hafen. Neben ihm saß wieder reglos der alte Neger mit den weißen Wollhaaren an der Brust und sah mit seinen Sammetaugen aufs Meer hinaus, in der Richtung nach Afrika. Oldshatterhand gab ihm eine Zigarette.

Die kleinen Schleppdampfer tuteten und schossen zwischen

den Schiffskolossen durch, kreuz und quer und unaufhörlich, und schnell wie Wasserinsekten.

Eine Schar Auswanderer hockte auf Bündeln und Bettstücken. Die Männer warteten und rauchten. Einer zielte immer wieder mit Tabaksaft auf eine Orangenschale, die im schmutzigen Hafenwasser schaukelte. Seine junge Frau ließ ihr Kind trinken, und der weißhaarige Großvater döste vor sich hin. Elegante Fremde, von Gepäckträgern mit schönen gelben Koffern gefolgt, hasteten zum Schiff. Drei chinesische Matrosen in weißen Leinenanzügen und mit schwarzen Zöpfen kamen Arm in Arm aus der Hafenkneipe und schaukelten auf der Holzbrücke, welche die Kaimauer mit dem Schiffskoloß verband.

Oldshatterhand blieb sitzen, bis die Brücke eingezogen wurde und die Auswanderer, in einen bunten Saum von Not und Hoffnung zusammengedrängt, vom untersten Stock des Schiffes hinunter in den Hafen auf die Zurückbleibenden blickten.

Ein kleiner Wasserschießer war verbunden worden mit dem Schiffskoloß, der schwerfällig zu schaukeln begann und von der Kaimauer wegbrach, als das Tau sich straffte. Der kleine Wasserschießer ereiferte sich, geiferte, zischte und schrie und schleppte den Koloß, der gutmütig schaukelnd sich kaum sichtbar vorwärts bewegte, zwischen den verankerten Meerriesen durch, während die Auswanderer reglos standen und auf das allmählich entgleitende Hafenbild zurückblickten, bis sie nichts mehr unterscheiden konnten.

Der Hafen sah ihm ganz verändert entgegen, als Oldshatterhand seine Augen endlich von den fernen Rauchfladen des ausgefahrenen Dampfers losriß und neben sich auf die Stelle blickte, wo das Schiff gelegen hatte. Da war jetzt eine weite Wasserfläche, ein großes dunkles Loch zwischen den verankerten Kolossen, und Zeitungsfetzen, Obstabfälle, ein Weidenkorb schaukelten auf der schmutzigen, zerrissenen Schaumhaut. Der alte Neger saß noch immer reglos und starrte nach Afrika.

Oldshatterhand saß zusammengesunken neben ihm. Wie in seiner Kinderzeit hatte ihn unvermittelt schwere Traurigkeit befallen, deren Ursache er nicht kannte. Etwas Unbekanntes zog ihn zur Kaimauer hin, schloß ihm die Augen, wie damals, als er im Galopp auf dem Geländer über die alte Brücke in Würzburg gesprungen war. Seine Knie wurden schwach vor Todesangst, denn er empfand den unerklärlichen Zwang, sich wehrlos ins schwarze Hafenwasser sinken zu lassen. Stöhnend bog er den Oberkörper vom Wasser weg und schwankte zurück.

Die Alte mit dem Schlüsselbund kam lautlos in den Salon, lächelte und gab Oldshatterhand einen Brief. »Una lettera, Signore.« Sie zündete die drei Kerzen im Standleuchter an, lächelte und ging.

Franziskus Grünwiesler schrieb – er habe sich nach Oldshatterhands Rat vor seine Tante hingestellt, mit dem Revolver in der Hand, und gesagt: Wenn du mich anzeigst, erschieße ich mich. Da habe sie ihn abreisen lassen, ihn aber so hinterhältig böse angeblickt, daß er mehr denn je in Angst sei und ständig in der fürchterlichen Erwartung lebe, plötzlich verhaftet zu werden. Oldshatterhand solle um der treuen Freundschaft willen, die sie miteinander verband, gleich nach München zurückkommen, daß er sich endlich mit einem Menschen aussprechen und beraten könne, was zu tun sei. Er möchte am liebsten von den sechstausend Mark ein altes Häuschen kaufen, irgendwo in der Welt, und dort auf immer mit Oldshatterhand zusammen leben und arbeiten. Eine feste Adresse habe er nicht, aus Angst, von der Polizei gefunden zu werden. Oldshatterhand solle in die Alte Pinakothek kommen, dort kopiere er den ganzen Tag. *»Ich bitte Dich, verbrenne diesen Brief sofort.«* Dieser Satz war unterstrichen.

»Erschieße ich mich ... *vor deinen Augen*, habe ich geschrieben«, sagte Oldshatterhand langsam. Und zu dem Druck, der während des Lesens immer beklemmender sich ihm aufs Herz gelegt hatte, kam die Reue. Die aber den Druck löste, weil sie ihn die vergangenen Ereignisse noch einmal überblicken ließ. Er horchte in sich hinein, wurde ruhiger und sagte im stillen zu sich und Grünwiesler: »Schließlich darf eben doch kein Mensch, wer er auch sei, einem anderen etwas wegnehmen.«

Aber schon während er packte, entschwand ihm das klare Bewußtsein wieder – weshalb ein Mensch dem anderen nichts wegnehmen darf, unversehens wie ein Traum, von dem einem beim Erwachen nur ein paar Fetzen ohne jeden Sinn und Zusammenhang geblieben sind.

Noch am selbigen Tage fuhr er ab von Genua, wo er den ganzen Sommer lang hatte bleiben wollen.

Und als er den Rhythmus des Zuges zusammen mit dem Klopfen seines Herzens empfand, wanderte sein Ehrgeiz auf die andere Seite des Lebens hinüber, und er schloß seinen Wachtraum mit dem Gedanken – es kommt eben auf den Menschen an. Qualität und Kraft entscheidet. Napoleon schritt über hunderttausend Leichen weg auf sein Ziel los. »Und ich bin vielleicht noch etwas größer als Napoleon«, rief er in steigender Begeisterung und legte beide Hände in die Hüften.

»Niente Napoleone«, sagte ein alter Italiener und deutete auf ein graues Schloß, »una castello di Genova.«

Oldshatterhand dachte daran, daß der Bleiche Kapitän gesagt hatte: Kraft ist die Hauptsache auf der Welt! und lächelte bei dem Gedanken – daß des Bleichen Kapitäns Kraft und seine Kraft zweierlei seien.

Der Rest von den neunzig Mark, die Oldshatterhand sich als Klinikdiener erspart hatte, um, wie er glaubte, damit Maler werden zu können, hatte gerade noch für die Rückfahrkarte gereicht.

Er fuhr die ganze Nacht durch und kam gegen Mittag in München an. Da lag Neuschnee. Und auf der Fahrstraße spritzte das schmutzige Schneewasser hoch, als Oldshatterhand sie überquerte. Aber er hatte Italien in seinen Augen, und wenn er sie schloß, konnte er auf der Taurolle neben dem alten Neger sitzen; roch er die Sonne, den Teer und den Wassergeruch des Hafens von Genua.

Seine Kammer war noch nicht vermietet; er packte aus und ging sofort in die Alte Pinakothek.

Grünwiesler in Kniehosen stand auf der Leiter vor der Susanna von van Dyck und äugte angestrengt auf seine Kopie und zurück aufs Original, sah auf und stierte erschrocken Oldshatterhand an. Mischte aber noch einmal Farbe auf der Palette und verzog dabei die Lippen wie sein Freund Immermann, was Oldshatterhand erstaunt beobachtete. Dann erst stieg Grünwiesler von der Leiter herunter und hieb, in sich hineinkichernd, Oldshatterhand die Hand auf die Schulter: »Da bist du ja. Das war lieb von dir.«

Oldshatterhand konnte sich nicht freuen. Er hing dem Lippenverziehen Grünwieslers nach und fühlte einen Knoten in seiner Brust. »Die Stirne ist zu hoch«, sagte er und deutete auf die Kopie.

»Meinst du?« Er verglich. »Du hast recht.« Und stieg wieder auf die Leiter.

Oldshatterhand wurde es leichter, weil er den Fehler entdeckt hatte. »Wollen wir nicht fortgehen? Hier können wir ja nicht sprechen.«

»Ja, gleich. Ich will nur erst Bratmund holen. Er kopiert hinten im Murillosaal.«

»Den können wir doch jetzt nicht brauchen.«

Grünwiesler neigte den Kopf schulterwärts und sah Oldshatterhand mit seinem Kanarienvogelblick an. »Ich hab's ihm versprochen. Er ist ein guter Kerl. Ich hole ihn gleich. Warte ein bißchen.«

Oldshatterhand setzte sich auf die Polsterbank und sah auf die Susanna von van Dyck, ohne etwas zu sehen. Der Druck war wieder da.

Die beiden kamen zurück. Der Maler Bratmund hatte aufgeworfene Lippen, eine Stülpnase, und seine hohe Stirne war trotz der vielen Falten ausdruckslos, wie die eines unheilbar Verblödeten.

»Jetzt gehen wir essen«, sagte Grünwiesler und lachte fröhlich. Und auf der Straße sagte er: »Jetzt, was meinst du eigentlich zu der ganzen Sache? … Wo soll das Häuschen stehen? Im Spessart?«

Oldshatterhand stieß heimlich Grünwiesler an, der in der Mitte ging, die Augenbrauen in die Höhe zog und beiden die Hand auf die Schulter legte. So gingen sie weiter.

Oldshatterhand wurde lustig. »Wir lassen das alte Häuschen ganz umbauen, machen eine Lamperie aus braungebeiztem Eichenholz ums ganze Zimmer herum, und darauf stellen wir gemalte Teller, alte Krüge und Zinngeschirr … Es muß natürlich auch ein Obstgarten dabeisein.«

»Waaas Häuschen? Dazu gehört Geld. Habt ihr denn Geld zu einem Haus?«

»Wir haben Geld. Es kommt eben darauf an, wer sich ein Häuschen kaufen will … Es kommt nur darauf an, ob man das Recht dazu hat.« Oldshatterhand lachte siegesbewußt. Grünwiesler lachte in sich hinein und drückte Oldshatterhand die Schulter.

»Das Recht hätte ich auch. Aber kein Geld!«

»Wir haben aber Geld, weil wir das Recht dazu haben. Das können Sie nicht verstehen.« Oldshatterhand reckte sich auf und stemmte die Hände in die Hüften. »Jetzt essen wir, und dann wollen wir weiter sehen … Ich habe aber gar nicht mehr soviel Geld, um ein Mittagessen kaufen zu können.

Grünwiesler sah Oldshatterhand liebevoll an. »Du bist eingeladen.«

Sie traten in den Schelling-Salon ein, wo viele essende Studenten saßen, und setzten sich an einen runden Tisch mitten ins Lokal.

Die beiden aßen schon an ihrem Menü zu achtzig Pfennige; Oldshatterhand hatte keinen Appetit, suchte immer noch auf der Speisekarte und bestellte eine Hummermayonnaise. Die kostete eine Mark dreißig Pfennige. Grünwiesler sah den Maler Bratmund an. Der lächelte verstohlen.

»Wir werden immer im Häuschen leben und kolossal arbeiten.«

»Du und ich, wir halten zusammen«, erwiderte Grünwiesler und hieb Oldshatterhand die Hand auf die Schulter.

»Wir werden viele Bilder malen und sie auf alle Ausstellungen schicken. Kopieren darfst du nicht mehr so viel. Das ist doch nicht das Richtige. Kopieren kann jeder.«

Er schob die Hummermayonnaise zurück. »Ich hab keinen Appetit.«

Grünwiesler wurde blaurot im Gesicht und schrie plötzlich: »Jetzt halt ich's nicht mehr aus! ... Meinst du denn wirklich, ich hätte meiner Tante ihre sechstausend Mark gestohlen!« Er starrte Oldshatterhand an.

Der atmete nicht und hatte die Empfindung, mit kühler Luft ausgefüllt zu sein bis zum Gaumen. »Du hast die sechstausend Mark nicht? ... Warum hast du mir denn dann geschrieben, als ich von allem noch gar nichts wußte, du hättest die sechstausend Mark genommen?«

Grünwiesler balancierte immer noch das Stück Gulaschfleisch auf der Gabel und starrte Oldshatterhand immer noch an. »Ich wollte eben erfahren, was du mir darauf antwortest. Verstehst du.« Er lachte und sah Bratmund an.

»Aber warum hast du mich denn aus Italien zurückkommen lassen, daß ich dir helfe? Das hättest du doch dann nicht zu tun brauchen ... Ich wohnte in einem Palast.«

»Warum? ... Das wirst du schon sehen. Ich will dir einmal sagen, was *du* nicht hättest tun dürfen ... Du hattest neunzig Mark und hast mir den ganzen Sommer über im Spessart nichts davon gesagt und dich von mir erhalten lassen. Du bist ein ganz gemeiner Kerl. Und ich Esel glaubte, du wärst mein Freund.«

»Ich bin kein ganz gemeiner Kerl«, flüsterte Oldshatterhand. »Ich wollte doch mit den neunzig Mark Maler werden. Wer hat's dir denn gesagt, daß ich neunzig Mark besaß? Die waren doch daher, weil ich einmal ein Bild verkauft habe, auf der alten Brücke in Würzburg.«

»Ich will dir einmal etwas sagen.« Grünwiesler schob den Gulaschbrocken in den Mund. »Wenn nicht einmal deine eigene Mutter mehr an dich glaubt, dann ... na, weißt du! Sie hat den Brustbeutel mit den neunzig Mark eines Tages in deinem Strohsack gefunden und kam ganz verheult zu Immermann gelaufen und erzählte ihm, was du für ein gemeines Bürschchen bist, weil du einen Haufen Geld hast, während sie und dein Vater sich vor Sorgen nicht retten können ... Immermann hat mich daraufhin endlich aufgeklärt, was du eigentlich bist. Da hast du's. Und jetzt verschwinde.«

»Maler wollte ich werden. Ich wollte doch Maler werden mit den neunzig Mark ... Ich verdiene doch später viel Geld und gebe dir alles zurück. Warum hast du mir denn diese Briefe geschrieben, geschrieben, daß du das Geld genommen hast und daß ich dir raten und helfen soll? Und warum hast du mich von Italien zurückgerufen? Sag mir doch! Bist du denn nicht mehr mein Freund ... Was soll denn jetzt sein?«

»Das wirst du schon sehen.«

»... Du hast mich angezeigt«, flüsterten Oldshatterhands weiße Lippen. Hilfesuchend sah er Bratmund an, der lächelnd auf seinen Teller blickte.

»Was denn anders! ... Kannst du vielleicht in Italien verhaftet werden? Nein! Aber hier in München. Deinen feinen Brief und deine Photographie hat der Staatsanwalt.«

»Deshalb hast du mich von Italien zurückgerufen, damit ich verhaftet werden kann? ... Das alles hat Immermann sich ausgedacht. So gemein ist außer ihm kein Mensch«, sagte Oldshatterhand langsam.

»Immermann ist mein bester Freund. Mein einziger Freund. Aber du hast geglaubt, ich bin ein Tölpel!«

Oldshatterhand sah auf die essenden Studenten und ging langsam durch das Lokal und hinaus. Der Dienstmann davor hob die Hand zur Mütze.

Oldshatterhand ging durch den Schnee; er konnte weder Grünwiesler noch Immermann hassen, denn es fehlte ihm dazu die Kraft. Die Sehne der Kraft war ihm entzweigeschnitten worden. Er atmete mühsam durch den weit offenen Mund. »He?« fragten seine schlaffen Lippen bei seinem vergangenen Leben an, und er schüttelte langsam den Kopf – er wisse nichts.

Oldshatterhand begriff nichts, fühlte keinen Druck in der Brust, litt nicht. Seine Empfindungsfähigkeit war niedergeschlagen. Mit den Fingernägeln versuchte er, sich in die Wange zu zwicken, und hatte nicht soviel Kraft, Schmerz zu erzeugen. »Frieren wäre wunderbar«, lächelte er zart und setzte sich auf eine Bank in den Anlagen. Es war sehr kalt. Er öffnete Mantel, Rock und Weste, schloß die Augen und blieb reglos hocken.

Allmählich kehrte die Empfindung zurück, denn er empfand, daß er seine Fußzehen und später die Beine bis über die Knie herauf vor Kälte nicht mehr fühlte. Er genoß, wie die Kälte ihm durchs Hemd drang, rührte sich nicht und sah auf seine reglos liegenden, rot gefrorenen Hände hinunter. Irgendeine Stelle in seinem Innern war heiß. Und er glaubte, da jetzt sein ganzer Körper vor Kälte leblos war, daß die heiße Stelle in ihm seine Seele sei. Während sein Körper vor Kälte mehr und mehr abstarb, beobachtete er seine immer heißer werdende Seele – beobachtete er das Fieber, das er für seine Seele hielt, bis das Fieber einen Hitzeschauer abstieß, der ihm durch den ganzen Körper flog.

Automatisch, ohne daß er es wollte und wußte, stand er auf und stampfte rhythmisch den Boden, stieß die Fäuste in die Luft. Immer wilder werdend, tanzte er stampfend im Kreise herum.

Der vermummte Droschkenkutscher auf dem Bock lachte lautlos in sich hinein. Oldshatterhand sah ihn an, knöpfte seine Kleider zu und ging in der Richtung nach seiner Kammer. Unvermittelt saß der Druck wieder unter seinem Brustbein über der Magengrube, wo das Gewissen seinen Sitz hat. – Er sah die Gassen und Kirchtürme von Würzburg. – Es wird in den Würzburger Zeitungen stehen. Sein Vater kam verschwitzt von der Arbeit zurück. »Ruhig!« brüllte der Vater und stieß die Zeitung vom Tisch. Die Räuber lächelten verlegen und drückten sich an ihm vorbei. »Der kann jetzt mit der Kriechenden Schlange am Vierröhrenbrunnen stehen«, hörte er den Schreiber sagen. »Ich? Vierröhrenbrunnensteher?« schrie Oldshatterhand. Da sah er sich als Knabe, eingehängt bei seinem Vater, durch den abendlichen Wald marschieren, mit dem Würzburger Gesangverein. Der ganze Verein pfiff: »Wenn die Schwalben wiederkommen«.

Das Bild aus seiner Jugend versank; rasch ging Oldshatterhand weiter und pfiff gedankenlos »Wenn die Schwalben wiederkommen«.

»Die wern schaun!« schrie ein Bäckerjunge mit einem Henkelkorb. Oldshatterhand schrak zusammen, zog die Schultern in die Höhe und eilte, mit seinen Gedanken in Würzburg, schnell bis vor seine Kammertüre, kroch unter dem Tisch durch und saß auf dem Bett.

Tagelang saß Oldshatterhand fast nur auf dem Bett und dachte, wollte an seine plötzliche Vereinsamung nicht glauben und führte Gespräche mit Grünwiesler.

Bis die Wirtin die Klagezustellung auf den Tisch legte und er den Satz las: »In Sachen Franziskus Grünwiesler erhebt die Staatsanwaltschaft von München Klage gegen den Maler

Michael Vierkant wegen versuchter Aufforderung zu räuberischer Erpressung.«

Da rannte er die Treppe hinunter und prallte vor dem Tageslicht zurück. Ganz langsam ging er weiter, sah an den Häusern hinauf. Eine Frau schrie aus dem vierten Stock herunter: »Hansl! Ha – – nsl!« Er beobachtete den Jungen, der Kuchen aus Schneeschmutz machte, zu seiner Mutter in die Höhe blickte und ins Haus trippelte.

Ein Schutzmann schritt langsam vorüber.

»Marroni! Heiße Marroni!« lud ein italienischer Straßenverkäufer ein und hob den Zeigefinger. »Oh, feine Marroni. Finf Fennig.«

Oldshatterhand trat zum Italiener und beobachtete den Schutzmann. »Si, si, Signore.« Der Schutzmann ging vorüber. Da ging auch Oldshatterhand weiter, versuchte die Kastanien; Ekel schüttelte ihn, er sah sich vorsichtig um und ließ sie in den Schnee fallen.

Am Ende der Straße blieb er stehen, sah auf einen schnurrbärtigen Mann in schwarzem Überzieher, der auf seinen Spazierstock mit Stahlspitze hüftlings gestützt stand, auf die Trambahn wartete und zu Oldshatterhand hinüberblickte.

»Das ist ein Detektiv. Ein Verdeckter«, flüsterte Oldshatterhand, und sein Herz stand still. »Gerade weil er so unauffällig aussieht.«

Rückwärts gehend schob er sich bis zu einem Schaufenster, in dessen Spiegelglas er den Mann sehen konnte, der schräg über die Straße schritt, in der Richtung auf Oldshatterhand zu.

Alle Muskeln angespannt, ging Oldshatterhand unauffällig weiter, nicht zu schnell, bis an die Ecke, und begann zu rennen.

Der Mann stieg in die Elektrische.

Während des Rennens fiel Oldshatterhand der Schnelläufer vom Würzburger Sanderrasen ein, da zwang er sich, gleichmäßig zu laufen, mit zur Brust hochgenommenen Armen.

Außer Atem langte er in seiner Kammer an. Da lag ein zweiter Brief. Eine Vorladung ins Justizgebäude, Zimmer Nr. 86.

»Doktor Karl Robert, Gerichtspsychiater« stand auf dem Türschild.

»Ich heiße Michael Vierkant.«

Der Herr mit schwarzem Spitzbart und Brille stand auf, wies auf einen Stuhl am Schreibtisch, setzte sich dazu, legte einen Maßstab auf die Aktenmappe, nahm ihn wieder weg, blätterte. »Sie haben da einen Brief geschrieben. Einen recht leichtsinnigen Brief.«

Unversehens war es Oldshatterhand gut zumute geworden, und nur die Überlegung – er würde vielleicht sein gutes Gefühl aus sich herauslächeln und wieder den Druck empfinden, hielt ihn ab, zu lächeln.

»Erzählen Sie einmal, wie war die Sache?« Der Arzt beobachtete Oldshatterhand unmerklich und scharf, und es schien, wie wenn er etwas ganz anderes in Erfahrung bringen wolle als das, wonach er fragte.

»Der Maler Immermann steckt dahinter«, begann Oldshatterhand und machte eine Handbewegung um den Arzt herum in die Zimmerecke. »Sehen Sie, Herr Doktor, Grünwiesler hatte ein Bild gemalt, ein sonnenbeschienenes Dörfchen, das inmitten von Grün lag. Er zeigte es dem Bürgermeister, einem alten Bauern mit einem Gesicht aus Eichenholz, der nahm das Bild in die Hände, besah es genau, ganz genau, ging damit in die schattige Zimmerecke – aber die Sonne auf dem Bild wollte nicht verschwinden. Er hielt es so und so, bis ihm Grünwiesler sagte: ›Die Sonne auf dem Dörfchen ist gemalt.‹ Das konnte der Bürgermeister gar nicht begreifen … Und da dachte ich mir, Herr Doktor, ein Mensch, der so ein Bild malen kann, der sollte die sechstausend Mark bekommen und nicht das Kloster.« Oldshatterhand schloß die Hand, wie wenn er etwas gefangen hätte.

Der Arzt beobachtete ihn scharf. Oldshatterhand wußte nicht weshalb, aber daß des Arztes linke Augenbraue in gewissen Zeiträumen zuckte, gab ihm Vertrauen ein. Er wartete sogar auf das Zucken. »Grünwiesler trägt einen Klemmer und hat gütige Augen ... Er neigt den Kopf zur Seite wie ein Vogel, immer wenn er verlegen ist ... So steht er vor seiner Tante und sagt: Wenn du mich anzeigst, erschieße ich mich vor deinen Augen ... Wenn der Maler Immermann den Plan nicht ausgeheckt hätte, nur um mich unglücklich zu machen, ich meine, wenn die Geschichte von Anfang an wahr gewesen wäre, erschossen hätte Grünwiesler sich ... Und darauf kommt es doch ganz allein an. – Grünwiesler ist ein guter Mensch ... Da kommt Immermann und sagt so und so – und Grünwiesler ist auf einmal ein schlechter Mensch ... Ich begreife es ja selbst nicht. Aber Grünwiesler wäre vielleicht immer ein gutmütiger Mensch geblieben, sein ganzes Leben lang, wenn Immermann nicht so und so gesagt hätte ... Das denke ich.«

Ein Beichtdrang überkam Oldshatterhand. Zurückdenkend sagte er: »Ich glaubte, ich würde etwas von dem Geld bekommen. Vielleicht tausend Mark«, und er hatte dabei das Gefühl, auf einem dünnen Silberdraht über einen Abgrund zu laufen.

Der Arzt holte die Photographie Oldshatterhands aus der Aktenmappe hervor. »Warum haben Sie denn dem Herrn Grünwiesler Ihre Photographie geschickt?«

Oldshatterhand starrte auf seine Photographie. »... *Sie* haben mein Bild? ... Grünwiesler bat mich in dem Brief, ich solle ihm mein Bild senden. Er wolle wieder einmal das Gesicht eines Freundes sehen ... Und hat dann meine Photographie der Polizei übergeben. Jetzt sagen Sie einmal selbst«, schloß er langsam.

»*Sie* haben dem Herrn Grünwiesler doch dazu geraten, er solle seiner Tante die sechstausend Mark wegnehmen?«

Oldshatterhand sprang auf. »Ich? ... Ah!« rief er langgezogen und wühlte in seinen Taschen nach dem Brief Grünwieslers. »Hier! Sehen Sie! Hier können Sie's lesen! Ich wußte von gar nichts. Er schreibt selbst: ›Ich habe die sechstausend Mark an mich genommen und lebe in schrecklicher Angst. Meine Tante zeigt mich gewiß an. Gib mir einen Rat, was soll ich tun. Dein lebenslänglicher Freund ...‹ Und dann hat er *mich* angezeigt. Ich weiß jetzt alles! Das hat er absichtlich mit Bleistift geschrieben ... Und wissen Sie warum? Er schrieb, ich solle ihm seinen Brief zurücksenden ... Dann hätte er das ausradiert. Ich hab aber vergessen, den Brief zurückzusenden ... Wissen Sie, ich hab sehr gern, wenn Ordnung ist ... in meinem Zimmer zum Beispiel. Aber ich selbst ... ich bin unordentlich ... furchtbar unordentlich. Hier ist der Brief. Lesen Sie ihn.« Oldshatterhand glühte. »Und den zweiten Brief, hat er geschrieben, soll ich verbrennen. Jetzt weiß ich, warum er das gewollt hat ... Ich hab ihn auch tatsächlich verbrannt.«

»Der Brief, den Sie an Herrn Grünwiesler gesandt haben, ist sehr unleserlich geschrieben. Man könnte Ihren Brief auch so lesen – wenn du mich anzeigst, erschieße ich *dich*.«

»Mich! Mich! heißt es natürlich«, rief Oldshatterhand und lachte sein irrsinniges Lachen. »... Erschieße ich *dich? ... Vor deinen Augen?* ... Das geht ja gar nicht. Hi! hihiha! ... Vor deinen Augen.«

»Auch so, auch so ist's schlimm«, meinte der Arzt, und es klang, wie wenn er gesagt hätte: Grünwiesler ist ein Lump, aber Sie werden bestraft. Der Arzt spielte mit dem zusammenklappbaren Meterstab, stellte Drei- und Vierecke – einen Galgen. Da stand Oldshatterhand unvermittelt auf und bewegte sich rückwärts gehend zur Türe. Ganz plötzlich saß die Last wieder über seinem Herzen. »Und dann – es war ja auch so furchtbar, daß ich die Hummermayonnaise nicht bezahlen konnte. Adieu«, sagte er, noch bevor ihn der Arzt entlassen hatte, und ging, den Blick suchend ins Zimmer gerichtet, hinaus.

Durch die Gänge eilten Männer in schwarzen Talaren. Eine Türe wurde aufgerissen, ein Diener trat heraus, schnell, riß die Türe zu und schloß sie ganz leise. Oldshatterhand schlug Gulaschgeruch in die Nase. »Letzter Hieb«, sagte er.

»Wie?« fragte der Diener.

»So heißt ein steiler Berg bei Würzburg.«

»Granat!« rief eine Männerstimme. Der Diener schnellte herum und ging wieder ins Zimmer.

»Das war nur Sportfexerei, daß der damals auf dem Fahrrad mit hundertneunziger Übersetzung den Letzten Hieb hinaufgefahren ist.«

Er hörte feste, hallende Schritte, blieb stehen und horchte. Die Schritte verhallten wieder. Eine Türe schlug zu.

Einen Meterstab kann man verstellen, zu einem Viereck, zu einem Galgen ... Man müßte einen Zirkel konstruieren, mit dem man Ovale ziehen kann. Einen Ovalzirkel. Das wäre eine Erfindung, dachte Oldshatterhand; er stand noch immer an derselben Stelle.

Der Diener trat mit Vehemenz wieder aus dem Zimmer und schloß die Türe leise.

»Da wurden früher die Verbrecher gehängt – an den Galgen. Auf dem Letzten Hieb ... Erschieße ich *dich*? Was! Nein! Erschieße ich *mich*! Mich! hab ich geschrieben«, schrie er und stürzte mit ein paar Sprüngen zurück zum Arzt, riß die Türe auf und stand im Ausfall ins Zimmer hinein, ohne die Türklinke loszulassen. »Erschieße ich *mich*! Mich! hab ich geschrieben. Ich erschieße *mich*!« rief er drohend und schloß, sich dabei aufrichtend, die Türe.

Als er das Justizgebäude verlassen wollte, holte ihn ein Gerichtsdiener ein und führte ihn zum Arzt zurück.

Der saß aufgestützt am Tisch und betrachtete die Photographie Oldshatterhands, wie ein Vater das Bild seines Kindes ansieht. »Würden Sie noch einmal so einen Brief schreiben? ... Setzen Sie sich noch ein bißchen.«

Oldshatterhand legte die Hand in die Hüfte, sah sinnend zur Zimmerdecke in die Höhe und dann auf den Arzt. »Das weiß ich nicht«, sagte er gedehnt. »Aber ich weiß jetzt alles. Was ist das ... dreißig Silberlinge. Nein nein! O nein, ich glaube nicht, daß Judas Ischariot Jesus Christus verraten hat, wegen dreißig Silberlingen. Was ist das ... dreißig Silberlinge. Er war doch selbst dabei, wie Jesus Christus Blinde geheilt hat und Tote wieder lebendig gemacht hat. Er wußte doch ganz sicher, daß Jesus Christus alles voraus weiß ... Man sagt nur, Judas Ischariot ist der Verräter, weil man glaubt, wo ein Verrat ist, müsse auch ein Verräter sein. Ich glaube nicht, daß er Jesus Christus für dreißig Silberlinge verraten hat ... Das ist einfach lächerlich. Man tut ihm unrecht. Man tut auch Grünwiesler unrecht. Denn er hat mich nicht verraten. Das war doch nur der Immermann ... Daß man mir unrecht tut«, schloß Oldshatterhand mit zuckenden Lippen und ganz zart lächelnd, »das halte ich aus.«

Der Arzt antwortete nicht. Er sah Oldshatterhand nur still und aufmerksam an und spielte mit der Photographie, stellte sie auf, betrachtete sie, ließ sie umfallen. Während dieser Stille dachte Oldshatterhand daran zurück, daß er als Lehrjunge, anstatt einfach seinen Hut aufzusetzen und davonzulaufen, erst zum Meister Tritt gegangen war und sich den Schlag ins Gesicht geholt hatte. Und er sagte zum Arzt: »Die Polizei weiß, wo ich wohne. Sie muß kommen. Ich warte ... Ich brenne nicht durch. Ich halte lieber alles aus.« Er sah den Arzt an und errötete. »Jetzt gehe ich. Adieu.«

»Ist das die einzige Photographie, die Sie von sich haben?«

»Ich hab nur diese noch. Kann ich sie vielleicht bekommen? ... Sie gehört doch eigentlich mir.«

»Nein, Herr Vierkant, die Photographie muß bei den Akten bleiben.«

»Bei den Akten?« fragte Oldshatterhand, und seine Mundhöhle

wurde trocken. Die Angst sprang ihn an. Der Arzt beobachtete die Veränderung.

»Ich hab nur geschrieben – erschieße ich mich vor deinen Augen. Vor deinen Augen ... Wirklich.« Der Arzt nickte einige Male leise und sah dabei Oldshatterhand an.

»Wirklich«, formten Oldshatterhands schlaffe Lippen noch einmal. Da breitete er die Arme aus und stand wie ein Gekreuzigter. »Manchmal weiß ich, daß ich der Gemeinste bin und der Niedrigste! Und manchmal weiß ich, daß ich der Größte bin. Der Größte von der Welt!«

Der Arzt machte sich Notizen. Oldshatterhand ließ die Arme schnell sinken und ging flammend aus dem Zimmer.

Zu Hause angekommen, begann er sofort an seinem Märchenbilde zu malen, das für die Preisaufgabe der Akademie bestimmt war.

In den Nächten malte er mit Hilfe einer Kerze. Am dritten Tage war das Bild fertig. – Eine feuchte, dunkle Gasse; auf den Stufen vor den Häusern saßen Mädchen, Märchengestalten, die Arme um die Knie geschlagen, in rosa, blauen, violetten Hängekleidern, und manche in blutroter Seide. Traurige Prinzessinnen, die auf den Erlöser warteten. Es war die Hurengasse von Frankfurt am Main. An den Eingang der Gasse hatte Oldshatterhand sich selbst gemalt – einen Prinzen in enganliegendem Wams, der auf den Zehenspitzen stand und die langen gespreizten Finger ekstatisch in die Gasse streckte, halb abwehrend, halb zugreifend.

Grauen und Süßigkeit war in dem Bilde.

Oldshatterhand hatte nie ein Bild von Daumier gesehen. In den Zeitungen wurde das Bild später mit Daumier verglichen.

Er versah es mit einem Motto und sandte es an die Akademie.

Die Angst war ihm im Nacken gesessen, und er hatte während des Malens mit ihr gekämpft für seine süße Sehnsucht. So hatte er die Angst ertragen. So war das Grauen und die Süßigkeit in sein Bild gekommen. Aber jetzt, da das Bild fertig war, legte die Angst sich unvertreibbar auf sein erschöpftes Herz. Er sah keinen Ausweg, und auch die Entscheidung konnte er nicht beschleunigen.

Einige Maler, die er, gemeinsam mit Grünwiesler, kannte und grüßte, erwiderten seinen Gruß nicht, weil sie von Grünwiesler unter Verschweigen der Lockbriefe den Fall erzählt bekommen hatten. Die Verleumdung griff um sich. Da wagte sich Oldshatterhand nicht mehr auf die Straße, saß auf seinem Bett, ließ die ineinander verschränkten Hände zwischen seine Knie hängen und sah stundenlang vor sich hin. Von seinem Charakter gefangen, unrettbarer als im Gefängnis.

Nach einer so verbrachten Nacht fuhr er mit dem Frühzuge nach Würzburg, aus dem vagen Gefühl heraus – die zwanzig dort verlebten Jahre, seine Kindheit, seine Mutter, irgend etwas in der Stadt, seine Zugehörigkeit zur Stadt, die Stadt selbst müsse ihm helfen, könne ihn retten.

Im Zuge bekam er einen kurzen Ohnmachtsanfall. Seit Tagen hatte er nichts genossen. Eine hagere Dame gab ihm ein Glas Wein. Er war sofort betrunken. Aber es wurde ihm sehr gut. »Sie!« rief er plötzlich, »wenn der Arzt bewußt mit dem Maßstab den Galgen gestellt hätte – nur um mich zu erschrecken«, und beugte sich zu der Dame. »Deshalb habe ich ja auch an den Letzten Hieb gedacht, weil da früher die Verbrecher gehängt worden sind, an den Galgen. An den Galgen!« flüsterte er.

Die Dame stand entsetzt auf und floh aus dem Coupé. Reisende drängten sich vor der Coupétüre und sahen vorsichtig zu Oldshatterhand hinein, der auf der anderen Seite zum Fenster hinausblickte, denn zwischen weißblühenden Obstbäumen brannte ein Bauernhaus. Die reinen Flammen waren kaum zu unterscheiden von der hellen Luft. Oldshatterhand hörte ein Glöckchen dünn Sturm bimmeln und sah auf der Landstraße zwei Männer mit Feuerwehrhelmen aus Messing, die in der

Sonne blitzten, auf den Brand zutraben. Interessiert beobachtete er den Radfahrer, der auch einen Feuerwehrhelm aufhatte, wie er die Männer überholte, die ihm etwas zuschrien. »Das wird wohl niederbrennen«, sagte Oldshatterhand bedauernd und blickte auf den Bauer, der in weiter Ferne quer über einen schwarzen Acker auf den Brand zustolperte.

In Würzburg irrte Oldshatterhand scheu durch die Straßen, sah den Schreiber, der sein Stöckchen im Kreise herumwirbelte, des Weges kommen, floh vor ihm im letzten Augenblick in eine dunkle Nebengasse, strich stundenlang um das Haus seiner Eltern herum, sah seinen Vater gehetzt von der Arbeit nach Hause kommen und wieder zur Arbeit gehen und fürchtete die alten Augen seiner Mutter.

Kirchenglocken läuteten und verklangen. Es wurde Nacht.

Oldshatterhand beobachtete, wie das Licht im Zimmer seiner Eltern verlöscht wurde, horchte auf das Weinen eines kleinen Kindes. Ein Pferd stampfte im Stall neben ihm, und er dachte flüchtig, wenn er sich zum Kopf des Pferdes aufs Stroh zur Ruhe setzen könnte, das Pferd würde ihn mit seinen großen, dunklen Augen gut und bekannt anschauen. Er zog den Kopf ein, da er die Güte des Pferdes fühlte im Gegensatz zur verächtlichen Stille seiner Familie, wenn er gewagt hätte, die Treppen hinaufzusteigen.

Die Schultern hochgezogen, flüchtete er auf den nächtlichen Schloßberg.

Der halbe Mond hing zwischen den Lindenkronen. Oldshatterhand sah den Militärposten vor dem Schilderhaus stehen, beide Arme übers Gewehr und den Bauch zusammengeschlagen. Der Posten sah in den Himmel, auf seine Stiefel und begann auf und ab zu gehen.

Oldshatterhand stand hinter einem Baumstamm. Die Linden rochen. Er hörte ein Lachen und unterdrücktes Mädchenlachen; vielfüßige Schritte näherten sich. »Ja, mein Lieber, das mußt du uns erst einmal zeigen. Hohaho!« hörte er den Schreiber sagen, und sein Herz wurde zu einem Eisklumpen.

»Also wenn ich gestern in der Turnstunde fünf Meter und sechzig weit gesprungen bin, dann wer ich doch auch noch über diesen dreckigen Graben springen können«, antwortete der Bleiche Kapitän.

Die Räuber blieben beim Wachtposten unter der Laterne stehen. Eine Kirchenuhr schlug. Oldshatterhand konnte alle Räuber erkennen und hörte den Wachtposten dunkel sprechen.

Fräulein Schlauch, des Schreibers Liebste, und ein blondes, schmales Mädchen trennten sich von der Gruppe, sprangen plötzlich Hand in Hand auf Oldshatterhands Baumstamm zu und setzten sich in der Nähe auf den Rasen.

Die Räuber folgten langsam. Falkenauge hatte eine komische Tabakspfeife zwischen den Zähnen. Sie ging erst lang waagerecht vor, dann rechtwinklig nach unten. Die glühende Asche schien in der Luft zu hängen. Der Bleiche Kapitän stand drei Schritte von Oldshatterhand entfernt. Die andern hatten sich zu den Mädchen gesetzt.

»Also, was gilt jetzt die Wett, daß ich über den Graben spring? Gleich beim erstenmal.«

»Hohaho! Eine Maß!«

»Auf Ehr?«

»Allemal!«

»Also, ihr seid Zeugen.«

Oldshatterhand blickte auf Falkenauges rechtwinklige Pfeife, dachte an den Meterstab des Gerichtspsychiaters und schluchzte nach innen. Den Mund gehetzt offen, glaubte er zu fühlen, wie die heißen Tränentropfen sein Herz trafen.

Falkenauge spuckte aus, putzte mit seinem Taschentuch den Messingbeschlag und strengte sich an, die schwere Pfeife wieder richtig zwischen die Zähne zu bekommen, damit er sie halten konnte.

Um einen Anlauf zu nehmen, trat der Bleiche Kapitän zurück. Und Oldshatterhand mußte schnell niederknien, um von ihm nicht gesehen zu werden, denn der Lindenstamm verjüngte sich nach oben. Vor Angst, gesehen zu werden, hatte er die Augen geschlossen und fühlte nur das kühle Sausen und hörte den Aufsprung des Bleichen Kapitäns. Fräulein Schlauch schrie auf. »Angstorschel«, sagte der Bleiche Kapitän, stülpte die Lippen nach außen und setzte sich neben seine Braut. »Na, Schreiberlein? Deine Maß ist futsch.«

»Hohaho! Gehn wir gleich in den Bauchskeller und trinken sie ... Liesl, gehst du mit?«

»Aber nein«, sagte seine Liebste gedehnt, ließ sich auf den Rücken nieder, die Hände unterm Kopf, und sah zum Mond. Der Schreiber schob seine Hand unter ihre Hände.

Falkenauge hatte seinen Arm um die Taille des blonden schmalen Mädchens gelegt, das sich leise wehrte und ihn dann anlächelte. Da nahm er seine Pfeife aus dem Munde. Die Rote Wolke griff nach der Pfeife.

»Aber paß auf darauf«, sagte Falkenauge, ohne hinzusehen, und näherte sein Auge dem blonden Mädchen, das erst mit dem Kopf zurückwich und ihn dann doch an Falkenauges Wange lehnte.

Oldshatterhand kniete zitternd hinterm Baumstamm, sah auf den Hauptmann und seine Braut, die beide bleich und friedlich nebeneinander saßen, und hatte den stürmischen Wunsch, sich hinzusetzen und wie ein Knabe zu lächeln. »Aber ich kann ja nicht kleiner werden«, flüsterte er und empfand die durch nichts zu vermittelnde Trennung so stark, wie wenn er die Räuber nie gekannt hätte. »Ich bin nicht so wie die Kriechende Schlange ... ihr tut mir unrecht«, flüsterte er. »O Gott, nein, ich nicht ... Vielleicht die Kriechende Schlange auch nicht ... wenn sich sein Vater nicht ins Hundefell gestürzt hätte ... oder ins Wasser.«

Der Bleiche Kapitän drückte einen Druckknopf an der Bluse

seiner Braut zu. »Ich hab mir einen Photographenapparat kommen lassen. Auf Abschlagszahlung. Herrgott, daß es so was gibt … Abschlagszahlung. Er ist zwar ein bißchen teuer, aber direkt aus der Fabrik.«

»Meine Pfeife – brennt sie noch? – ist aus derselben Fabrik. Ich hab mir auch gleich einen Vogelstutzen bestellt. Mit Silberbeschlag!«

»Mit Futteral?«

»Ach, was glaubst du denn. Ich hab mir ein Stück Kalbleder geb laß in mein Gschäft, und der Sattler Grumbe näht mir's zusammen. Kost zwanzig Pfennig, das ganze Futteral.«

»Und der Vogelstutzen?«

»Siebenundsiebzig Mark fünfzig.«

»Au, mein Lieber! Ein schönes Stück Geld!«

»Er hat doch Silberbeschlag.«

»Vielleicht erschießt du mich dann damit«, sagte das schmale Mädchen gedehnt.

»Ja, was glaubst du denn?« Falkenauge lachte. »Hast du Angst? … Ich schieße nur auf Ratten.«

»Spiele nicht mit Schießgewehr. Nicht wahr, Liesl«, sagte der Schreiber, legte sich auch auf den Rücken, neben seine Liebste, und blies ihr ins Haar. Sie drehte ihm das Gesicht zu und schüttelte leise den Kopf, als er die Lippen ihrem Munde näherte. Beide sahen auf zum Mond.

Der gleichmäßige Schritt des Wachtpostens klang in die Stille. Der kniende Oldshatterhand klammerte sich am Baumstamm an. Seine Schläfen zuckten. »Ich kann mit keinem von ihnen darüber reden«, flüsterte er unzählige Male, immer wieder, sooft er aufstehen und hinzutreten wollte. Mit all seiner Kraft wünschte er sich weg vom Baum.

»Schläfst du?« fragte der Bleiche Kapitän seine Braut.

Oldshatterhand ließ seinen Baumstamm los. Die Augen angstvoll auf den ruhigen Räuberkreis gerichtet, kroch er, sich rückwärts bewegend, auf Händen und Füßen wie ein Indianer unhörbar bis zum nächsten Baumstamm.

»Ich glaub, ich hab geschlafen.«

»Nun, dann schlaf halt noch ein bißchen weiter«, hörte Oldshatterhand den Bleichen Kapitän sprechen und horchte. »Wo mag eigentlich der Duckmäuser hingekommen sein? Man hat nie mehr was gehört von ihm.«

»Der Duckmäuser?« rief der Schreiber lachend, »wo wird der sein – ich sag, der ist irgendwo Kirchendiener.«

Oldshatterhand schlich weiter, begann zu laufen, blieb sofort wieder stehen, weil ihm plötzlich Winnetou eingefallen war. Da hörte er einen der Räuber leise die Mundharmonika spielen und lauschte eine Weile in seltsamer Verzückung. Dann ging er in der Richtung nach dem »Käppele«.

Bei der alten Brücke hörte er eine Stimme und hatte augenblicklich die Empfindung, den Geruch vom Zimmer seiner Eltern zu riechen, noch bevor er seinen Vater erkannt hatte, der, auf dem Wege in die Singprobe, in Armeslänge vor ihm beim säbelbeinigen Polizeiwachtmeister stand. Die beiden hatten vor dreißig Jahren zusammen in Augsburg gedient.

Die Angst bewahrte Oldshatterhand vor einer Ohnmacht. Er bog ab von seinem Wege, in eine Nebengasse, rannte weiter und blieb außer Atem endlich auf dem Leidenswege Christi stehen, der zum »Käppele« in die Höhe führt. Um Luft zu bekommen, heulte er und drückte mit den Augenlidern, um Tränen zu bekommen.

Hier und da, vor den vergitterten Leidensstationen, döste ein rotes Ewiges Licht.

Was er Winnetou sagen wollte, wußte er nicht. Er hatte nur das unbestimmte Gefühl, Winnetou könne ihn retten.

Klein stand er vor dem gewaltigen Kreuz auf der Höhe, an dem Jesus hängt.

Seine Schritte hallten in der Totenstille, als er zur Pförtnerzelle ging. Er sah den Klingelzug an und zog die Hand wieder zurück. Dann klingelte die Glocke als einziges Geräusch auf der Welt.

Das Pförtnerfenster wurde geöffnet, und er hörte Winnetou sagen: »So spät in der Nacht darf ich kein Brot geben«, und sah zugleich das helle Stück Brot, das Winnetou reichte.

»Winnetou, kannst du zu mir herauskommen?« fragte Oldshatterhand und nahm das Brot.

»Michael, du bist's? – – – Ich habe gedacht, ein Armer sei noch so spät gekommen. Ich bin gleich bei dir. Setze dich auf die Bank bei der Mauer.«

Oldshatterhand biß ins Brot; es schmeckte nach Anis – sofort war er sechsjährig; die Nacht wurde ihm zum sonnigen Tage, und er sah sich, zusammen mit Winnetou, an einem heißen Sommertage zum »Käppele« hinaufsteigen und am Pförtnerfenster um Brot beten. Unwillkürlich mußte er lächeln, da er sich erinnerte, daß Winnetou raffinierte Methoden angewandt hatte, um dem Pförtnermönch am selben Tage ein paarmal hintereinander ein Stück Klosteranisbrot abzulocken. Er sah sich als barfüßigen Jungen um die Leidensstationen Christi herumrennen, von Winnetou verfolgt, und mußte bei der Erinnerung an Winnetous unwillkürlichen Bocksprung über einen knienden Bußbeter hell auflachen. Vor seinem Lachen fuhr er zusammen und rief erschrocken: »Nein, nein!«

Die Erinnerungen waren von der Nacht der Gegenwart verdrängt worden.

Er legte das Brot auf die Steinbank und stand auf. Als Knoten in seiner Brust empfand er die Unmöglichkeit, Winnetou zu beichten, und machte ein paar hastige Fluchtsprünge. Da hörte er rufen: »Michael! … Wo bist du?« und sah Winnetou auf sich zukommen und eng bei ihm den einäugigen großen Bernhardinerhund, der an Oldshatterhands Beinen hin und her strich, zu ihm aufsah, nickte und sich zu seinen Füßen hinstreckte.

»Der Hund lebt noch immer?« fragte Oldshatterhand mit veränderter Stimme und hatte sagen wollen: Winnetou, höre doch, was man mir angetan hat. Hilf mir!

»Ich mußte erst um die Erlaubnis bitten. Wolltest du weggehen?«

»Nein … nein, ich hab nur so ein bißchen gesprungen. Nur so.«

Sie setzten sich auf die Bank nieder. Der Hund erhob sich sofort und tappte nach.

Winnetou legte seine Hand auf Oldshatterhands Schulter und lächelte zum roten Ewigen Licht hin unter der Muttergottes. »Michael, jetzt sind wir auf einmal keine Kinder mehr. Es ist, wie wenn man aus einem Traum erwacht zu einem neuen, ruhigen Traum, der gar nie mehr enden wird.«

»Bleibst du auf immer bei den Weichpfotenmönchen?«

»Warum sagst du Weichpfotenmönchen?«

»Nein, ich meinte, die Pfoten von dem Hund sind vielleicht weich … und dann Italien.«

»Ja, ich glaube, ich will immer da bleiben. Der Prior liebt mich. Alle lieben mich und sagen, ich solle nur noch ein paar Jahre so bei ihnen bleiben und erst dann Mönch werden, wenn ich ganz glücklich geworden sei … Erinnerst du dich noch daran, daß wir Würzburg niederbrennen wollten … Ich denke oft daran zurück«, sagte Winnetou und lächelte heiter.

»Und ich … der Neger starrt nach Afrika … willst du auch eine Zigarette haben? … ach nein … so eine rechtwinklige Pfeife. So stelle doch die Muttergottes dort weg … und den verstellbaren Maßstab.«

»O Gott!« Winnetou war aufgestanden. »Du bist krank!«

»Es handelt sich nur um eins … hab mich lieb …« Er schüttelte heftig den Kopf. »Nein, nein! Ich meinte, ich würde anstatt der Muttergottes dort ein Muttergottesbild hinmalen … Hilfe! O Gott! Was ist das!« schrie Oldshatterhand und horchte entsetzt.

»Die Brüder beten im Garten ihr Nachtbrevier. Komm, komm«, bat Winnetou ängstlich und zärtlich, »ich will dich zum guten Prior führen. Der gibt dir etwas und hilft dir.«

»Ich war draußen in der Welt! In der Welt!« schrie Oldshatterhand lachend. »In Italien! In Genua zum Beispiel. Mein Lieber, dieser Hafen. Ich wohnte da in einem Palast. Der gehörte eigentlich mir. Ich wohnte ganz allein darinnen ... Gott, du hättest nur allein das goldene Bett sehen sollen«, schloß er mit einer verächtlichen Handbewegung, und seine Lippen zuckten vor Scham ... »Tun dir die Mönche denn gar nichts? ... Irgend etwas Grauenhaftes?«

»Nein, aber o Gott, was hast du denn? Ich habe solche Angst um dich.«

»Ich? Ich fürchte mich im Grunde vor gar nichts! Glaubst du's nicht? Ich bin ganz einfach einmal nach Würzburg gefahren. Sonst nichts.«

Eine tiefe Stimme rief nach Winnetou.

Der Halbmond warf seinen trüben, traurigen Schein über die Stadt. Die Kirchtürme standen wie gespenstige Auswüchse von Riesendrachen in den schmutzigen Wolkenhimmel hinein. Die Stimme rief wieder. Der Hund stand auf.

»Ich muß jetzt hinein. Komme morgen zu mir, bitte, komme. Um dieselbe Zeit. Komme wieder, bitte.«

»Morgen um diese Zeit«, sagte Oldshatterhand und raste den Leidensweg Christi hinunter.

Er fuhr mit dem Nachtzuge nach München zurück.

Schnell wie ein Wild zuckte er unterm Tisch durch aufs Bett in seiner Kammer, sah gequält und mit kraftlosem Haß auf die bekannten Studienköpfe an den Wänden und fiel sofort in Halbschlaf. – Das schwere, jüngst Erlebte und Würzburg, die spitzen Kirchtürme bedrängten ihn noch einmal in verwirrendem Durcheinander, gaben ihm einen letzten Schlag und zogen dann singend in eine ungeheure Ferne, entfernten sich in

Sekunden zeitlich um Jahre von ihm, so daß er plötzlich allein war und frei und kühl atmen konnte.

So wie der Fremde damals auf der Höhe bei Würzburg aus der Zukunft zurück in die Gegenwart zu Oldshatterhand geeilt war, um ihn zu leiten, durcheilte der zwanzigjährige Oldshatterhand jetzt in Sekunden seine zukünftigen zehn Jahre, wurde er dreißig Jahre alt, schritt er im Halbschlaf über eine luftige Filigranbrücke, an einer streichelnden Frauenhand vorbei, auf ein hochgelegenes Land, bis zu einem Lächeln der Verheißung am Horizont – bis zum Fremden, der traumhaft verschwand und an dessen Stelle Oldshatterhand – zum Fremden wurde und sichtend zurückblickte auf die Fesseln und Hemmnisse des schwachen Oldshatterhand, der jammervoll zusammengesunken in der Kammer auf dem Bett saß.

Und er sagte zu diesem alten, schwachen Oldshatterhand: »Warum bist du denn verzweifelt und gebrochen, da du doch weißt, daß du recht gehandelt hast?«

»Ich hab recht gehandelt. Ich bin kein ganz gemeiner Mensch«, schrie der Oldshatterhand auf dem Bett und deutete flüsternd, »aber sieh doch die kalten, verachtenden Augen der Maler, die meinen Gruß nicht erwidern. Sie haben hohe Hüte auf; das sind auch Köpfe, und sie sehen verächtlich zur Seite. Ich ertrage ihre zwei Gesichter nicht.«

Aber der zum Fremden gewordene Oldshatterhand sagte: »Du bist feige. Du weißt zwar, daß du recht gehandelt hast, aber da die Menschen dich dafür verachten – weil sie Lügner sind –, wimmerst du, denn ohne die Achtung der Lügner kannst du nicht leben.«

»Ohne die Achtung der Menschen kann ich nicht leben. Die Gassen, in denen ich aufgewachsen bin, alle Fenster schämen sich meiner, flüstern mir ihre Verachtung zu. Die Gesichter in den Fenstern ziehen sich ins Dunkel zurück vor mir ... Ein Kind deutet mit dem Finger auf mich. Wo soll ich mich verstecken ...

Ich weiß einen Mann, bei dem ich mir wieder Achtung kaufen kann; einen kräftigen Zwerg, der die Ziehharmonika spielt. Ich muß nur Lieder dazu singen, damit alle, die mich kennen, lustig werden. Und muß lachen, wenn sie lachen, und fluchen, wenn sie fluchen. Dann decken sie alles mit Achtung zu ... Aber ich werde traurig, wenn sie lachen. Und wenn sie jemanden verachten, verstehe ich es nicht. Denn sie dürfen mich nicht verachten ... Die Achtung ist ein schrecklicher Kirchturm. In Würzburg gibt's so grauenhaft viele Kirchtürme, die alle die Achtung sind.«

»Die ganze dumpfe Stadt ist eine Lügnerin, und alle, die darin wohnen, sind Lügner. Lüge mit ihnen, und sie werden dir alles verzeihen, wenn du geworden bist wie sie. Schäme dich. Sieh, ich stehe auf einem hohen Land und sehe auf alle Kirchtürme hinunter. Die Stadt dunstet und stinkt da unten. Ich wende mich um, da ist die Luft dünn und blau. Und ich bin allein.«

»Du vergißt, daß auch unser Vater uns verachtet. Er hat zehn Augen und redet kein Wort, so sehr verachtet er uns.«

»Wie kannst du *uns* sagen! Ich habe mit dir nichts mehr gemein. Denn ich verachte die Verachtung der Menschen und bin einsam. Ich sage dir: Solange ein Mensch den Weg der Einsamkeit geht, um sich zu finden, stehen die Menschen zu beiden Seiten seines Weges und höhnen und verachten ihn. Und der Vater schämt sich seines Sohnes, den alle verachten. Erst wenn du dich den Weg, der zu dir führt, zu Ende geschleppt hast und aufgerichtet stehst, schreien sie dir alle ihr lügenhaftes Hosianna zu und sagen zueinander: ›Den haben wir niemals verachtet.‹ Und der Vater ruft: ›Das ist mein Sohn!‹ Jesus Christus trug sein Kreuz der Einsamkeit beschimpft und verhöhnt bis zum hohen Gipfel. Heute schreien die Lügner ihm ihr Hosianna zu und ihre Verachtung dir, der du dein Kreuz der Einsamkeit noch nicht zu Ende geschleppt hast.«

»Grausam bist du! Sieh doch das gewaltig hohe Kreuz, an

dem ich hänge, und das schwarze Menschengewimmel zu meinen Füßen; ihre Verachtung tötet mich. Meine Mutter unter ihnen weint. Laß mich herunter vom Kreuz ... Nein, nein, nein! Ich will nicht herunter. Ich will kein Lügner werden wie sie, sondern *etwas* werden.«

»Es gibt nur zweierlei – lügen wie die anderen: sein wie sie; oder ihre Verachtung verachten: einsam sein. Blicke auf das Lächeln der Verheißung auf meinem Gesicht und töte das Schwache und Feige an dir.«

»Ja!« stieß Oldshatterhand hervor. Er stand jetzt schwankend, und seine Hand hielt den Fenstergriff gepackt. Seine verglasten Augen stierten nach dem alten Revolver aus dem »Zimmer«, der auf dem Tische lag. »Meine Mutter, meine arme Mutter, meine arme Mutter, meine arme Mutter«, flüsterte er und dachte in einem Winkel seiner Seele: er wird versagen – brüllte langgezogen und mit vollster Kraft »I...i!« und hatte sich mitten in den Kraftausbruch, in den Mund hineingeschossen. Der I-Laut zersprang wie Glas. Der Revolver hatte diesmal nicht versagt. Der Kopf schwenkte zur Seite, die Hand, die den Fenstergriff umklammerte, krampfte sich nach innen und drehte den Griff mit; im Fallen riß er das Fenster mit auf, so daß Oldshatterhand, schon tot, noch ein Fenster öffnete.

Der alte Revolver hatte wie eine Kanone geknallt in der kleinen Kammer. Aus den Fenstern der Hofwohnungen fuhren erschrockene und empörte Gesichter.

Die Wirtin kam gesprungen – – – sah einen Fremden klar und ruhig die Treppe hinuntersteigen, öffnete die Türe, soweit es der Tisch zuließ, sah niemanden in der Kammer, und erst als sie wieder gehen wollte, erblickte sie ein Blutbächlein, das langsam vordrang und plötzlich um ein Hindernis herum auf sie zuschoß.

Oldshatterhand lehnte sitzlings am Boden in der Ecke beim Fenster, schief und haltlos wie ein ausgestopfter Hampelmann, der umzufallen droht.

Die Wirtin legte den Brief, den sie in der Hand hielt, auf Oldshatterhands Tisch und rannte zur Polizei.

In dem Brief, einer Zustellung der Münchener Staatsanwaltschaft, stand, daß das Strafverfahren gegen den Maler Michael Vierkant eingestellt worden sei.

Der Fremde ging zum Vortrag für künstlerische Anatomie, den der berühmte Anatom Molière allwöchentlich den Malern und Bildhauern Münchens hielt. Der Fremde sah alt aus und sah jung aus; er sah aus, als könne er nie mehr älter werden, so stark und klar war sein Gesicht.

Die in Form eines halbierten Trichters steil in die Höhe steigenden Bankreihen waren voll besetzt von jungen Künstlern, unter denen auch die Maler Immermann und Franziskus Grünwiesler saßen. Die Leinwandrouleaus an den Fenstern oben im großen Halbkreis waren heruntergelassen, um die Frühlingssonne abzuhalten.

Der belackschuhte, schlanke, blonde Anatom im offenen Gehrock mit Seidenaufschlägen trat unter Händeklatschen der Hörer in den kleinen Halbkreis, unten. Der Fremde saß neben ihm.

Der schwitzende dicke Diener im Klinikmantel schob die Leiche herein. Der Anatom zog das weiße Tuch weg.

Auf dem Wagentisch lag der muskulöse Oberkörper eines bartlosen jungen Mannes mit Gladiatorenprofil und dünnen, stahlblauen Lippen. Beine und Bauch, bis zum Nabel, fehlten. Die Schnittfläche war mit einem weißen Tuch zugebunden, über das hinaus die starken Hände der halben Leiche reichten.

Der Anatom wischte flüchtig den Spiritus ab vom bläulichen Rumpf, tippte mit der Fingerspitze auf beide Augenlider. »Wir nehmen heute Arm- und Gesichtsmuskeln durch.«

Geschickt legte er mit dem Messer die Muskeln am Unterarm frei, erklärte mit ein paar Worten ihre Lage, hob den Arm der Leiche und zog an einer Sehne, worauf die Leiche den Zeigefinger streckte. Mit verschiedenen Farbkreiden zeichnete er den betreffenden Muskel auf die Wandtafel. Ein paar schnelle Striche.

Manche Maler zeichneten mit, in ihre Skizzenbücher; andere sahen aufmerksam zu.

Der Anatom legte eine Sehne im Gesicht frei, zog daran, da öffnete die Leiche den Mund. Es war sehr still. – Warum ist dieser junge Athlet gestorben, dachte der Fremde.

Der Anatom zog an einer anderen Sehne – und die Leiche streckte die Zunge heraus. »Kemmerich«, wandte sich der Anatom an das lebende Modell, einen fünfundsiebzigjährigen Mann mit spärlichem, weißem Bart, der nackt neben ihm hoch auf einem Podium stand. Alle Sehnen und Muskeln des Modells waren sichtbar und vor Alter bläulich. Der Anatom zeigte auf die Veränderung des Wangenmuskels, als der Alte den Mund öffnete, ließ ihn lächeln, verschiedene Bewegungen machen mit den Armen und demonstrierte an der Leiche die Lage der Muskeln.

Der Klinikdiener stellte eine Schüssel, in der das Herz und die Füße der Leiche in Spiritus lagen, auf das Podium zu den Füßen des Alten.

»Es ist eine Freude zu leben«, sagte ein Maler laut in die Stille hinein und staunte mit den anderen erschrocken über die Tatsache, daß er den Satz gesprochen hatte.

Der Anatom hielt seinen Vortrag. Dann wurde die halbe Leiche hinaus- und eine verdeckte hereingefahren. »Hier haben wir einen jugendlichen Akt von schönen Proportionen. Den wollte ich den Herren noch zeigen«, sagte der Anatom und zog das Tuch weg.

Der Fremde stand langsam auf. »Das ist meine Leiche«, flüsterte er. »Geben Sie mir meine Leiche.«

Oldshatterhand wurde wieder hinausgefahren.

»Lenbach hat bis an sein Lebensende täglich Akt gezeichnet«, schloß der Anatom seinen Vortrag und hob die weiße, gepflegte Hand. »Und es ist erfreulich, daß bei der jüngsten Künstlergeneration wieder mehr als bisher der Wille zum anatomischen Sehen vorhanden ist.«

Immermann, von Grünwiesler gestützt, hatte den Hörsaal verlassen beim Erblicken Oldshatterhands. »Deine Mutter hätte dich nicht erkannt, so weiß bist du geworden«, sagte Grünwiesler auf der Straße und stützte Immermann. »Mnja, da kann man jetzt nichts mehr machen.«

»Weißt du«, sagte Immermann mit schief gezerrten Lippen, »erschießen hätte er sich nicht brauchen, aber das, was wir getan haben – war nur gerecht ... Gerecht!«

In der Zeitung stand einen Tag später, daß der junge, talentvolle Maler Michael Vierkant um zehn Uhr früh zum ersten Preisträger der Akademie bestimmt worden sei.

An Stelle Oldshatterhands übernahm der Fremde das preisgekrönte Bild. Und seitdem hing es in seinem Studierzimmer.

Zehntes Kapitel

»Zum schwarzen Walfisch von Askalon« hatte der Bleiche Kapitän die Weinwirtschaft im Wolkenkratzerchen benannt, sofort nach der Übernahme, als Herr Schlauch beerdigt und Fräulein Schlauch seine Frau geworden war.

Auch sein Bruder, Benommen der Bierwirt, hatte trotz der sich bis zum letzten Tage zähe wehrenden Mutter nach einem letzten großen Krach seine schöne Kellnerin geheiratet. Und selbst die Witwe Benommen konnte die vier Kinder ihrer beiden Söhne oft nicht auf den ersten Blick voneinander unterscheiden, denn alle hatten sie die verwegen nach außen gestülpten Benommenschen Lippen. Sie zeichnete ihre Enkel in der ersten Zeit am Knöchel mit rosa und blauen Bändchen und schleppte sie den ganzen Tag glückselig herum.

Der rote Fischer hatte unter bedauerndem Achselzucken und unheilvollen Prophezeiungen der ganzen Einwohnerschaft eine nach der Bürger Meinung in gewissen Dingen allzu erfahrene, nach seiner Meinung aber eine sehr hübsche Kellnerin geehelicht. Denn die dicke, geschminkte Wirtin von der »Schönen Mainaussicht« war eines Tages mit dem zarten Sachsen aus Würzburg verschwunden gewesen, nachdem seine drei hygienischen Anstältchen auf Befehl der Würzburger Stadtväter geschlossen worden waren.

Es erregte allgemeines Kopfschütteln und Begriffsverwirrung, als die frühere Kellnerin und jetzige junge Frau des roten Fischers halbe Tage lang in Winterkälte im Wertschelch stand und Fische, die ihr Mann gefangen hatte, zentnerweise schuppte und ausnahm. War ihr Mann allzusehr gegen die Morgenseite der Nacht hin immer noch nicht nach Hause gekommen, dann ging sie ihn in allen Kneipen suchen, bis sie ihn fand, trank stillschweigend und vergnügt auch einen Schoppen, faßte den Fischer unter und trottete mit ihm heimwärts, wobei er mit dem Daumen über die Schulter zurückwies und seiner Frau deutlich erklärte, was das für Hammel und Rindviecher seien.

Der Schreiber war Bürovorsteher beim Rechtsanwalt Karfunkelstein geworden, unterstützte seine Eltern und war mit seiner Liebsten verlobt. Er hatte eine schwere Krankheit durchgemacht und die heiligen Sterbesakramente empfangen, denn der Arzt hatte ihn aufgegeben und gemeint, es sei auch besser für ihn, wenn er sterbe, er würde im Kopfe nicht mehr richtig sein. Der allzu viele Wein habe sich ihm aufs Gehirn und in die Knochen geschlagen. Aber der aufgegeben gewesene Schreiber war wieder gesund geworden, auch im Kopfe; nur ein etwas steifes Bein hatte er zurückbehalten. Jetzt war er wieder täglicher treuer Gast beim Bleichen Kapitän, dem jungen Bäckereibesitzer und Weinwirt.

Die anderen Räuber hatten nicht jeden Abend Zeit, bei ihrem Hauptmann zu Gast zu sein, denn da waren der Kegelklub »Kanonenrohr«, der Radfahrerklub »Um die Welt«, die Rauchgesellschaft »Vesuv«, die streng auf das regelmäßige Erscheinen ihrer Mitglieder hielten.

Der König der Luft hatte dem »Turnerbund Jahn« eine Akrobaten-Abteilung angegliedert, von welchem Zeitpunkte an die Varietévorstellungen des »Turnerbundes« einen bedeutenden Ruf genossen.

Falkenauge gehörte aus Sympathie von früher her noch dem Angelklub »Walfisch« an, war Mitglied des Gesangvereins »Zwischen grünen Bäumen« geworden, dessen Gründer und erster Vorstand der Vater Oldshatterhands war. Aber vor allem galt Falkenauge als das bevorzugte Mitglied des Vogelstutzenklubs »Löwenjagd« und genoß eine ziemliche Berühmtheit, denn er errang alle ersten Preise, obwohl er einäugig war und mit dem linken Auge zielte, jedoch rechtshändig schoß, eine Tatsache, die von keinem Löwenjagdmitglied jemals begriffen wurde.

Der König der Luft hatte nach Kampf das blonde, schmale Mädchen seinem Freund Falkenauge weggeheiratet. Den wiederum eine um zehn Jahre ältere Witwe geheiratet hatte, die einen kleinen Lederhandel führte, eine tüchtige Geschäftsfrau war und sehr resolut.

Die Rote Wolke, dessen Tante gestorben war und ihm ihr Häuschen und die Gärtnerei vermacht hatte, gehörte allen Vereinen zusammen an. Nicht nur, weil er für alle Festveranstaltungen die Blumendekorationen ausführte, sondern hauptsächlich deshalb, weil er, als alle anderen weit überragender Charakterschauspieler und jugendlicher Held, für die Vereinstheatervorstellungen gesucht, außerordentlich geschätzt und anerkannt war. Er hatte das schöne Lehrerstöchterchen geheiratet. Sie war eine junge, frische Frau mit wohlgewachsenem Körper und verträumten Augen und las der Roten Wolke, wenn er Leichenkränze band, die schönsten Stellen aus den klassischen Dramen vor.

An einem Abend jeder Woche aber kamen alle Räuber in der Weinwirtschaft ihres Hauptmanns zusammen. Denn dieser, als guter Geschäftsmann, hatte schnell entschlossen für seine Leute einen ganz neuen Verein gegründet. Den Skatklub »Bargeld lacht«, der fünfundzwanzig Jahre später, als der Fremde zum letzten Male Würzburg besuchte und die Räuber fünfzig Jahr alte, graubärtige Männer waren, immer noch bestand.

Auch jetzt war der Fremde in Würzburg.

Er ging langsam über die alte Mainbrücke. Die Menschen sahen sich um nach ihm. »Ah, Herr Baron«, neckte ihn ein barfüßiger Junge, blieb stehen und blickte ihm mit großen Augen nach.

Es war schon fast dunkel, Schwalben zuckten schreiend in der Luft umher, und über der Festung hing eine große Wolke mit glühendem Saum. Am Brückenheiligen Kilian lehnte ein Bursche und spielte für sich leise die Ziehharmonika.

Der Fremde ging vollends über die Brücke ins Mainviertel. Bürger saßen vor den Haustüren, blickten prüfend in den Himmel, ob es regnen würde, rauchten und unterhielten sich. Ein Mädchen sang zum offenen Fenster hinaus und ließ dabei den Rolladen herunter.

Der Fremde blieb stehen und sah Herrn Mager an, welcher aus der »Altrenommierten Weinstube zu den drei Kronen« trat.

Herr Mager strich sich mit dem Zeigefinger über das erhabene blaue Aderngeflecht seines gichtigen Handrückens. Seine Apfelbäckchen glühten. Denn er trank jetzt manchmal ein paar Schoppen über seinen Durst. Sonst hatte er sich in all den Jahren gar nicht verändert; seine Haare waren noch dunkel, sein Körper zäh und dürr und aufgereckt wie immer.

Bei jedem Schritt die rechte Schulter vorschiebend, seinen

Spazierstock aus Weichselholz, an dem ein Riemchen hing, aufs Pflaster stoßend, schritt er aufrecht weiter.

Vor dem »Spitäle« blieb er stehen, zog seine Taschenuhr und verglich sie befriedigt mit dem beleuchteten Ziffernblatt.

»Grüß Gott, Herr Lehrer«, sagte der säbelbeinige Polizeiwachtmeister und legte die Hand an die Mütze. Sein Bart war blauweiß geworden. Er redete heftig gestikulierend weiter. Hüftlings auf seinen Stock gestützt, horchte Herr Mager mit strenger Miene. Sie steckten die Köpfe zusammen – es hatten da letzthin einige Schulbuben etwas angestellt. Man wußte nur noch nicht recht, wer die Gauner waren.

Der Fremde stieg die drei Stufen hinauf zum »Schwarzen Walfisch von Askalon«.

»Mit 'n Grünober hättst stech müß, dann hättst dei Herzas heimgebracht«, sagte still der Schreiber und mischte die Karten flink. Die Räuber waren versammelt.

»Er is halt ein Rindviech«, sagte wütend Falkenauge, der durch das verkehrte Spielen des Königs der Luft sieben Pfennige verloren hatte. »Das sag ich ihm schon seit Jahr und Tag, aber er will's nit glaub.«

Der Fremde setzte sich beim Eingang an die Stirnseite des langen Tisches. Hinter ihm war die Bäckereiauslage, mit Brotlaiben, übriggebliebenen Semmeln und vertrocknetem Zwetschgenkuchen, von Fliegen belagert. Außer ihm saß niemand am Tisch.

Die Räuber hatten den Fremden nicht erkannt. Auch die junge Wirtin erkannte ihn nicht, als sie ihm Wein brachte. Sie war mit dem dritten Kinde in der Hoffnung.

»Herrgott, Else! *Wieder* ein Glas!« rief der Bleiche Kapitän der blonden Kellnerin zu, welcher ein Weinglas aus der Hand gefallen war. Sie lächelte immer und hatte verklebte Augen. »No, jetzt bin ich aber doch gspannt ... Solo«, schloß er, stülpte die Lippen nach außen und fingerte den Kartenfächer in seiner Hand zurecht.

Eine graue Katze schritt ziehend durchs Lokal, streckte sich und sprang auf den Stuhl neben dem Fremden.

»Das wird mir aber auch noch ein Solo sein«, sagte der Schreiber, zog die Brauen in die Höhe, holte den ersten Stich. »Und Trumpf!« rief er und lächelte sicher.

Die Räuber drückten unter großer Spannung leise die Karten auf den Tisch. Der Bleiche Kapitän gewann, ließ seine Stiche in der Mitte liegen; die Karten flogen immer schneller. »Das hamm wir jetzt gsehn, was das für eine Solo war«, sagte er zufrieden und sammelte das gewonnene Geld in sein Tellerchen.

»No, Else, wo hast denn dei Auge!« rief er und wies auf den Fremden. Die Kellnerin füllte das Glas.

»Else, wir trinken auch noch eins«, sagte der Schreiber und legte den Arm um die Taille der Kellnerin. »Ein saubers Mädle bist.«

Die Witwe Benommen trat ein, mit ihrem Enkel auf dem Arm.

»Pssss, wssss«, machte der Fremde leise zur Katze.

»Schläft der ganz Kleine denn?« fragte der Bleiche Kapitän und gab die Karten.

»Was wird er denn sonst tun«, erwiderte die Witwe Benommen und gab dem Kind auf ihrem Arm ein Stück Zwetschgenkuchen in die Hand.

»Daß er mir wieder die Abweiche kriegt.«

»Paß nur auf, daß du die Abweiche nit kriegst.«

»Also amend kriegt a kleins Kind von Zwetschgekuche nit die Abweiche.« Er stülpte die Lippen nach außen.

»Sei still. Da, hast dein Sohn.«

»Äh bää! schmeiß weg ... so. Ja, du bist halt meiner.« Die Witwe Benommen strahlte.

»Is Brot scho eingelegt? Geh nur raus mit dein Schelloberlein.«

»Da, hast'n!« rief wütend der König der Luft.

Da flog die Türe auf und knallte gegen die Wand. Ein blonder, großmächtiger Matrose, Gesicht und Brust tief gebräunt, stürzte stolpernd, mit Kopf und Händen voran, bis zum Kartentisch, auf dem er mit dem Oberkörper und ausgestreckten Armen liegenblieb. Seine gewaltigen roten Fäuste lagen auf dem Kartenberg. »Ooooskar!« brüllte der Matrose. »Seid ihr alle da?«

»Jessas, der Duckmäuser! Wo kommst denn du her!«

»Haargott«, riefen die Räuber, und ihre Münder blieben offen.

»Aus Cha... Cha... Cha... China!« stotterte der Duckmäuser und blieb auf dem Tische liegen. Er war total betrunken. »Pf... Pf... Pf... Pfeilgrad aus Cha... China!«

»Also, also aber und! Du bist am Geben«, sagte grimmig der König der Luft. Er war im Verlust.

»Jetzt hören wir auf. Wo doch der Duckmäuser da is. Schluß!« riefen alle durcheinander.

»Setzt euch da rüber an lange Tisch«, sagte der Bleiche Kapitän, und zum Fremden gewandt: »Sie erlauben doch.«

Sie saßen um den langen Tisch herum, der Matrose in der Mitte auf der Bank. Der Fremde, als habe er das Präsidium, saß an der Stirnseite. Die Witwe Benommen stand, die dürren Hände überm Bauch gefaltet, und schüttelte lächelnd den Kopf.

»Bring a paar Maß Wein!« rief der Schreiber.

»Ich zs... zs... zs... zs... zahl alles!« brüllte der Matrose. »Sssssauft!« Und schüttete ein Glas Wein in sich hinein. »Sch... Sch... Schreiber, alter Ga... Ga... Gauner!«

»Herrgott, wer hätt das gedacht«, sagten die Räuber und sahen still und betroffen auf den Matrosen, wie auf ein fernes Land. Ihre Münder standen offen, die Mundwinkel waren in wehmütigem Staunen in die Wangen zurückgezogen.

»Warst du weit?« fragte einer.

»Auf der ga... ga... ganzen Welt!« Er breitete weit die Arme aus.

»So einer, immer war er so still«, sagte die Witwe Benommen. »Man hat gemeint, er könnt ke Wässerle trüb.«

»Lebt der Lehrer Ma... Ma... Mager noch?« Er leerte sein Glas und konnte dann fließender sprechen. »Wie ich in Japan war, hab ich vom Ma... Mager geträumt. Ich sollte eine Diffi... Diffi... Diffi... Diffidationsrechnung mach, an die Wandtafel. Aaaaber es www...ar nix. Da hat der Ma... Mager gerufen – www...er me... meldet sich? – Und ich hab um mich ... um mich ghaut, und ich bin tropf... tropf... tropfnaß aufgewacht ... Is der Lu... Lu... Lump tot? ... Sssauft doch! ... Ssssauf du auch!« brüllte er und reckte, mit dem Oberkörper an drei Räubern vorbei auf der Tischplatte liegend, sein Glas dem Fremden hin, der ihm zuprostete.

»Kommt ihm nur nit mit 'n Zündhölzle zu nah, er explodiert sonst«, sagte die Witwe Benommen. »Er trinkt e bißle zu viel.«

Die Rote Wolke stand auf, hob die Hand und stellte die Fußspitzen nach rückwärts. »Ein deutscher Seemann ist trinkfest.« Der Bleiche Kapitän stimmte die Gitarre.

»Auf, Matrosen, ohe!
Auf die wogende See.
Schwarze Gedanken,
Sie wanken und fliehn,
Geschwind, wie der Sturm und Wind«,

sangen die Räuber. Der Matrose sang nicht mit, er trank. »Wa... Wa... Wa... Wein her!«

»Ich hätt e feins Tröpfle. Erinnert ihr euch noch, wie wir damals Traube gstohle ham, im Königliche Weinberg? ... Das war Anno 1893. Ich hab noch a paar Fläschli vom selbige Jahrgang aus die Königliche Weinberg in mein Keller.«

»Den mußt aber spendier«, sagte der Schreiber. »No, allemal!« riefen alle Räuber.

»Ja, paßt auf«, wehrte sich der Bleiche Kapitän lachend, »der is teuer. Wo käm ich denn da hin!«

»Pr… Pr… Pr… Prost Oldshatterhand!« brüllte der Matrose dem Fremden zu.

»Haargott, is der besoffen«, lachten die Räuber.

»Bringen Sie von dem 1893er herauf, was Sie davon im Keller haben«, sagte plötzlich der Fremde und lächelte.

Die Lippen nach außen gestülpt, schenkte der Bleiche Kapitän vorsichtig den Wein aus den verstaubten Bocksbeuteln in die Kelche. Alle standen auf. Auch der Matrose lehnte schief an der Wand.

»Aber also und, Donnerschlag!« Die tiefe Falte verschwand. Der König der Luft hatte gelächelt. »Das is e Weinle.«

»Das will ich meinen«, erwiderte stolz der Bleiche Kapitän.

»Vier Woche ha… ham sie mich amal in Kee… Kee… Kee… Kette gelegt.« Er trank und sprach fließender. »Da war unser Schiff an einer unbewohnten Insel vorbeigfahre, in der Näh von Indien … Ich hab ha… heimlich ein Boot losgemacht und bin du… du… durchgange! … Vier Tag hab ich nix zu … nix zu fr… fresse gfunde. Da hab ich a Sch… a Schlange gebrate. Die war dir aber bi… bi… bi… bitter. Dann h… ham sie mich wieder erwischt und in Ke… Kette gelegt. Haaar…gott war dir aber die Schlange bi… bi… bi… bitter.«

Die Räuber und der Matrose standen an der Brüstung des Festungsgrabens und sahen hinunter auf die Stadt. Es war ein klarer Sonntagnachmittag.

»U…u«, klang es langgezogen und klagend von unten herauf. »Die Meekuh brüllt«, sagte der Schreiber und deutete hinunter zum Main, wo der Schleppdampfer eine lange Reihe Frachtschiffe flußaufwärts zog.

Ein Floß schoß durch das Wehr der alten Mainbrücke. Die Räuber sahen, wie über den Flößer am Steuer der weiße Gischt stürzte.

»Aber also und, wie aus dem Bode gewachse«, sagte der König der Luft und deutete neben sich auf die Aussichtsbank aus krummen Birkenästen noch in der weißen Schale, die der Würzburger Verschönerungsverein bei der Mauer aufgestellt hatte.

Die Räuber stiegen hinunter in den Festungsgraben. Eine Geiß weidete im Graben. Das hohe, dürre Gras zirpte, vom Winde bewegt.

»Jetz da schaut her, da is seit der Zeit e wilds Apfelbäumle gewachse«, sagte der Bleiche Kapitän.

»Is des nit e Birnbäumle?« fragte der König der Luft, und ein anderer griff in die Zweige. Ein paar Hummeln flogen auf und umsummten den Baum.

Der Matrose sah sich um. »A... a... also, jetzt sagt mir aber amol, wo...o is denn eigentlich euer ›Zs... Zs... Zs... Zimmer‹?« Und blickte gespannt und pfiffig die Räuber an.

»Ach, des is ja scho lang zugemauert.« Sie suchten. »Da muß gewese sei!« Und zogen einen üppigen Brombeerbusch zur Seite.

»Das war der u... unterirdische Ga... Ga... Gang zs... zum ›Zs... Zs... Zimmer‹?« fragte der Matrose staunend und deutete auf eine Stelle, die noch etwas heller war als die übrige Mauer. »Haar...gott!«

Vorne im Graben saß eine Schar Knaben im Kreis. Ein rothaariger Junge schnellte in die Höhe, hob die Hand und rief: »Heimatscha!« Seine Bande stürmte zur Mauer und krabbelte daran hinauf.

»Nein, also ihr Ga... Ga... Gauner, da drin war das ›Zs... Zs... Zs... Zimmer‹?«

Die Räuber standen still; ihre Augen glänzten. Ihre Gedanken eilten die Jahre zurück.

»Wir warn halt Kinder damals«, sagte der Schreiber.

Ein Eichhörnchen huschte quer durch den Graben und hing am Baumstamm. »Dort! Schaut hin!« zeigte die Rote Wolke, und sein Mund stand offen, rund und schwarz wie ein Mauseloch.

Der Fremde wanderte hinaus aus Würzburg.

Über die Höhe kam schnell und gleichmäßig ein bartloser, hoher Mönch geschritten, in brauner Kutte. Er beugte das Knie vor dem Marienbild am Wege und schlug das Kreuz. Ein kleines blondes Mädchen, das Hagebutten sammelte, sprang weg vom Busch zu Winnetou. Der Wind wehte dem Kinde das Haar ins Gesicht, es sah zu Winnetou empor und mußte die Augen schließen vor der Sonne. »Gelobt sei Jesus Christus.« – »In Ewigkeit, Amen, mein Kind.«

»Wie weit ist's bis zum nächsten Gutshof?« fragte der Fremde.

»Eine Stunde über den Berg«, sagte Winnetou. Er hatte ein stilles, klares Gesicht und einen Pickel am Nasenflügel.